ANJA STÜRZER

SOMNIAVERIS

Wandlerin zwischen den Welten

ILLUSTRATIONEN VON JULIA DÜRR

Oldib
Verlag

„Somniaveris" ist die Fortsetzung der Geschichte, die mit dem Band „Somniavero" anfing. „Somniavero" wurde von der Deutschen Akademie für Kinder- und Jugendliteratur e.V. als Klima-Buchtipp des Monats Februar 2012 und mit dem Nachwuchspreis 2012 ausgezeichnet.

© Oldib Verlag, Essen 2024

Oldib Verlag Oliver Bidlo
Waldeck 14
45133 Essen

www.oldib-verlag.de

Illustrationen: Julia Dürr
Druck und Herstellung: Pressel Druck, Remshalden

ISBN 978-3-910869-06-6

INHALT

Für meine mutige Mama

Prolog

Die alte Wölfin schlug die Augen auf. Irgendetwas hatte sie geweckt – aber was? Aus alter Gewohnheit spitzte sie die Ohren, doch alles blieb stumm. Geräusche gab es schon lange nicht mehr in ihrer Welt.

Hätte sie noch besser hören können, so wie früher, als sie das Mäusegetrappel unterm Schnee wahrgenommen hatte, das Schnaufen der Wildschweine und den leisen Tritt der Rehe, von dem sie immer noch träumte, dann wäre ihr die Unruhe aufgefallen, die im Zoo herrschte. Kein lautes Geschrei, nein, aber ein allgegenwärtiges Rascheln und Scharren und Ächzen. Die Tiere schliefen nicht.

Sie hob den Kopf und blinzelte ins Dunkel. Im Wolfsgehege war es still, nur eine schwarze Gestalt pirschte ruhelos wie immer am Gitter entlang: Tarek, der Wilde, der sich nie mit der Gefangenschaft abgefunden hatte. Lara und Tirza dagegen, ihre Töchter, lagen wie gewöhnlich dicht nebeneinander in einer glatt gescharrten Mulde. Beide hatten die Köpfe erhoben und starrten zum Eingang des Geheges.

Die alte Wölfin kam mühsam auf die Pfoten und witterte. Tatsächlich, es roch nach Zweibeinern. Dabei war es noch lange nicht die helle Zeit, in der die Besucher kamen und durchs Gitter starrten. Ohnehin machte vorher immer ihr Mensch seine Runde. Er hatte jeden Morgen einen Leckerbissen dabei: ein Stück frisches Fleisch, einen Markknochen, ein halbes Bein mit Fell und Huf.

Bei dem Gedanken daran lief der alten Wölfin der Speichel aus den Lefzen. Sie leckte sich das Maul und trottete lautlos zum Eingang des Geheges. Es konnte nicht schaden, sich rechtzeitig vorn zu positionieren. Vielleicht kam ihr Mensch heute ja früher als sonst. Dann konnte sie sich die besten Happen sichern.

Lara und Tirza schienen ihre Gedanken zu teilen. Lautlos wie zwei Schatten erschienen sie neben ihr und fixierten erwartungs-

6

voll die Eingangsschleuse, wo sich der dunkle Rahmen der Tür abzeichnete. Sie mussten tatsächlich etwas gehört haben, denn ihre Ohren waren aufmerksam nach vorn gerichtet. Und jetzt erschien auch Donna, die Leitwölfin des Rudels, die gerade einen Wurf Welpen liegen hatte. Respektvoll machten die jüngeren Wölfinnen Platz und Donna stellte sich Schulter an Schulter neben die alte Wölfin.

Das Quietschen der äußeren Tür war so laut, dass es sogar in die stille Welt der alten Wölfin drang. Der vertraute Geruch ihres Menschen wallte ins Gehege. Aber da war noch ein anderer Geruch. Ein anderer Mensch, nein: zwei andere Menschen. Er war nicht allein gekommen.

Grollend wichen Donna und die jungen Wölfinnen zurück in die Schatten unter den Büschen.

Die alte Wölfin hingegen blieb an ihrem Platz. Sie hatte keine Angst vor den Zweibeinern. Auch wenn es sehr lange her war, erinnerte sie sich noch an die Zeit, als sie als Welpe unter ihnen gelebt hatte. Die Menschen waren gut zu ihr gewesen, damals, als sie ihr Rudel verloren hatte und hungrig gewesen war.

Ein Licht ging vor dem Gehege an und wie Schattenrisse zeichneten sich jetzt drei Gestalten in der Eingangsschleuse ab: zwei große männliche und eine kleine – ein weiblicher Jungmensch. Die alte Wölfin kannte die beiden Männer. Einer davon war ihr Mensch, der Wolfspfleger, den sie Michi riefen. Er war ihr schon seit der Welpenzeit vertraut, als sie noch unter den Menschen gelebt hatte. Michi war immer da gewesen, ein Jungmensch damals, klein und hilflos und verspielt wie sie selbst. Inzwischen war er groß und stark, ein Mann in der Blüte seiner Jugend. Die alte Wölfin verstand bis heute nicht, wieso es so lange gedauert hatte, bis er ausgewachsen war.

Auch den anderen Mann kannte die alte Wölfin. Er gehörte ebenfalls zu der Menschenfamilie, die sie damals aufgenommen hatte. Er war älter und hörte auf den Namen Merlin. Merlin kam nur noch selten im Wolfsgehege vorbei, doch wenn er kam, hatte er immer einen besonders guten Happen dabei. So auch diesmal – sie konnte es riechen.

„Hallo Diva!", sagte Merlin.

Freundlich jaulend legte die alte Wölfin die Ohren flach und drängte sich zur Begrüßung ans Gitter.

„Sie erkennt dich immer noch wieder", sagte Michi anerkennend.

„Na klar. Ich bringe ja auch immer was Leckeres mit"

Mit Schwung flogen diverse große Stücke Knochenfleisch über den hohen Zaun ins Wolfsgehege. Jeder Wolf schnappte sich seinen Anteil. Tarek zog sich wie immer in die hinterste Ecke zurück, um die Beute in Ruhe zu verschlingen. Diva hingegen ließ sich unweit des Zauns nieder, wo sie die Zweibeiner beobachten konnte.

„Und, wie geht es ihr in letzter Zeit?", fragte Merlin.

„Nun, sie ist inzwischen elf Jahre alt", entgegnete Michi. „Sie hört nicht mehr so gut, außerdem hat sie Probleme mit den Gelenken. Aber ansonsten ist sie fit."

„Super", sagte Merlin. Dann drehte er sich zu dem fremden Jungmenschen um, der bislang hinter den beiden Männern zurückgeblieben war. „Siehst du, Akascha?", sagte er. „Du brauchst dir keine Sorgen zu machen. Die Wölfe sind gesund. Genau wie Michi."

Das Menschenmädchen trat vor. Aus dem Augenwinkel sah die alte Wölfin, die auf ihrem Stück Knochen herumkaute, dass es lange, schwarze Haare und dunkle Augen hatte.

„Und was ist mit dem anderen Wolf?", fragte das Menschenmädchen. „Dem, der uns im Tiergarten über den Weg gelaufen ist?"

„Tarek?" Michi zuckte die Schultern. „Ist auch nicht mehr

der Jüngste. Als er sich damals in die Stadt verirrt hat, war er in einem sehr schlechten Zustand. Seine Hüfte war zertrümmert, hatte wohl eine Begegnung mit einem Auto gehabt. Deshalb konnten wir ihn auch nicht wieder freilassen. Mittlerweile geht es ihm ganz gut, er hat sogar Welpen gezeugt. Allerdings hasst er die Gefangenschaft. Das wird sich wohl nicht mehr ändern."

„Ich verstehe ehrlich gesagt nicht, wieso du dir solche Sorgen um die Wölfe machst, Akascha", sagte Merlin kopfschüttelnd. „Und auch nicht, warum wir Michi unbedingt mitten in der Nacht besuchen mussten. Kannst du uns nicht wenigstens einen Hinweis geben?"

Doch das Menschenmädchen schüttelte nur stumm den Kopf. Ihre langen, schwarzen Haare flogen im Nachtwind und ein merkwürdiger Geruch stieg der alten Wölfin in die Nase. Ihre Nackenhaare sträubten sich. Irgendetwas stimmte nicht mit diesem weiblichen Jungmenschen. Sie roch falsch.

Und dieses Falsche breitete sich aus wie Blut im Schnee nach einem Riss.

Knurrend erhob sich die alte Wölfin und wich zurück in die Dunkelheit des Geheges.

Vergegenwärtigen Sie sich für eine Minute die Veränderungen, die in diesem Land innerhalb von 200 Jahren hervorgebracht wurden.

Einst war der gesamte Kontinent eine ununterbrochene, düstere Wildnis, der Aufenthaltsort von Wölfen und Bären und Menschen, die noch wilder waren als diese. Jetzt sind die Wälder verschwunden und das Land ist bedeckt mit Maisfeldern, Frucht tragenden Obstgärten und den prächtigen Wohnstätten vernünftiger und zivilisierter Menschen.

Einst flossen unsere Flüsse durch trübe Wüsten und abstoßende Sümpfe. Jetzt gleiten dieselben Flüsse sanft durch reiche Landschaften voll der entzückendsten Dinge, und durch Wiesen, bemalt mit den schönsten Landschaften der Natur und der Kunst (...). Die engen Hütten der Indianer wurden entfernt, und an ihrer Stelle sind schöne und erhabene Gebäude errichtet worden, große und wohlverdichtete Städte.

John Adams, Zweiter Präsident der USA, 15. Juni 1756

Jochanan

Zurück in der Zukunft

„Akascha! Akascha!?"

Ruckartig fuhr Jochanan aus dem Schlaf. Wer hatte da eben gerufen? Um ihn herum war es dunkel. Einen Moment lang wusste er nicht, wo er war. Dann erkannte er das leise, vertraute Summen der Haustechnik: Er lag in seinem eigenen Bett, zuhause in seinem Zimmer.

Verwirrt setzte Jochanan sich auf. Wie war er hierher gekommen? Eben noch hatte er die kalten Pflastersteine unter sich gespürt, über sich das riesige Brandenburger Tor, durch das er gerade mit Mama und Papa zurück in seine Zeit gereist war. Seine Eltern waren schon wieder auf den Beinen und unterhielten sich mit den Sicherheitsleuten der Zeitreisefirma, die sie in Empfang genommen hatten.

Und dann hatte das Zeittor völlig unerwartet noch einmal angefangen zu leuchten. Alle hatten sich überrascht umgedreht – und plötzlich war Akascha aufgetaucht! Jochanan fühlte noch immer die unbändige Freude, die er bei ihrem Anblick verspürt hatte: Akascha, seine Freundin aus Berlin, hier bei ihm im Jahr 2121!

Die Sicherheitsleute schienen allerdings alles andere als erfreut. Zwei von ihnen liefen zu Akascha, die reglos da auf dem Boden lag. Der Chef redete ärgerlich auf Mama und Papa ein. Und dann ...

... dann wusste Jochanan nichts mehr. Wie war er nach Hause gekommen? Wo war Akascha? Wieso erinnerte er sich nicht? Ein Schauer lief ihm über den Rücken. Sein Bett kam ihm auf einmal kalt vor. Er fühlte sich krank. Er war auch verschwitzt, die Haare klebten ihm an der Stirn. Bestimmt war er krank! Kein Wunder, nach der anstrengenden Wanderung durch die Wildnis und der nächtlichen Verfolgungsjagd im Tiergarten!

Jochanan ließ sich zurück in die Kissen fallen und lauschte

in die summende Stille der Nacht. Keine Vögel. Kein Wind in den Bäumen. Keine Mücken ...

Eine Stelle an seinem Knöchel begann zu jucken. Er kratzte sich gedankenverloren, während er mit der anderen Hand den Touchscreen neben seinem Bett berührte. Augenblicklich sickerte milchiges Licht durch die halbrunden Wände, und das Zimmer erwachte. Das Holo mit dem virtuellen Aquarium flackerte auf und die Nemos lugten aus ihrer Anemone. Auf dem wandgroßen Display erschien seine Lieblingssimulation, ein wellenumspülter Palmenstrand. Passend dazu ertönte leises Meeresrauschen.

Eigentlich war dieser simulierte perfekte Strand gar nicht so schön, dachte Jochanan, und kuschelte sich tiefer in die Decken. Die echte Ostsee war schöner, mit den Wellen und dem Wind und dem Gefühl von Sand zwischen den Zehen. Allerdings auch gefährlicher. Das fiese Salzwasser, das er geschluckt hatte, als er den Boden unter den Füßen verloren hatte, würde er so schnell nicht vergessen. Und auch nicht Merlins festen Griff in seinen Haaren, als der ihn auf die Sandbank gezerrt hatte.

Merlin ... was der jetzt wohl gerade machte? Oder genauer gesagt: Was er wohl vor – Jochanan rechnete nach – vor 90 Jahren gemacht hatte? Jochanan würde es nie wissen. Wie schade ... Eigentlich hätte er Merlin sagen können, dass er es aufschreiben solle. Tagebuch schreiben, für ihn. Briefe aus der Vergangenheit, die Merlin an einem geheimen Ort hätte deponieren können, und er, Jochanan, hätte sie gesucht und gelesen. Das wäre toll gewesen! Und am Ende von jedem Brief hätte Merlin einen Hinweis auf ein neues Versteck gegeben ... Eine Zeitreise-Brief-Schnitzeljagd. Besser als Condo-Cache und Geocache zusammen ...!

Ein leises Klicken unterbrach Jochanans Gedanken. Die Service-Einheit Meg löste sich von der Wand und glitt lautlos zu ihm herüber.

„Wo ist Akascha?", fragte Jochanan, noch bevor die SE das

Bett erreicht hatte.

„Wer ist Akascha?", fragte Megs automatische Stimme zurück.

„Meine Freundin! Die mit uns gekommen ist...?"

Megs Leuchtdiodenblick zeigte keinerlei Regung. „Ein Traum. Du hast geträumt", erklärte die SE und schob ihm eine rosa Tablette auf einem Metalltablett hin. „Schlaf weiter. Es ist noch zu früh zum Aufstehen."

„Ein Traum?", fragte Jochanan entgeistert. „Aber..."

Megs Dioden flackerten leicht, ein sicheres Zeichen, dass sie Kontakt mit dem Hauscomputer aufnahm.

„Wo ist Mama?", fragte er schnell, bevor das Haus merkte, dass er Megs Anordnung nicht sofort befolgt hatte.

„Bei der Arbeit", antwortete Meg mechanisch und glitt näher. „Nimm deine Tablette! Schlaf weiter. Du brauchst deinen Schlaf!"

Jochanan warf einen Blick auf sein Uhrentattoo: Die implantierten Leuchtziffern zeigten 06.30 Uhr. Seine Eltern waren schon aus dem Haus. „Ich will Mama sprechen!", erklärte er bestimmt. Das war das Einzige, was Meg ihm nie abschlagen durfte. Ihre Leuchtdioden flackerten missbilligend, doch wie immer stellte sie ohne weiteren Kommentar die Holo-Verbindung her.

Mamas flackerndes Gesicht im Holo sah besorgt aus. „Hallo Liebling. Wie geht es dir?", fragte sie.

„Ganz ok," antwortete Jochanan. „Ich bin gerade aufgewacht. Mama, wo ist eigentlich Akascha?"

„Akascha...?", fragte Mama langsam zurück, „ist das —"

„Meine Freundin! Du weißt doch! Das Mädchen aus der Vergangenheit, das mit uns durch das Tor gekommen ist! Wo ist sie?"

„Ah... ja. Akascha." Mama zögerte kurz. „Jochanan, mein Schatz... ich muss dir etwas beichten. Du glaubst, dass wir eine Zeitreise gemacht haben, richtig?"

„Ja, klar! Ich war doch dabei!"

„Nun… tatsächlich war das keine echte Reise, sondern ein virtueller Trip. Wir haben es dir vorher nicht gesagt, um dir den Spaß nicht zu verderben. Aber eine echte Reise wäre einfach zu teuer geworden. Also…"

„Ein virtueller Trip?" Jochanan schüttelte verwirrt den Kopf. „Aber Mama! Wir waren doch da! An der Ostsee und überall! Und ich hab mein Somniavero im Bus vergessen! Und dann war ich im Wald, ganz allein, und in Berlin! Und ich hab die anderen Kinder getroffen, und Dr. Paulus! Und ihr —"

Mama seufzte. „Wir wussten auch nicht, dass die Agentur so eine Abenteuergeschichte daraus machen würde. Man erfährt ja vorher keine Einzelheiten. Wahrscheinlich dachten sie, dass ein Junge wie du den Trip sonst langweilig fände. Wir haben aber schon ein Wörtchen mit denen geredet. Wie auch immer… sie sagten uns, dass es für dich vielleicht ein bisschen schwierig sein würde, wieder in der Realität anzukommen. Darum solltest du auf jeden Fall deine Morgentablette nehmen. Dann geht es dir wieder besser und du vergisst die ganze Aufregung. Ok? Nimmst du sie gleich?"

„Ok", sagte Jochanan tonlos.

Wie auf Kommando glitt Meg näher und schob ihren Metallarm ein Stück weiter in Richtung von Jochanans Gesicht.

Alles nicht echt, also. Nur ein Traum…

Zögernd nahm Jochanan die Tablette und steckte sie in den Mund. Der Tag fühlte sich auf einmal ganz leer und grau an.

„So ist es gut, mein Liebling!", sagte Mama. „Am besten schläfst du jetzt noch ein bisschen, bevor der Edukator online geht. In Ordnung? Wir sehen uns heute Abend. Dann reden wir weiter!" Mit einem schnellen Blick zur Seite trennte sie die Verbindung.

Als Meg zurück an die Wand geglitten und das Licht wieder

erloschen war, zog Jochanan sich die Bettdecke über den Kopf, spuckte die rosa Tablette aus und zerkrümelte sie zwischen den Fingern. An Schlaf war nicht mehr zu denken. Ich will das nicht vergessen, dachte er, wieder und immer wieder, während er mit den Tränen kämpfte. Akascha und Merlin, die Nacht im Tiergarten, selbst das schreckliche, angsteinflößende Abenteuer mit Dr. Paulus und dem Wolf — an all diese Dinge erinnerte er sich so deutlich, dass es weh tat sich vorzustellen, es hätte sie nie gegeben.

Jochanan schlug die Decke wieder zurück und starrte in die Dunkelheit. Heute sollte also ein ganz normaler Tag sein? Das kam ihm viel unwirklicher vor als seine Erinnerungen. Er würde die Kleider anziehen, die Meg ihm hinlegte, frühstücken und danach wie jeden Morgen in den virtuellen Klassenraum gehen. In den Lernpausen würde er mit den anderen Schülern herumalbern, aber keiner würde wirklich da sein, nur ihre holografischen Abbilder — und natürlich Meg, die ihn nie aus ihren elektronischen Augen ließ. Und nachmittags? Da würde er vielleicht ein neues Holo-Spiel ausprobieren oder unten im Hof Trampolin springen, falls die Luftwerte es zuließen. Wenn Mama und Papa abends wiederkamen, würden sie gemeinsam essen und ein bisschen reden, aber bald würden sie das Holo anschalten, und dann war der Tag vorbei ...

Das war sein Alltag — und noch vor wenigen Tagen, als Jochanan hungrig und durchnässt in der Uckermark durch den mückenverseuchten Wald gestapft war, hätte er alles gegeben, dieses Leben wieder zu haben.

Oder vielmehr, als er gedacht hatte, dass er durch den Wald stapfte ...

Jochanan unterdrückte ein Schluchzen. Sein Zuhause kam ihm auf einmal einsam und traurig vor. Er vermisste seine Freunde aus der Vergangenheit. Er vermisste Merlin und Akascha, und

 16

selbst den nervigen kleinen Michi ... Es war so unfair, dass es sie gar nicht gab. Das war schlimmer, als zu wissen, dass er sie nie wiedersehen würde, weil sie ja in einer anderen Zeit lebten. Wie hatten seine Eltern ihn nur so anlügen können!

Wieder juckte eine Stelle an seinem Knöchel. Diese bescheuerten Mücken! Während Jochanan sich ausgiebig kratzte, hatte er auf einmal das unbestimmte Gefühl, dass er etwas übersah. Irgendetwas stimmte nicht an der Geschichte mit dem virtuellen Trip, die Mama ihm aufgetischt hatte. Da war dieser merkwürdige Seitenblick, kurz bevor sie sich ausgeloggt hatte – so als hätte jemand neben ihr gesessen. Aber das war es nicht, jedenfalls nicht nur ...

Und dann wusste er es. Mitten im Kratzen erstarrte er. Vorsichtig legte er zwei Finger auf seinen Knöchel und ließ sie sanft beinaufwärts über die vielen kleinen, juckenden Buckel gleiten. Alles Mückenstiche. Wenn die Reise nur ein virtueller Trip gewesen war – wieso hatte er dann Mückenstiche? Es gab keine Mücken mehr. Das war eine der Ursachen dafür, dass die wilden Tiere ausgestorben waren. Sie hatten einfach nichts mehr zu fressen. Das Gift, das die Menschen jahrzehntelang auf die Felder gesprüht hatten, hatte die Insekten ausgerottet. Und zwar nicht nur die Pflanzenschädlinge, sondern auch die Bienen, die Schmetterlinge – und eben die Mücken.

Jochanan widerstand dem Drang sich zu kratzen und schwelgte in dem Gefühl des heftigen Juckreizes. Das Jucken war ein untrügliches Zeichen dafür, dass seine Reise in die Vergangenheit kein Traum gewesen sein konnte! Nein: Sie hatte wirklich stattgefunden! Merlin und Akascha lebten! Oder wenigstens hatten sie gelebt, vor 90 Jahren oder so. Und er war da gewesen, bei ihnen. Und das bedeutete ...

Jochanans Gedanken überschlugen sich. Wenn die Reise kein Traum gewesen war – war Akascha dann tatsächlich mit in die

Zukunft gereist? War sie vielleicht hier, heute, ganz in seiner Nähe? Und wenn ja – wo war sie jetzt? Warum hatte Mama ihm das nicht gesagt? Und warum hatte Mama ihn angelogen...?

Die Antwort kam wie von selbst: Weil es Ärger gegeben hatte, natürlich. Weil Akascha gar nicht hier sein durfte, in Berlin im Jahr 2121. Und weil er sie niemals wiedersehen würde, wenn es nach den Erwachsenen ging. Also konnte er Mama oder Papa auch nicht nach ihr fragen. Er musste so tun, als glaubte er an die Geschichte mit dem virtuellen Trip! Aber das tat er nicht. Er würde Akascha wiedersehen.

Er musste sie finden, egal wo sie war!

Die Vormittags-Sitzung im virtuellen Klassenzimmer war eine Katastrophe.

„Wo bist du nur mit deinen Gedanken, Jochanan?", seufzte der Edukator wiederholt, wenn Jochanan mal wieder nicht auf eine Frage reagiert hatte. Es gelang ihm einfach nicht, sich auf den Unterricht zu konzentrieren. Wie sollte er ein Drittel mit sechs Siebteln multiplizieren, wenn Akascha zur selben Zeit irgendwo festsaß und seine Hilfe brauchte?

Erst in der Deutschstunde wurde es interessant.

„Wer hat in den Ferien etwas Spannendes erlebt?", wollte der Edukator wissen und wandte sich direkt an ihn. „Jochanan...?"

„Wir haben eine Reise – äh, einen virtuellen Trip in die Vergangenheit gemacht!", antwortete Jochanan.

„Ah, wie spannend! Und wann wart Ihr?"

„2031. Wir haben viele Tiere gesehen, sogar Wölfe. Es gab Wald und einen Strand am Meer. Es war..."

Jochanan brach ab und warf einen verstohlenen Blick zur Überwachungskamera. Natürlich, sie leuchtete.

„Es war sehr realistisch", fuhr er fort. „Wir waren auch in der City. Es gab keine Mauer und überhaupt keine Sperrzonen. Man konnte einfach von draußen reinfahren. Mit einem Bus."

„Die Zweite Berliner Mauer wurde in der Tat erst nach dem Aufstand im Jahr 2057 errichtet", dozierte der Edukator mit einem Nicken. „Wir haben das im letzten Jahr in Geschichte behandelt, ihr erinnert euch sicher noch. Wer kann mir den Grund dafür sagen?"

„Das Pack wollte nicht in den Auffangzonen bleiben," sagte Careina, und ihr Holo-Bild flackerte leicht. „Es konnten aber nicht alle in der Stadt leben, weil nicht genug Platz in den Condos war. Also wurde die Stadt abgeriegelt. Da haben Kriminelle versucht, mit Gewalt reinzukommen, es gab Aufruhr und deshalb wurde die Mauer gebaut."

„Sehr richtig!", lobte der Edukator.

Jochanan hob den Arm in die Luft und schnippte mit den Fingern.

„Ja, Jochanan?"

„Woher kommt das Pack eigentlich?"

„Das werden wir ausführlich in Stufe acht behandeln", entgegnete der Edukator ausweichend, wie üblich, wenn man eine Frage stellte, die nicht in sein Konzept passte. Aber diesmal gab Jochanan sich nicht damit zufrieden. Er wollte es genauer wissen.

„Und wie leben die Leute vom Pack heute?", fragte er nach.

Der Edukator warf Jochanan einen scharfen Blick zu und spitzte die Lippen. „Draußen herrscht Anarchie, das hat historische Gründe. Aber ehrlich gesagt, Jochanan, ist das nicht Teil des Lehrplans. Wir behandeln das Thema, wie gesagt, in Stufe acht. Wenn es dich so interessiert, kannst du ja mal deinen Vater danach fragen. Der ist doch Historiker, oder?"

Als die Vormittags-Sitzung mit dem Edukator endlich vorbei war, rannte Jochanan in sein Zimmer und schlug Meg die Tür vor der eckigen Nase zu. Einen kurzen Moment hatte er, bevor der Hauscomputer reagieren und die Tür wieder entriegeln konnte. Fieberhaft wühlte Jochanan in seinen Sachen. Wo waren die Kleider, die er auf der Reise angehabt hatte? Wo war sein Lasermesser? Er fand weder das eine noch das andere. Nur sein Holo-Handschuh, den er doch eigentlich in der Vergangenheit im Bus vergessen hatte, lag ganz harmlos und unschuldig in der Ecke. Aber wer wusste schon, ob das wirklich dasselbe Gerät war oder ob seine Eltern den Handschuh einfach ersetzt hatten. Genau wie das Schreibpad, das er heute morgen im virtuellen Klassenzimmer benutzt hatte. Die alten Dateien waren darauf gespeichert – aber alles, was er auf der Reise geschrieben hatte, fehlte natürlich.

Jochanan überlegte kurz, dann öffnete er abrupt die Tür und starrte die SE an, die regungslos davor stand. Einen Versuch war es wert. „Meg – wo sind meine Sachen?", fragte er.

„Deine Sachen?", fragte Meg wie üblich zurück.

„Meine Lieblingshose! Wo ist sie? Und das Lasermesser! Ich will nach draußen, bevor der Nachmittagsunterricht losgeht!" Das hörte Meg in der Regel gern. Und richtig:

„Deine Kleidung ist in der Wäsche," entgegnete sie.

„Und das Lasermesser?"

Diesmal antwortete Meg nicht, nur ihre Dioden flackerten unruhig. Ha, jetzt hatte er sie. Wenn die Reise nur ein Traum gewesen war, wo bitte sehr war dann sein Lasermesser? Das konnte er dann ja nicht in der Vergangenheit verschenkt haben! Also müsste es hier irgendwo herumliegen.

„Welches Lasermesser?", kam endlich eine Antwort von Meg – natürlich in Form einer blöden Frage. Wieso beantwortete die bescheuerte SE eigentlich jede Frage grundsätzlich mit einer

Gegenfrage? Nie bekam man eine klare Antwort von ihr!

„Mein Lasermesser! Das ich vor der Reise bekommen –"

Ups. Das hätte er vielleicht nicht so deutlich sagen sollen. So merkten sie ja gleich, dass er gar nicht an die Geschichte mit dem virtuellen Trip glaubte.

„Das Messer, das ich vor unserem Urlaub geschenkt bekommen habe", korrigierte Jochanan sich. „Du weißt schon. Von dem alten Mann!?"

Wieder flackerten Megs Dioden ungewöhnlich lange. Jochanans innere Alarmglocken begannen zu läuten. Dieses Flackern konnte nur bedeuten, dass jemand ihrer Unterhaltung zuhörte.

„Hast du deine Tablette genommen?", wollte Meg schließlich wissen – aber in Wirklichkeit fragte natürlich derjenige, der ihnen gerade zugehört hatte, Mama oder Papa oder vielleicht sonst irgendjemand. Mit einem kalten Schauer wurde Jochanan klar, was die Frage bedeutete: Sie taten so, als sei auch das Lasermesser nur ein Teil des so genannten Traums gewesen. Hätte er die Tablette geschluckt, dann würde er sich wahrscheinlich gar nicht daran erinnern. Und dann hätte er natürlich auch nicht danach gefragt.

Jochanan bemühte sich, verwirrt auszusehen. „Oder habe ich das mit dem Messer auch nur geträumt?", fragte er unschuldig.

„Ja," bestätigte Meg sofort, „das war auch nur ein Traum. Ein Teil deines virtuellen Trips."

Beide schwiegen einen Moment. Megs Dioden beruhigten sich. „Ok," sagte Jochanan schließlich. „Schade. Na, dann gehe ich jetzt raus, Trampolinspringen."

„Gut." Meg glitt an die Wand, klinkte sich an die Ladestation und verstummte.

Jochanan zog sich eine Draußenhose an und ging langsam an ihr vorbei in den Flur. Dabei vermied er es sorgfältig, zu den Hauskameras zu blicken, die in regelmäßigen Abständen in den

Zimmerecken hingen wie die Spinnen in der Uckermark. Er stieg über den Reinigungsroboter, der im Flur schnurrend seine Putzarbeit erledigte, und öffnete die Tür zum Hauswirtschaftsraum. Während er so tat, als suche er seine Schuhe, hielt Jochanan nach der Hose Ausschau, die er auf der Zeitreise getragen hatte. Er fand sie ganz hinten in der aussortierten Wäsche, die für das Recycling bestimmt war. Er schüttelte sie aus. Und siehe da: Aus den Taschen fielen ein paar Kiefernnadeln. Jochanan lächelte triumphierend, drehte sich um und betrat die Schleuse zum Hof.

Draußen war es warm und drückend. Kein Lüftchen regte sich in den Ästen der Bäume, die um die vertrocknete Rasenfläche in der Mitte herumstanden. In einer Ecke hinter staubigen Büschen waren die Schaukel, das Basketballnetz und das Trampolin aufgebaut. Ringsherum ragten auf allen Seiten die Mauern des Condo mit ihren Wohnungen, Balkonen und terrassierten Grünflächen in die Höhe. Darüber wölbte sich der gewohnte graue Himmel. So leuchtend blau wie in der Uckermark war der Himmel hier nie.

Jochanan ließ sich auf die Bank unter dem großen Baum fallen, dessen gelb leuchtende Blätter schon den Boden bedeckten, und zog die Knie hoch. Tatsächlich hatte er gar keine Lust, Trampolin zu springen. Er wollte in Ruhe nachdenken, und das ging am besten hier im Hof.

Wo konnte Akascha jetzt sein? Eigentlich gab es nur zwei Möglichkeiten: Entweder sie wurde von irgendwelchen offiziellen Leuten in der Stadt festgehalten – oder aber man hatte sie weggebracht und sie war draußen beim Pack. So oder so musste die Zeitreisefirma Bescheid wissen. Für die war es bestimmt ein Riesenproblem, dass Akascha hier im Jahr 2121 aufgetaucht war. So was durfte einfach nicht passieren, dass jemand durch ein Zeittor aus der Vergangenheit mit in die Zukunft kam. Es durfte ja auch niemand in der Vergangenheit merken, dass Reisende aus der Zukunft im Land unterwegs waren. Jeder Kontakt zwischen Menschen aus der Vergangenheit und Menschen aus der Zukunft war streng verboten. Das war ihnen vor der Reise eingeschärft worden, weil sonst die Gefahr von Zeitparadoxien bestand. Und das war nicht nur ein Problem für die Zeitreisenden, sondern auch für die Zeitreisefirma, weil die dann die Lizenz verlieren würde.

Es war also völlig klar, dass die Wachleute von der Zeitreisefirma versuchen würden, die Sache zu vertuschen. Dazu mussten sie Akascha irgendwie loswerden. Und das ging am einfachsten, indem man sie draußen beim Pack aussetzte. War ja auch kein Problem: Niemand würde sie vermissen, niemand würde nach ihr suchen. Und weil Akascha keinen Identichip hatte, konnte sie die Stadt nicht wieder betreten. Sie würde sofort von den Sicherheitsrobotern aufgegriffen werden, selbst wenn sie es schaffte, die bewachte Sperrzone und die Mauer zu überwinden.

Jochanan grinste. So wie er Akascha kannte, war das wahrscheinlich genau das, was sie versuchen würde. Bestimmt würde sie nach einem Weg suchen, um in die Stadt zu kommen und ihn zu finden. Sie wusste ja, wo er wohnte, das hatte er ihr und Merlin in der Vergangenheit auf einem Stadtplan gezeigt. Nur, dass es ihr nicht gelingen würde. Dies hier war nicht ihre Zeit, sie kannte sich nicht aus. Sie brauchte Hilfe – seine Hilfe. Und darum musste er herauskriegen, wo sie war.

Die Frage war nur, wie.

Jochanan stand auf und schlenderte hinüber zum Spielbereich. Er kletterte auf das Trampolin und begann zu springen. Wie immer fühlte es sich ein bisschen an wie Fliegen. Das gleichmäßige Auf und Ab half ihm beim Nachdenken. Jeder Sprung war eine Idee, die auf Machbarkeit geprüft wurde. Er hob ab: Einfach die Zeitreisefirma kontaktieren? Quatsch, die würden ihm nie die Wahrheit sagen... eine weiche Landung, und wieder ein Sprung: Die Datenbanken der Zeitreisefirma hacken? Wie denn, er hatte ja keine Ahnung, wie das ging. Schade eigentlich, dass er sich bisher so wenig für Computer interessiert hatte. Die Dinger waren einfach überall, irgendwer musste sie ja steuern, aber er hatte sich noch nie Gedanken darüber gemacht, wer das war... Er riss die Arme hoch und federte sich in die Höhe: Sich aus der Stadt schleichen und zum Pack gehen? Hmmm ... Jochanan wusste zwar nicht, wie er durch die Sperrzone kommen sollte, aber das Problem ließ sich vielleicht lösen. Die Sicherheitsroboter waren darauf programmiert, Leute daran zu hindern, in die Stadt reinzukommen, aber nicht, sie am Verlassen der Stadt zu hindern. Glaubte er jedenfalls.

Aber war so ein Ausflug nach draußen nicht viel zu gefährlich?

Jochanan machte einen besonders hohen Satz. In der Luft drehte er sich einmal um die eigene Achse. Immerhin hatte er in der Uckermark mehrere Nächte ganz allein im Wald verbracht – Sprung!

Er war mit Merlin durch Kreuzberg gelaufen und hatte sich erfolgreich gegen die Jugendlichen gewehrt – Sprung!

Und mit Akascha war er ins Büro von Dr. Paulus eingebrochen – Sprung!

Viel gefährlicher konnte es ja wohl kaum werden!

Und wenn er sich irrte und Akascha gar nicht beim Pack war? Wenn sie verhaftet worden war? Oder...

Jochanan fing den letzten Sprung ab und ließ sich auf dem Trampolin auf die Knie fallen. Ein eisiges Gefühl breitete sich in seinem Bauch aus.

Was, wenn Akascha gar nicht beim Pack war, weil die Sicherheitsleute sie...

„Hey, Jochanan!" rief eine Stimme.

Jochanan fuhr herum. Er hatte gar nicht bemerkt, dass noch

jemand im Hof war. Erleichtert erkannte er Sander, einen Jungen, der im dritten Stock des Ostflügels wohnte. Sander wedelte mit etwas Weißem, das er in der Hand hielt: einem gefalteten Zettel – aus Papier! Wo hatte er das denn her? In der anderen Hand hielt er ein kleines, längliches Päckchen.

„Das hier hat gestern jemand für dich abgegeben", sagte Sander. „So ein alter Mann. Hat mir drei Credits geschenkt, damit ich dich abpasse! Das hier klebte dran, ist aber abgegangen."

„Was denn für ein Mann?" Jochanan kletterte vom Trampolin und nahm beides entgegen. „Kanntest du den?"

Sander schüttelte den Kopf. „Ne. Was steht denn drauf?"

Jochanan entfaltete den Zettel und las laut:

‚Erinnerst du dich an den Park mit dem Brunnen? Morgen Vormittag, 11 Uhr. Es geht um A.'

„Ich glaube, das ist der alte Mann, der mir das Lasermesser geschenkt hat", flüsterte Jochanan. Sein Herz schlug auf einmal sehr schnell. Es geht um A. – A wie Akascha?

„Du hast ein Lasermesser?", fragte Sander neidisch. „Zeig mal!"

„Kann ich nicht", erwiderte Jochanan, „meine Eltern haben es einkassiert." Die Wahrheit war jetzt gerade zu kompliziert.

Sander nickte enttäuscht. „Nervig. Und was will der Senior von dir?"

„Keine Ahnung."

„Du willst doch nicht da hingegen? Morgen ist Schule!"

„Weiß noch nicht…"

Sander beäugte neugierig das Päckchen. „Packst du es nicht aus?"

„Später." Jochanan warf einen demonstrativen Blick auf sein Uhrentattoo und steckte das Päckchen hinten in seinen Hosenbund. „Wir müssen los, die nächste Stunde fängt gleich an. Danke fürs Abpassen!"

Nach der Nachmittagssitzung mit dem Edukator verzog Jochanan sich in sein Zimmer. Megs Platz an der Wand war leer, denn die SE war wie immer um diese Zeit damit beschäftigt, die automatische Küche zu beaufsichtigen. Eigentlich war das nicht ihr Job, aber seit einmal beinahe das Haus abgebrannt war, weil der Herd sich aufgrund eines Automatikfehlers nicht ausgeschaltet hatte, bestand Mama darauf, dass Meg während der Zubereitung der Mahlzeiten in der Küche anwesend war. Sie hatte dafür sogar extra ein neues Programm schreiben lassen. Papa war sauer gewesen wegen der Kosten, aber Mama ließ nicht mit sich reden. „Entweder sie übernimmt das, oder wir stellen jemand von draußen ein!", hatte sie gedroht, und das hatte Papa verstummen lassen. Seither hatte Jochanan nachmittags eine kostbare, unbeaufsichtigte Stunde ganz für sich allein.

Jochanan berührte den Touchscreen an der Wand und murmelte „Musik", um den Hauscomputer zu ärgern. Musik war so unspezifisch, dass das Haus erst einmal die Chronik scannen musste, um eine passende Playlist zu erstellen. Seine Verwirrung äußerte es regelmäßig mit der Aufforderung „Spezifiziere…?", die Jochanan wie immer ignorierte.

Stattdessen holte er das Päckchen unter seinem Kopfkissen hervor, wo er es hastig verborgen hatte, bevor das Hologramm des Edukators erschienen war. Vorsichtig wickelte Jochanan es aus. Drinnen war ein längliches, schwarzes Etui mit einem silbernen Knopf. Jochanan drückte darauf und das Etui sprang auf. Eine schwarze Brille starrte ihn an. Jochanan pfiff durch die Zähne. Eine Computerbrille! So ein Ding hatte der fiese Doktor Paulus in der Vergangenheit gehabt. Dies hier war aber ein viel moderneres Gerät, eine schmale, gebogene Enhanced-Reality-Brille, so wie Mama und Papa sie hatten. Jochanan durfte sie manchmal benutzen und sich ins Citynet einloggen, wenn seine Eltern mal ihre Ruhe haben wollten. Oder wenn sie gemeinsam in der City unterwegs waren und Papa ihm historische Gebäude zeigen wollte. Er hatte dafür ein besonderes Programm auf die Brille geladen, das die Stadt so zeigte, wie sie früher mal ausgesehen hatte.

Jochanan nahm die ER-Brille und setzte sie sich auf die Nase. Sofort erschien ein dreidimensionaler Stadtplan von Berlin vor ihm in der Luft. Die einzelnen Condos waren farbig markiert. Manche waren klein, so wie seines, aber es gab auch viel größere Einheiten, ganze Wohnparks, in denen man sich frei bewegen konnte. Das Ganze sah aus wie eine Landschaft aus bunten Bauklötzen.

„Standort?", fragte Jochanan.

Ein kleiner Punkt begann zu pulsieren und die Karte zoomte auf sein Condo ein, bis Jochanan genau darüber zu schweben schien. In dieser hohen Auflösung konnte er sogar das Trampolin im Hof erkennen.

„Route Prenzlauer Berg?"

Ein großer, grob dreieckiger Bereich etwas weiter hinten leuchtete auf, und verschiedene Streckenvarianten erschienen – blinkende Mobiltrassen, auf denen kugelförmige SHVs rollten, Bikeroads, sogar die Subway.

„Zu Fuß?"

Es war zum Glück nicht sehr weit. Jochanan hätte ja lieber die Subway benutzt oder noch besser eines der Spherical Holonomic Vehicles, aber das ging natürlich nur mit einer entsprechenden Freigabe auf dem Identichip. Sander hatte so eine SHV-Freigabe, weil er nachmittags immer seine Oma im Seniorencondo besuchte. Aber Jochanan war nie allein in der Stadt unterwegs. Selbst zum Holo-Tennis begleitete Meg ihn regelmäßig, und das war in der rekreativen Zone gleich nebenan.

Jochanan prägte sich die blinkende Route auf dem Stadtplan ein und wechselte in den Streetview-Modus. Sanft landete er im virtuellen Weißensee und lief im Schnellverfahren die Strecke von seinem eigenen Condo zum Prenzlauer Berg ab. Beim Checkpoint hielt er inne und starrte die grün wabernde Lichtschranke an, die sich quer über das Kopfsteinpflaster zog. Wie sollte er den Wohnpark betreten, ohne eine Zugangsberechtigung zu haben?

Die Brille schien seine Gedanken zu lesen. Am oberen rechten Rand erschien eine neongelb unterlegte Notiz: Besuchercode ÖLEIU-3t348.

Das war also schon mal geklärt. Der alte Mann hatte die Brille offensichtlich für ihn vorprogrammiert. Er schien sich also ziemlich sicher zu sein, dass Jochanan zum Treffpunkt kommen würde. Was er wohl von ihm wollte? Und was wusste er von Akascha? Wusste er überhaupt etwas von ihr? Oder war mit „A" vielleicht etwas ganz anderes gemeint?

Jochanan zoomte sich aus dem Streetview-Modus heraus und betrachtete nachdenklich den leuchtenden, dreieckigen Bezirk vor sich in der Luft. Wenn er morgen Vormittag tatsächlich dorthin wollte, musste er die Schule schwänzen. Er konnte so tun, als sei er krank. Das funktionierte meistens ganz gut. Er musste einen Weg finden, das Condo unbemerkt zu verlassen. Und dann musste er den Park mit dem Brunnen wiederfinden, wo er vor kurzem mit Merlin gesessen hatte. Vor kurzem! Ob es diesen Brunnen nach all den Jahren überhaupt noch gab? Natürlich, sonst hätte der alte Mann ihn ja wohl nicht dorthin bestellt!

Jochanan tippte an die Brille und rief sich eine Liste aller Springbrunnen in Berlin City auf den Schirm. Eine halbe Stunde später wusste er genau, wo er morgen früh sein musste. Was er allerdings noch nicht wusste, war, wie er es schaffen sollte, vormittags das Condo zu verlassen, ohne dass Meg es mitkriegte.

Im Endeffekt war es gar nicht so schwer, Meg auszuschalten. Als damals der Herd gebrannt hatte, hatte es einen Kurzschluss gegeben. Jochanan hatte sofort gemerkt, dass etwas nicht stimmte, weil sein Wanddisplay plötzlich schwarz geworden war. Auch das Holo des Edukators hatte sich mitten im Satz aufgelöst. Hilfesuchend hatte Jochanan nach Meg gerufen, doch die SE hatte sich nicht von ihrem Platz an der Wand gerührt. Mama hatte ihm später erklärt, dass Meg, weil sie gerade an der Ladestation an der Wand hing, Überspannung abbekommen hatte. Das würde bestimmt nicht wieder vorkommen, sagte Mama, denn sie hätten jetzt einen Sicherheitsschalter eingebaut. Im Fall eines erneuten Ausfalls der Haustechnik würde der sie schützen.

Um 9.30 Uhr, in der Pause nach der ersten Doppelstunde, vergewisserte Jochanan sich mit einem schnellen Blick, dass Meg an der Wand hing und ihre Leuchtdioden wie üblich um diese Zeit im Lademodus vor sich hin flackerten. Er stand auf und schlurfte bewusst laut ins Bad. Dort hatte er schon alles vorbereitet. Das Wasser war nicht abgelaufen, weil er beim Duschen den Stöpsel in der Wanne gelassen hatte. Jochanan legte den Duschkopf hinein und füllte die Wanne weiter auf, während er gleichzeitig die Toilettenspülung betätigte. So würde Meg nicht hören, dass etwas Ungewöhnliches vor sich ging. Vorsichtig schlich Jochanan in den Flur und lugte durch die angelehnte Tür seines Zimmers. Alles in Ordnung, Meg hatte keinen Verdacht geschöpft. Auf Zehenspitzen huschte Jochanan zum Smart-Home-Panel und legte den Sicherheitsschalter um.

Zurück im Badezimmer ergriff er mit zitternden Fingern sein Schreibpad, das er an eine Mehrfachsteckdose angeschlossen hatte. Er wusste genau, dass das, was er hier tat, lebensgefährlich war. Es war noch nicht lange her, da hatte der Edukator ihnen das Holo eines Mädchens gezeigt, das in der Badewanne gestorben war, nur weil ihr zum Laden angeschlossenes Pad ins Wasser gefallen war. Elektrische Geräte durfte man niemals in der Nähe von Wasser bedienen!

Aber das hatte Jochanan auch nicht vor. Er würde nicht einmal in die Nähe des Wassers gehen. Jochanan schaltete das Schreibpad ein, wich bis zur Tür zurück und warf es, als es summend zum Leben erwachte, zusammen mit der Steckdose aus sicherer Entfernung in die mit Wasser gefüllte Duschwanne.

PENG!

Mit einem Schlag ging das Licht aus. Alles war still und dunkel, nur durch das Oberlicht sickerte noch ein wenig graues Tageslicht.

Jochanan ergriff die ER-Brille, die er bereitgelegt hatte, und schlich durch den Flur zu seinem Zimmer. Hier war es noch finsterer, denn während des virtuellen Unterrichts blieben die halbdurchlässigen Wände abgedunkelt, damit man die Holos besser sah. Mit zitternden Fingern setzte Jochanan die Brille auf, murmelte „Nachtsicht" und blickte zur Wand. Megs Diodenaugen glitzerten leblos. Ja! Es hatte funktioniert!

Erleichtert lief Jochanan zurück in den Flur. Das rote Sicherheitslicht über der Haustür blinkte, also war der Notausgang aktiviert. Jetzt durfte er keine Zeit verlieren. Er griff sich seinen Rucksack und überprüfte noch einmal, ob er auch wirklich an alles gedacht hatte: Die ERB und zur Sicherheit auch seinen alten Kommunikator, ein Messer – ein ganz normales, sein Lasermesser hatte er ja nicht mehr, weil er es zum Abschied Merlin geschenkt hatte –, die Wasserflasche und ein paar Proteinriegel. Immerhin würde das Mittagessen ausfallen. Dann zog er seine Jacke an und verließ das Haus.

Draußen war es so hell, dass Jochanan blinzeln musste. Er überquerte zügig den Hof, ohne in die Sicherheitskameras zu gucken, lief am Haupteingang des Condo vorbei und umrundete den Spielbereich. Im toten Winkel hinter der Wippe duckte er sich unter das Trampolin, krabbelte auf die andere Seite und verschwand unter den Büschen. Dahinter führte ein schmaler Trampelpfad an der Mauer entlang um das ganze Condo herum, den der Gärtner zum Bewässern nutzte. Jochanan folgte dem Pfad bis zum Notausgang, der genau gegenüber dem Haupteingang lag. Natürlich gab es auch hier eine Sicherheitskamera. Allerdings war die nach draußen gerichtet.

Jochanan stemmte sich in der Türöffnung hoch und stellte sich auf den Türknauf. Mit einer Hand hielt er sich fest, mit der anderen schlenkerte er seinen Rucksack hoch, bis er die Kamera mit einem Gurt zu fassen bekam. Ein Ruck, und sie zeigte im steilen Winkel nach unten. Jetzt konnte man den Ausgang benutzen, ohne gefilmt zu werden! Diesen Trick hatte Jochanan sich bei den Jugendlichen im Condo abgeguckt, die keine Lust hatten, sich an die nächtlichen Ausgangssperren zu halten. Der Concierge war vermutlich eingeweiht – sonst hätte er sicher längst ein anderes System installiert, so oft, wie er die Kamera wieder in Position rücken musste. Jochanan machte seinen Rucksack los, drückte die Tür auf und schlüpfte hindurch. Mit einem leisen „Klick" fiel sie hinter ihm ins Schloss. Jetzt gab es kein Zurück mehr.

In diesem Moment bemerkte Jochanan, dass er Nasenbluten hatte. Rote Tropfen fielen vor seinen Füßen auf den Boden, als er sich vorbeugte. Nicht jetzt!, dachte er panisch, während er mit der einen Hand die ER-Brille festhielt und mit der anderen seine Taschen durchwühlte. Inzwischen war sein Fehlen im virtuellen Unterricht bestimmt aufgefallen und der Edukator hatte vergeblich versucht, Meg zu erreichen. Jochanan musste zusehen, dass er hier wegkam, bevor jemand nachsehen kam, was los war!

Endlich fand er ein Taschentuch und hielt es sich vor die Nase. Jochanan wischte das Blut ab, schniefte und tippte die Brille an. Kaum hatte er „Navigation" gemurmelt, als vor ihm auch schon die Route aufleuchtete. Das virtuelle Bild überlagerte sich mit der Realität und zeigte ihm den richtigen Weg. Erleichtert setzte Jochanan sich in Bewegung und folgte der flackernden grünen Markierung auf dem Boden.

Nach kurzer Zeit erreichte er eine mehrspurige SHV-Trasse zwischen den Condos. Dicht an dicht rollten die mobilen Sphären die Route entlang. Darüber verlief auf Stelzen die Bikeroad. Auf dieser Ebene gab es virtuelle Präsentationszentren und Cafés. Ihre buntem Logos blitzten am Rand der ER-Brille auf, als Jochanans Blick sie streifte. In jeder anderen Situation hätte Jochanan jetzt nicht widerstehen können und die verschiedenen Modi der Brille ausprobiert. Vor allem die Shopping- und die verschiedenen Entertainment-Welten lockten ihn. Wenn er mit Mama und Papa unterwegs war, durfte er immer nur den History-Modus oder den Navigations-Modus nutzen – „damit du erst mal lernst, mit der erweiterten Realität umzugehen", sagte Mama. Das konnte er zum Glück aber längst, sonst wäre dieser Ausflug heute schwierig geworden!

Jochanan riss sich zusammen und schaute sich an, wo er hin musste. Die grüne Markierung führte direkt über die Trasse. SHVs surrten vorbei, hielten an und rollten mit neuen Passagieren wieder los, während die Ausgestiegenen in den Geschäften verschwanden. Jochanan lief zur nächsten Kreuzung und wartete darauf, dass der Übergang frei wurde. Da hielt plötzlich ein SHV direkt vor ihm an. Lautlos glitten die Seitentüren nach hinten und gaben das Innere der Kugel frei. Gleichzeitig erschien eine Nachricht innen auf seiner Brille:

„Keine Sorge, die ERB ist getunt. Steig ein, die Sphäre bringt dich direkt zum Prenzlauer Berg!"

Eine halbe Stunde später stand Jochanan am Eingang des kleinen Parks mit dem Brunnen. Es fühlte sich sehr merkwürdig an, hier zu sein. Erst vor wenigen Tagen hatte er genau an dieser Stelle gesessen, zusammen mit Merlin, der ihm gerade geholfen hatte, Dr. Paulus zu entkommen. Sie hatten ihre T-Shirts getauscht und die Füße im kühlen Brunnen gebadet, weil es so heiß war. Jetzt war es Herbst, und der Brunnen verschwand fast unter dem gelben und roten Laub der umstehenden Bäume, die viel größer waren, als Jochanan sie in Erinnerung hatte. Kein Wunder – es waren ja auch 90 Jahre vergangen! Anders als früher gab es jetzt auch einen Zaun um den Park herum, mit einer angelehnten Pforte und einem Schild: ‚Dieser Park gehört zur Senioren-Residenz Löwenruh. Betreten bis auf Widerruf gestattet. Ruhe erbeten!‘

Jochanan überprüfte sein Uhrentattoo: 9.55 Uhr. Er war pünktlich, aber außer ihm war niemand da. Er öffnete die Pforte und trat an den Brunnen heran. Wasser gab es keines mehr im Becken. Überhaupt sah der Park ein wenig heruntergekommen aus. Jochanan umrundete den Brunnen und kickte ein wenig Laub in die Luft.

„Danke, dass du gekommen bist!", sagte plötzlich eine heisere Stimme. Jochanan blickte auf. Hinter der Pforte stand ein alter, gebückter Mann, der sich auf einen Gehstock stützte. Seine spärlichen Haare waren weiß, die Haut voller brauner Flecken und auf der langen, spitzen Nase trug er eine Brille. Jochanan erkannte ihn sofort: Es war tatsächlich derselbe alte Mann, der ihm vor der Zeitreise das Lasermesser geschenkt hatte.

„So treffen wir uns also wieder, und das nach so kurzer Zeit!", sagte der alte Mann und lächelte. „Ich freue mich sehr, dich wohlauf zu sehen. Und, hat das Messer dir inzwischen gute Dienste geleistet?"

Jochanan nickte stumm.

„Das ist gut. Sehr gut. Ich war mir nicht sicher, ob du schon eines hattest, bevor du die Zeitreise angetreten hast. Ich wusste aber, dass du es brauchen würdest."

„Wieso wussten Sie das?", platzte Jochanan heraus, „und

woher kennen Sie diesen Park? Was wollen Sie von mir? Und was wissen Sie über Akascha? Kennen sie sie?"

„So viele Fragen!", schmunzelte der alte Mann. „Dabei müsstest du die Antworten eigentlich schon wissen. Aber fangen wir mit der letzten Frage an. Ja, ich kenne Akascha. Ich weiß auch, dass sie mit dir durch das Zeittor am Brandenburger Tor gekommen ist. Wann war das genau?"

„Vorgestern Abend", antwortete Jochanan erleichtert. Wie gut, dass ein Erwachsener Bescheid wusste!

„Vorgestern...", wiederholte der alte Mann nachdenklich. „Und wo ist sie jetzt?"

Jochanan sah den alten Mann bestürzt an. „Ich dachte, das könnten Sie mir sagen!", sagte er. „Ich dachte, sie wäre vielleicht bei Ihnen!?"

Das Lächeln schwand aus dem faltigen Gesicht des alten Mannes. Er warf Jochanan einen ernsten Blick zu. „Das hatte ich befürchtet", sagte er mit einem Seufzer. „Nein, sie ist nicht bei mir. Aber komm, setzen wir uns. In meinem Alter..."

Er drückte die Pforte auf, winkte Jochanan zu sich heran und stützte sich mit einer knochigen Hand auf seine Schulter, während sie langsam durch das knietiefe Laub zu einer Bank gingen. Die wenigen Schritte schienen den alten Mann anzustrengen. Er ließ sich mühsam auf der Bank nieder und blieb einen Moment lang mit offenem Mund sitzen. Dann holte er tief Luft.

„Es ist nicht leicht, wenn man so alt ist wie ich", sagte er schließlich mit zitternder Stimme. „Man wird müde. Der Körper will nicht mehr so, wie man es gern hätte. Die Medizin hat in all den Jahren große Fortschritte gemacht, und ich habe getan, was ich konnte, um mich gesund zu erhalten, aber jenseits der Hundert wird man einfach müde."

„Wie alt sind Sie denn?", fragte Jochanan erstaunt.

„Vor kurzem habe ich meinen einhundertersten Geburtstag

gefeiert", erwiderte der alte Mann. Er warf Jochanan einen eigenartigen Blick zu. „Das heißt, vor neunzig Jahren war ich ungefähr so alt wie du jetzt."

Vor neunzig Jahren. Jochanan musste nicht lange rechnen. Das war das Jahr 2031 – das Jahr, in das sie die Zeitreise unternommen hatten. Das Jahr, in dem er Merlin kennengelernt hatte. Jochanan runzelte die Stirn. Genau wie gestern hatte er auf einmal ein komisches Gefühl, so, als würde ihm gerade etwas Wichtiges entgehen, als müsste er verstehen, was... oder vielmehr wer...

Und plötzlich verstand er.

Vielleicht sehen wir uns irgendwann einmal wieder...!

Jochanan sprang auf, stolperte ein paar Schritte rückwärts und starrte den alten Mann an. War es möglich...?

Der alte Mann erwiderte seinen Blick und nickte langsam. Obwohl er lächelte, sah er dabei ein bisschen traurig aus.

„Merlin!?"

Der Name kam nur als tonloses Flüstern aus Jochanans Kehle.

„Jochanan. Verstehst du jetzt, warum ich dich gerade hier im Park treffen wollte?"

Der alte Mann war – Merlin, dies war Merlin! Aber er war es auch nicht, jedenfalls war das nicht sein Freund Merlin, nicht der Merlin, der Jochanan mit einem Griff in die Haare vor dem Ertrinken gerettet hatte, der rotblonde Junge mit Brille, mit dem er das T-Shirt getauscht hatte, und der vorgestern mit ihm und Akascha durch den dunklen Tiergarten gerannt war, auf der Flucht vor Dr. Paulus.

Dieser alte Mann war ein Fremder.

„Es muss schockierend für dich sein, mich so wiederzusehen", sagte der alte Merlin und seine Stimme zitterte ein wenig. „Ich wünschte, ich könnte es dir leichter machen." Er griff in seine Jackentasche und hielt Jochanan ein kleines, längliches, in einen Fetzen vergilbtes Schreibpapier eingewickeltes Päckchen hin. Stumm nahm Jochanan es in Empfang und drehte es langsam in seinen Händen. Er musste es nicht auspacken, um zu wissen, was darin war.

„Dein altes Lasermesser. Ich habe es all die Jahre aufbewahrt."

„Aber ... "

„Das Messer, das ich dir vor drei Wochen geschenkt habe, war ein neues. Ich habe mit dem Lasermesser-Patent sehr viel Geld verdient. Du hast mich reich gemacht mit deinem Geschenk damals, Jochanan. Aber das ist wirklich nicht der Grund, warum ich das Messer aufbewahrt habe."

Jochanan schluckte. „Weil wir Freunde waren?"

Der alte Merlin zuckte fast unmerklich zusammen und schien ein wenig in sich zusammenzufallen. „Ja", sagte er schließlich heiser, indem er sich wieder aufrichtete, „ja, wir waren Freunde. Aber nicht nur wir zwei. Auch Akascha war meine Freundin. Ich habe all die Jahre auf euch beide gewartet. Wir müssen sie finden, Jochanan!"

„Natürlich!", pflichtete Jochanan ihm bei. „Darum bin ich doch hergekommen! Ich habe einen Kurzschluss bei uns im Haus gemacht, damit die SE keinen Alarm sendet und damit die Schleuse aufgeht und ich das Condo verlassen konnte!"

Der alte Merlin lächelte wieder. „Sehr gut!", lobte er, und seine Augen glitzerten hinter den Brillengläsern. „Aber wirst du keine Probleme bekommen, wenn du wieder nach Hause kommst?"

„Ich sage einfach die Wahrheit!", entgegnete Jochanan trotzig. „Dass ich Akascha suchen wollte. Meine Eltern wollen mir einreden, dass die Zeitreise nur ein virtueller Trip war, aber das stimmt nicht. Sonst hätte ich keine Mückenstiche!"

„Und sonst würde es mich wohl kaum geben!", ergänzte der alte Merlin mit einem heiseren Lachen. „Aber das ist interessant. Warum lügen sie dich an?"

„Ich glaube, die Zeitreisefirma steckt dahinter. Als Mama im Holo mit mir geredet hat, hat sie die ganze Zeit so komisch zur Seite geguckt. Als ob da noch jemand mit ihr im Raum war. Und gestern Abend wollte sie gar nicht mehr mit mir über die Zeitreise reden, obwohl sie es versprochen hatte."

„Das ist wirklich merkwürdig! Wahrscheinlich hast du recht, und die Zeitreisefirma versucht, die Sache zu vertuschen."

„Akascha dürfte ja eigentlich gar nicht hier sein, oder?"

„Nein, das dürfte sie in der Tat nicht. Jeder Kontakt zu Menschen in der Vergangenheit ist streng verboten."

„Also hat man sie verschwinden lassen?"

„Das ist möglich. Wir sollten der Zeitreisefirma vielleicht einen Besuch abstatten, was meinst du?"

Jochanan sah den alten Mann zweifelnd an. „Das habe ich auch schon gedacht", sagte er zögernd, „aber wie sollen wir dorthin kommen?" Durch den Tiergarten laufen so wie früher konnte dieser Merlin jedenfalls nicht mehr!

„Wozu gibt es SHVs?", fragte der alte Mann zurück, und zum ersten Mal glaubte Jochanan, eine Spur des alten, jungen Merlin in seinem spöttischen Blick zu erkennen. „Ich habe dich doch auch in deinem Condo besucht, oder?"

„Stimmt! Wie sind, äh, wie bist du da überhaupt reingekommen?", wollte Jochanan wissen.

„Ah, das war einfach. Ich bin Arzt geworden, weißt du. Als Mediziner hat man eine Freigabe für alle Condos."

„Das heißt, du kannst jeden Scanner passieren?"

„Fast jeden. In die Hochsicherheitscondos im Regierungsbezirk komme ich nicht. Und die meisten Workspaces sind auch gesperrt. Aber einen einfachen gesicherten Wohnpark kann ich ohne Probleme betreten."

Jochanan nickte. „Und wie hast du mich gefunden?"

„Das war nicht so schwer. Ich hatte ja Zugang zu den medizinischen Daten der Berliner Bevölkerung. Ich kannte deinen Namen, und ich wusste, in welchem Jahr du geboren wirst."

„Hast du mir darum diese Botschaft mitgegeben? Vielleicht sehen wir uns ja irgendwann einmal wieder?"

Merlin lachte auf und deutete auf das vergilbte Paket in Jochanans Hand. „Nun ja, eigentlich hast du mir das zuerst geschrieben!"

Jochanan überlegte einen Moment und grinste. „Das ist wie mit der Henne und dem Ei, oder?"

„Genau", bestätigte Merlin. „Eure Zeitreise hat den kausalen Ablauf der Dinge damals ganz schön durcheinandergebracht. So was nennt man Paradoxie."

Jochanan nickte. So ganz verstand er nicht, was genau Merlin meinte, aber im Moment war ihm das egal. Hauptsache, sie fanden Akascha!

„Weißt du denn, wo die Zeitreisefirma ist?", fragte er.

Der alte Mann nickte. „Setz mal die Brille auf!", sagte er.

Jochanan gehorchte. Merlin lehnte sich zu ihm hinüber, drückte mit zitternder Hand auf den Bügel und sagte „PTT-Intro".

Die Brille verdunkelte sich, und dann lief vor Jochanans Augen ein 3D-Werbefilm, der die Vorteile von PTT-Zeitreisen anpries: „Genießen Sie Ihren Urlaub in der wirklichen Vergangenheit!", schmeichelte, untermalt von dramatischer Musik, eine tiefe, vertrauenerweckende Stimme, während ein prachtvolles Steintor hell erstrahlte und sich auflöste, um den Blick auf wundervolle, weite Landschaften freizugeben. Im Flug glitt die Kamera über Wälder im Abendnebel, zeigte Fußspuren an einem menschenleeren, sonnigen Strand, Vogelschwärme auf tiefblauem Wasser, einen Fuchs, der im Morgendunst über eine taufeuchte Wiese wanderte ...

„Die haben vergessen, die Mücken zu erwähnen", sagte Jochanan und setzte die ER-Brille wieder ab.

Merlin schmunzelte. „Das stimmt. Die Mücken waren eine Plage, damals. Heute gibt es keine mehr. Das ist immerhin ein Vorteil unserer Zeit."

„Na ja", sagte Jochanan. „So schlimm war es auch wieder nicht. Immerhin gab es deshalb auch viele Vögel. Das war schön, wie die morgens laut gezwitschert haben."

Merlin nickte. „Da hast du Recht. Das Vogelkonzert vermisse ich auch. Es ist nicht dasselbe, wenn es aus dem Lautsprecher kommt."

Beide schwiegen einen Moment.

„Also", sagte Merlin schließlich, und stand mühsam auf, wobei er sich wieder an Jochanans Schulter festhielt, „dann wollen wir der Firma PTT mal einen Besuch abstatten. Jetzt, wo du dabei bist und ich weiß, wann genau Akascha angekommen ist, sind sie vielleicht bereit zu reden und mir zu sagen, wo sie ist."

„Warst du denn schon einmal da und hast nach ihr gefragt?"

„Oh ja. Ich habe mich als Kunde ausgegeben, der eine alte, verstorbene Freundin wiedersehen möchte. Leider ist es aber unmöglich, in die eigene Vergangenheit zurück zu reisen. Also musste ich mich 90 Jahre lang gedulden, bis jetzt."

„Wieso wolltest du denn in deine eigene Vergangenheit reisen?"

Der alte Merlin sah Jochanan lange an. Schließlich seufzte er und wandte den Blick ab. „Ich habe lange überlegt, ob ich es dir überhaupt sagen soll", sagte er, „aber ich glaube, es ist besser, wenn du es weißt. Ich wollte in die Vergangenheit zurückreisen, um Akascha daran zu hindern, hierher zu kommen." Er sah Jochanan wieder an und hob die Augenbrauen. „Es ist nämlich so: Wenn wir sie nicht rechtzeitig finden, wird sie in einer Woche nicht mehr am Leben sein!"

Im SHV, das vor dem Park auf sie gewartet hatte, ließ Jochanan sich in den hinteren Sitz fallen, während der alte Merlin langsam und ächzend ihm gegenüber einstieg. Jochanan war noch immer fassungslos. Wenn es stimmte, was Merlin ihm da erzählt hatte, dann war Akascha nur wenige Tage, nachdem sie hier in der Zukunft angekommen war, wieder zurück in die Vergangenheit gereist – genauer gesagt, in das Jahr 2040. Und dort hatte sie Merlin getroffen. Für Merlin waren also neun Jahre vergangen, als er damals Akascha wiedersah, aber für sie waren es nur wenige Tage gewesen. Wie hatte sie es nur geschafft, so schnell ein Zeittor zu organisieren, das sie zurück in die Vergangenheit brachte? Und was konnte Akascha veranlasst haben, gleich wieder aus der Zukunft zu verschwinden, nachdem sie doch gerade erst eingetroffen war? Jochanan kniff die Augen zusammen und überlegte. Eigentlich musste die Frage lauten: Was würde sie veranlassen, dies zu tun? Denn wenn Jochanan richtig verstanden hatte, lag diese Entscheidung ja noch in der Zukunft. Akascha war im Moment noch hier im Jahr 2121 – auch wenn sie beide gerade nicht genau wussten, wo.

Aber das würden sie herausfinden. Sie mussten es einfach herausfinden, und zwar bald. Denn wenn sie Akascha nicht rechtzeitig fanden und sie daran hinderten, zurück in die Vergangenheit zu reisen, dann hatte sie nur noch wenige Tage zu leben. Sie würde krank werden, genau wie die ganzen anderen Menschen damals, genau so wie Merlins kleiner Bruder Michi. Und nach einigen Tagen würde sie sterben. Das hatte Merlin ihm jedenfalls eben erzählt. Weil es damals kein Gegenmittel gab.

Jochanan sah aus dem Fenster auf die vorbeifliegenden Fassaden der alten Häuser. Davor blitzten grellbunte Holografien auf, die das SHV in ihre Werbebotschaften tauchten. Ein Schwarm bunter Fische umringte sie – ‚Virtual Diving Reality! Erleben Sie die faszinierende Welt unter Wasser!' Ein Lagerfeuer loderte inmitten von rot leuchtenden Gesichtern, die ihnen zulächelten und sie zum ‚Campsite Dinner!' einluden. Ein Stück weiter stand ein riesiger, muskulöser Sportler quer über der Straße und verwandelte sich in das Logo ‚Mehr Power für Körper und Geist!', als sie durch ihn hindurchfuhren.

Unwillkürlich musste Jochanan daran denken, wie Akascha ohnmächtig auf dem Boden des dunklen Treppenhauses gelegen hatte, als sie bei ihrer Flucht vor Dr. Paulus die Stufen heruntergefallen war. Wie schwer sich ihr lebloser Körper angefühlt hatte, als er sie durch die Metalltür und hinter die Büsche geschleppt hatte. Aber sie atmete! Sie lebte! Es war unvorstellbar, dass sie in wenigen Tagen nicht mehr da sein würde. Oder genauer gesagt: dass sie seit vielen Jahren schon nicht mehr lebte! Sie und Michi und so viele andere Menschen.

Wieso hatten seine Eltern ihm eigentlich nie etwas von dieser schrecklichen Seuche erzählt, die damals gewütet hatte? Auf der ganzen Welt waren Menschen und auch Tiere plötzlich krank geworden, hatte Merlin mit heiserer, tonloser Stimme berichtet – vor allem diejenigen, die Fleisch gegessen oder etwas mit Tieren zu tun hatten. Die ganze Versorgung brach zusammen, nichts funktionierte mehr. Müllberge stapelten sich an den Straßenecken, es gab keine Elektrizität, kein sauberes Wasser. Die Läden blieben geschlossen. Niemand traute sich mehr auf die Straße, nur das Pack, das Türen und Fenster einschlug und sich nahm, was es brauchte. Die Reichen verbarrikadierten sich in ihren Häusern, und die Mediziner versuchten, ein Gegenmittel zu entwickeln – aber als ihnen das endlich gelang, war es für die meisten Menschen schon zu spät. Die Seuche war überall. Wer sich einmal angesteckt hatte und überlebte, trug den Erreger in sich, und man wusste nie, ob und wie er wieder ausbrechen würde.

Jetzt verstand Jochanan auf einmal, warum die Menschen damals Mauern um ihre Städte gebaut hatten, nicht nur hier in Berlin, sondern überall auf der Welt. Nicht wegen der Klimaflüchtlinge, wie er gedacht hatte, seit Merlin ihm im Park davon erzählt hatte. Und auch nicht wegen dieses Aufstands, wie der Edukator behauptet hatte – oder zumindest nicht nur. Tatsächlich wurden die Mauern gebaut, weil die Menschen Angst hatten sich anzustecken. Wer krank war, sollte draußen bleiben. Und draußen sterben.

Sein Vater wusste das alles, er war Historiker. Warum hatte er nie mit Jochanan darüber gesprochen? Warum sprach niemand über diese Vergangenheit? War es wirklich so, dass sie die Geschichte dieser Seuche, die doch die ganze Welt verändert hatte, irgendwann im Unterricht behandeln würden? Oder wollte einfach niemand darüber reden? Vielleicht interessierte das, was damals geschehen war, heutzutage keinen mehr, weil es einfach zu lange her war? Weil die Dinge einfacher waren, so, wie sie jetzt waren? Weil es heutzutage vielleicht sogar besser war?

Aber für Jochanan war es nicht so lange her. Er war gerade erst da gewesen. Und er hatte Menschen kennengelernt, die davon betroffen waren. Er wollte wissen, was in der Vergangenheit passiert war!

Jochanan setzte die ER-Brille auf, aktivierte die Suchfunktion rechts unten am Rand und murmelte: „Seuche im 21. Jahrhundert". Die Suche ergab eine Menge Einträge über eine weltweite Pandemie in den 2020er Jahren, aber das war es auch schon. Jochanan wollte gerade ‚die Geschichte Berlins im 21. Jahrhundert' aufrufen, als Merlin sich räusperte.

„Ich glaube, wir sind da", sagte er, während das SHV abbremste und von der Mobiltrasse seitlich in eine gepflasterte, von großen Vegetationsmasten gesäumte Straße einbog. Die Sphäre verringerte ihre Geschwindigkeit und rollte lautlos an den Straßenrand.

Sie hielten vor einem sehr alten Gebäude aus roten Backsteinen. Viele unterschiedlich geformte Fenster und Türmchen blickten auf sie herab. Vor dem Eingang schimmerte ein riesiges Holo des Brandenburger Tors, hinter dem Jochanan den idyllischen Strand aus dem Werbefilm leuchten sah. Das Holo waberte und verwandelte sich in ein meterhohes Logo mit dem Buchstaben P über zwei großen T, die wie ein Tor nebeneinander standen. Dazwischen erschien kurz eine altmodische, hölzerne Drehtür, bevor das Holo sich erneut änderte und nun einen ziegelroten Turm mit einer weißen, geflügelten Engelsfigur oben drauf zeigte. Auf halber Höhe hatte der Turms ein großes, rundes Loch, durch das der blaue Himmel leuchtete.

„Komm", sagte Merlin und betätigte den Türöffner, „hilf mir mal beim Aussteigen. Es wird Zeit, dass wir ein paar Antworten bekommen!" Entschlossen packte er Jochanans Schulter und steuerte ihn durch das Holo des Brandenburger Tors hindurch, hinter dem sich der Eingang der Firma PTT-Zeitreisen befand. Sie gingen durch die Drehtür.

Drinnen war es kühl und dunkel. Die Wände waren anscheinend mit echtem Holz getäfelt. Wasser plätscherte leise, im Hintergrund ertönte dezentes Vogelgezwitscher.

„Kann ich ihnen behilflich sein…?"

Eine massige, teure SE löste sich von ihrer Ladestation an der Wand und bewegte sich auf Merlin und Jochanan zu.

„Das können Sie!", sagte Merlin entschieden. „Ich möchte mich hinsichtlich einer Zeitreise beraten lassen. Von einem Menschen!"

Die SE flackerte lange. „Wie Sie wünschen", entgegnete die Maschinenstimme schließlich kühl. „Folgen Sie mir." Lautlos glitt die SE voran durch die Eingangshalle, eine Treppe hoch und einen langen Flur entlang. Eine Schiebetür öffnete sich und sie betraten ein luxuriös ausgestattetes Büro. Über einem Konferenztisch hingen tropfenförmige Leuchtkugeln, die schimmernde Reflexe auf den dunkelbraun gemaserten Fußboden warfen. Eine der Wände bestand aus rohen, alten Ziegelsteinen.

„Warten Sie hier", sagte die SE und verließ den Raum.

Merlin und Jochanan ließen sich auf einem Sofa nieder, das seitlich im Raum stand. Auf der gegenüberliegenden Wand lief derselbe Film, den Jochanan schon in der ER-Brille gesehen hatte. Traumhafte Landschaften, Meeresrauschen, sanfte Musik.

Die Tür öffnete sich und eine große, schlanke Frau trat ein, ein golden glitzerndes Schreibpad unter dem Arm. Ihre Haare und Augenbrauen waren in einem modischen Türkisgrün gefärbt.

„Ah, ich sehe, Sie genießen schon die Vorfreude!", sagte die Frau mit einem gewinnenden Lächeln und setzte sich ihnen schräg gegenüber an den langen Tisch. „Mein Name ist Benvenuto, ich bin die Geschäftsführerin. Gern bin ich Ihnen persönlich dabei behilflich, Ihren Traumurlaub zu buchen! Wann soll es denn hingehen? 20. Jahrhundert, ein relaxter Strandurlaub? Oder lieber ein authentischer Land-Trip in die vorindustrielle Zeit?" Sie musterte Merlin abschätzend. „Ich könnte ihnen auch unseren Klassiker empfehlen: Die Wunder dieser Welt, inklusive Zoobesuch und Bootsfahrt im Spreewald – der ist besonders für Senioren und Familien geeignet ... "

„Danke", unterbrach Merlin sie, „tatsächlich haben wir ein anderes Anliegen."

„Ah?", machte die Frau wieder, und ihr Lächeln war auf einmal etwas weniger gewinnend.

„Wie mein junger Freund hier bezeugen kann, ist vorgestern eine Person aus der Vergangenheit durch ein Zeittor Ihrer Firma hierher gelangt. Ein Mädchen namens Akascha."

44

„Hierher?"

„Hierher in diese Zeit."

Nun lächelte die Frau gar nicht mehr. „Das ist unmöglich!", sagte sie entschieden. „Wie Sie sicher wissen, ist jeder Kontakt zu Menschen aus der Vergangenheit verboten. Ganz zu schweigen von einer illegalen Einreise! Wir beachten streng sämtliche gesetzlichen Auflagen im Zusammenhang mit einer Zeitreise!"

„Und dennoch ist dieses Mädchen hierhergelangt. Und seither ist sie verschwunden. Wir wollen von Ihnen wissen, wo Akascha sich befindet."

Die Frau stand auf. „Ich kann Ihnen da leider nicht weiterhelfen. Mir ist von derartigen Vorgängen nichts bekannt."

„Setzen Sie sich", sagte Merlin ruhig. Jochanan staunte über die Autorität, die er auf einmal ausstrahlte. „Wie schon gesagt, dieser Junge hier und seine Familie waren dabei. Es gibt also Zeugen. Sie hatten bei Ihnen eine Zeitreise gebucht, bei der einiges schief gelaufen ist. Das wurde vertuscht." Merlin beugte sich etwas vor und sah die Frau eindringlich an. „Wenn Sie uns nicht sagen, wo Sie Akascha hingebracht haben, werde ich die City-KI informieren. Ich bin sicher, dass dies nicht im Interesse Ihrer Firma ist."

Langsam ließ die Frau sich wieder auf die Couch sinken und griff wie nebenbei nach ihrem Schreibpad.

„Und glauben Sie nicht, dass ich nur ein hilfloser alter Mann bin!", fuhr Merlin mit einem vielsagenden Blick auf das Schreibpad fort. „Ein detaillierter Bericht der Vorgänge im Zusammenhang mit der Zeitreise findet sich bereits im Citynet. Bislang noch passwortgesichert." Wieder starrte Merlin die Frau an, und sein Blick hatte jetzt etwas Scharfes, Unversöhnliches. „Helfen Sie uns, Akascha zu finden. Dann wird niemand etwas von der Sache erfahren!" Fast erinnerte sein eindringlicher Ton Jochanan an Dr. Paulus! Aber das war sicher nur deshalb so, weil beides alte Männer waren ...

Die Frau kaute auf ihren Lippen. Dann schien sie einen Entschluss zu fassen. Sie griff nach dem goldenen Schreibpad und wischte mit schnellen Bewegungen über die Oberfläche. Ihre Lippen kräuselten sich widerwillig. Schließlich drehte sie das Pad um und streckte es ihnen wortlos entgegen.

„Sicherheitsreport 57-2121-07-2031", las Jochanan und darunter, dick unterstrichen: „streng vertraulich." Es folgte ein längerer Bericht in kleiner Schrift, den Jochanan so schnell nicht lesen konnte, und dann – eine Karte! Ein Plan von Berlin und Umgebung. Deutlich erkannte Jochanan die rote Sperrzone, die sich rund um die Stadt erstreckte. Und ein ganzes Stück dahinter, irgendwo im Niemandsland am oberen rechten Rand der Karte, eine dicke, neongelbe Markierung.

Merlin zog die Augenbrauen hoch, so dass die Brille auf seiner Nase verrutschte. „Draußen vor der Stadt? Da hättet Ihr sie auch gleich zu den Wölfen bringen können!", sagte er bitter und packte Jochanans Arm, um sich hochzuziehen. „Komm. Wir werden ein Flugmobil brauchen!"

Nachdem die Frau den Sicherheitsreport und die Karte mit Akaschas Aufenthaltsort auf die ER-Brille überspielt hatte, führte die SE Jochanan und Merlin den langen Flur entlang zurück zur Eingangshalle und verschwand. Jochanan zögerte und sah sich suchend um.

„Was ist los?", fragte Merlin.

„Ich muss mal!", sagte Jochanan. „Schon die ganze Zeit. Ob es hier ein Klo gibt?"

„Bestimmt! Lass uns mal da hinten schauen."

In einem angrenzenden Korridor fanden sie, was sie suchten. Erleichtert stieß Jochanan die Toilettentür auf.

Sie waren gerade auf dem Weg zurück zum Ausgang, als Merlin plötzlich abrupt anhielt. „Aber das ist doch unmöglich!", stieß er hervor.

„Was?", fragte Jochanan erschrocken.

„Da!"

Jochanan sah aus dem Fenster. Ein älterer Mann mit grauem Stoppelbart ging gerade über die Straße und sah sich suchend um.

Jochanan spürte, wie sich ihm vor Schreck die Haare auf dem Kopf sträubten. Auf dem Gehweg, nur wenige Meter von ihnen entfernt hinter der Scheibe, stand – Dr. Paulus! Und er sah noch genau so aus wie vor 90 Jahren.

„Duck dich!", zischte Merlin. „Er darf dich nicht sehen!"

Jochanan gehorchte sofort. Sein Herz hämmerte und seine Gedanken rasten. Wie war es möglich, dass Dr. Paulus hier im Berlin des Jahres 2121 auftauchte? Die Antwort kam wie von selbst: Irgendwie hatte Dr. Paulus es am Ende doch noch geschafft, das Zeittor zu benutzen! Aber das war unmöglich, er hatte ja kein Somniavero mehr! Es gab damals nur ein Fläschchen Somniavero in der Vergangenheit, und das hatte Akascha getrunken. Jochanan hatte schließlich genau gesehen, wie sie unter dem leuchtenden Tor erschienen war. Außerdem hätte die Dosis gar nicht ausgereicht für einen erwachsenen Mann!

„Du kannst wieder hochkommen", sagte Merlin heiser. Seine Hand auf Jochanans Schulter zitterte leicht. „Er ist weg."

Jochanan richtete sich auf. „Wo ist er hingegangen? Hat er uns gesehen?"

„Ich glaube nicht. Er ist vorne reingegangen. Komm! Wir sollten hier verschwinden!"

Merlin drehte sich um und führte Jochanan den Korridor entlang, weg von der Eingangshalle. Mit jedem Schritt stützte er sich dabei mehr auf Jochanans Schulter ab. Jochanan hätte Merlins Griff am liebsten abgeschüttelt und wäre davongerannt. Gleich darauf schämte er sich für diesen Gedanken.

Am Ende des Gebäudes fanden sie eine Treppe und eine Nebentür, die nach außen aufging und sie über einen kleinen Innenhof zurück auf die kopfsteingepflasterte Straße brachte. Schwer atmend lehnte Merlin sich gegen eine Hauswand. Jochanan starrte hinüber zum Haupteingang der Zeitreisefirma. Die altmodische Drehtür hinter dem Hologramm bewegte sich langsam.

„Was will er hier?", fragte Jochanan, ohne den Namen von Dr. Paulus zu nennen. „Und wie kommt er hierher?"

Merlin sah Jochanan an und rieb sich die Augen unter der Brille. „Was er hier will, weiß ich nicht. Noch nicht. Aber wie er hierherkommt, ist ziemlich offensichtlich. Ich frage mich, wie ich das übersehen konnte!"

„Was übersehen?"

Merlin deutete auf das Holo über dem Eingang der Zeitreisefirma.

„P-T-T", las Jochanan vor. „Und?"

„Was glaubst du, wofür das steht?"

„Keine Ahnung!"

„Nun, ich könnte mir vorstellen, dass diese Firma hier Paulus Time Travel heißt. Wenn das stimmt, dann hat Dr. Paulus sie gegründet, irgendwann in der Vergangenheit."

„Also hat er am Ende rausgekriegt, wie Zeitreisen funktionieren?"

„Sieht ganz so aus!", sagte Merlin. „Sonst wäre er wohl kaum hier!" Er streckte eine Hand aus. „Gib mir bitte mal die Brille."

Jochanan zögerte. „Sollen wir nicht besser erst mal weggehen? Was, wenn er gleich wieder rauskommt?"

„Warum sollte er?" Merlin legte Jochanan beruhigend die Hand auf den Arm, doch Jochanan spürte, das seine Finger zitterten. „Selbst wenn: Dies hier ist unsere Zeit. Wir gehören hier-her. Er nicht! Außerdem kennt er mich nicht.“

„Aber mich …“, sagte Jochanan leise. Er hatte immer noch Angst vor Dr. Paulus. „Was, wenn er immer noch hinter mir her ist?“

Merlin schüttelte den Kopf. „Ich glaube nicht, dass er noch an dir interessiert ist“, sagte er. „Er wollte herausfinden, wie man in die Zukunft reist, und das ist ihm jetzt irgendwie gelun-gen. Damit bist du nicht mehr wichtig für ihn. Aber weißt du was? Es könnte gut sein, dass er etwas von Akascha will!“

„Von Akascha?“

„Genau. Warum sonst taucht er genau jetzt und genau hier auf? Gib mir bitte die Brille! Wenn ich Recht habe, ist es noch wichtiger, dass wir Akascha schnell finden. Wir müssen ihm zu-vorkommen!“

Obwohl Merlin alle Hebel in Bewegung setzte, gelang es ihm nicht, noch für denselben Tag ein Flugmobil zu leihen. „Am bes-ten, du kommst erst mal mit zu mir“, sagte er zu Jochanan, wäh-rend er hektisch auf den Bügel der ER-Brille tippte. „Ganz so, wie in alten Zeiten. Okay?!“

Jochanan nickte. So richtig wohl war ihm dabei zwar nicht, aber wenn er jetzt nach Hause zurückging, würde er morgen früh sicher nicht mit Merlin zu Akascha fliegen können.

„Aber wie sollen wir Akascha finden?“, fragte er, während das SHV surrend durch die Holo-gesäumten Straßen rollte. Er erinnerte sich noch gut an das einzige Mal, als er einen Ausflug vor die Stadt gemacht hatte. Ein Besuch in einer Agrarfabrik, real live mit dem Flugmobil, gehörte zum Lehrplan. „Da draußen sieht doch alles gleich aus! Und was, wenn sie morgen gar nicht mehr dort ist, wo die Leute von der Zeitreisefirma sie hingebracht haben? Sie bleibt doch bestimmt nicht einfach da sitzen"

„Lass mich mal machen!", sagte Merlin, der immer noch auf der ERB herumtippte. „Ich habe da draußen Kontakte. Akascha wird erwartet. Ich habe nicht umsonst all die Jahre auf diesen Moment hingearbeitet!"

Akascha

Draußen vor der Stadt

Akascha rannte, ohne von der Stelle zu kommen. Ein wachsendes Gefühl von Panik breitete sich in ihr aus: Sie musste fliehen, musste unbedingt dieses riesige, leuchtende Tor erreichen, das da vor ihr in den schwarzen Himmel ragte – dann würde sie in Sicherheit sein. Doch ihre Füße fühlten sich so schwer an, als steckten sie in knöcheltiefem Matsch fest. Jeder Schritt war unendlich mühsam. Sie keuchte vor Erschöpfung, strengte sich an, wie sie es noch nie in ihrem Leben getan hatte, und kam doch keinen Meter voran. Hinter ihr war etwas, das sie verfolgte, etwas, das immer näher kam und sie gleich erreichen würde, etwas, das ihren Arm packte und so fest drückte, dass es weh tat und sie in den Hals biss und...

Und dann wachte sie auf. Von einem Moment auf den anderen wusste sie, dass sie schlecht geträumt hatte. Ohne die Augen zu öffnen, blieb sie liegen und lauschte ihrem pochenden Herzen, bis es ruhiger schlug. Es war lange her, dass sie so einen fiesen Alptraum gehabt hatte. Ein Glück, dass er vorbei war!

Aber warum tat ihr Arm dann immer noch so weh? Und warum war ihr so kalt?

Akascha öffnete die Augen und erblickte über sich einen grell erleuchteten, meterhohen Metallzaun. Sie blinzelte verwirrt. Dann fiel es ihr ein: Die Zeitreise! Sie hatte dem Wissenschaftler das Fläschchen mit dem Somnidingsbums aus der Tasche geklaut. Und dann hatte sie sich unter das leuchtende Brandenburger Tor gelegt, genau so, wie Jochanan und seine Eltern es getan hatten. Also war sie jetzt in der Zukunft! Oder?

Akascha rappelte sich auf und griff in ihre Tasche. Ja, da war das kleine Fläschchen mit dem Zeitreisetrank. Sie zog es heraus und schüttelte es: leer. Sie steckte es wieder ein und sah sich um.

Vor ihr erstreckte sich der Metallzaun in beide Richtungen, so weit sie sehen konnte. Oben drauf war Stacheldraht – als würde da überhaupt irgendjemand rankommen! Alle paar Meter ragten Pfosten mit Überwachungskameras in die Höhe, deren Sensoren rot leuchteten. Hinter dem Zaun war alles schwarz, und auch auf ihrer Seite, die hell angestrahlt war, konnte sie nur hüfthohes, kahles Gestrüpp erkennen, das sich nach wenigen Metern in der Dunkelheit verlor.

Wo war sie hier gelandet? Wieso war sie nicht in der Stadt unter dem Brandenburger Tor erwacht? Jochanan hatte doch erzählt, dass man bei einer Zeitreise immer von einem Ort zu demselben Ort in der Vergangenheit oder Zukunft reiste!?

Akascha stand auf und lief einige Schritte am Zaun entlang. Das Licht blendete sie, so dass sie ihre Augen mit der Hand abschirmen musste. Als sie den linken Arm hob, tat er höllisch weh. Vielleicht war er doch gebrochen? Der Sturz im Treppenhaus, als sie vor Dr. Paulus geflohen waren, war ja ziemlich heftig gewesen. Sie hatte auch Kopfweh, und ihr Hals schmerzte, als hätte irgendetwas sie gestochen. Kein Wunder, sie hatte ja auch in diesem Gestrüpp gelegen. Wer wusste schon, was für blutsaugende Viecher es hier gab?

Aber nein. Es gab ja keine Tiere mehr in der Zukunft, hatte Jochanan gesagt. Keine Mücken jedenfalls. Vorsichtig fühlte Akascha mit der rechten Hand an ihrem Hals. Da, wo es wehtat, war definitiv eine kleine Beule. Es fühlte sich genauso an wie ein Insektenstich.

Aber ob es hier nun Insekten gab oder nicht war gerade nicht ihr drängendstes Problem. Sie befand sich mitten in der Nacht an einem unbekannten und ziemlich ungemütlichen Ort, wahrscheinlich in der Zukunft, und sie hatte keine Ahnung, wo sie jetzt hingehen sollte.

„Fuck!", flüsterte Akascha in die Finsternis. „Was mache ich jetzt?"

Sitzenbleiben und warten, bis es Tag wurde, kam jedenfalls nicht in Frage, dazu war es zu kalt. Sie musste einen Unterschlupf finden. Oder zumindest in Bewegung bleiben, damit ihr warm wurde. Aber in welche Richtung sollte sie gehen? Sich durch die dunklen Büsche zu schlagen, traute sie sich nicht. Selbst wenn es hier keine wilden Tiere gab: Wer wusste schon, was hinter oder unter diesem Gestrüpp war – vielleicht ein tiefer Graben oder ein Sumpf?

Über den erleuchteten Zaun zu klettern, hinter dem sich ja irgendeine Art von Zivilisation befinden musste, war allerdings auch keine Option. Selbst wenn ihr der Arm nicht so wehgetan hätte: Die Maschen waren viel zu eng, um daran Halt zu finden, und der Stacheldraht und die Kameras waren sicher auch nicht nur zum Spaß da.

Nüchtern betrachtet gab es also nur zwei Möglichkeiten: Sie konnte links am Zaun entlang laufen oder rechts – und zwar so lange, bis sie an ein Tor kam oder ein Haus oder irgendetwas in der Art fand. Das musste es ja wohl auch in der Zukunft geben.

Akascha seufzte tief, wandte sich nach links und ging los. Sie fühlte sich dabei sehr einsam. So ähnlich musste es Jochanan ergangen sein, als er allein im Wald in der Uckermark gestrandet war. Und dann war er auch noch in ein Gewitter geraten! Immerhin war es hier trocken, und der Boden neben dem Zaun war glatt und gerade, so dass es sich ganz gut lief.

Mit der Zeit fiel Akascha auf, dass die Beleuchtung des Zauns nicht überall gleich hell war. Am hellsten war es immer dort, wo sie gerade war. Ein Stück hinter ihr und auch weiter vorn war das Licht dagegen schwächer. Anscheinend gab es Bewegungsmelder, die die Helligkeit steuerten. Wenn sie sich nicht bewegte, würde das Licht dann vielleicht ganz ausgehen? Dann konnte sie vielleicht erkennen, was hinter dem Zaun lag! Sie beschloss, dies einmal auszuprobieren – sie war ohnehin schon ein ganzes Stück gelaufen und hatte sich eine kleine Pause verdient.

Akascha trat näher zum Zaun und lehnte sich dagegen, um

sich auszuruhen. In dem Moment, als ihr Rücken das Metall berührte, traf sie jedoch ein so heftiger Schlag, dass sie in hohem Bogen vorwärts zu Boden geworfen wurde. Schwer atmend lag Akascha bäuchlings auf der kalten Erde. Der Zaun stand unter Strom! Wo war sie hier nur hingeraten? Was lag hinter diesem Zaun? Was konnte so wertvoll sein, dass man es mit Überwachungskameras, Stacheldraht und Elektrizität sichern musste?

Aber diese Fragen brachten sie jetzt gerade nicht weiter. Akascha biss die Zähne zusammen und rappelte sich auf. Mit gebührendem Abstand lief sie weiter an dem scheußlichen Zaun entlang, der sich end- und torlos in die Dunkelheit erstreckte.

Irgendwann fiel Akascha ihr Handy ein. Warum hatte sie nicht schon früher daran gedacht? Vielleicht konnte sie eine Umgebungskarte aufrufen! Sie zog das Gerät aus der Tasche und schaltete es ein. Das Display blieb schwarz. Entweder war die Batterie alle oder das Handy hatte die Zeitreise nicht heil überstanden. Vermutlich letzteres, dachte Akascha finster: Klarer Fall von veralteter Technik! Sie zog sich die Kapuze ihrer Sommerjacke gegen die Kälte der Nacht über den Kopf und trottete weiter.

Der Morgen dämmerte, und immer noch stieß Akascha auf keinen Durchgang, keine Straße, kein Zeichen menschlicher Besiedlung. Von einem Moment auf den anderen erloschen die Lichter des Metallzauns. Im grauen Tageslicht sah er noch hässlicher aus als in der Nacht, eine kalte, unüberwindbare Barriere, die die gleichförmige, triste Landschaft in zwei Teile zerschnitt. „Draußen ist es öde", hatte Jochanan einmal gesagt. Das traf es ziemlich genau.

Immerhin konnte Akascha jetzt erkennen, was auf der anderen Seite des Zauns lag. Dicht an dicht standen dort lange, schlauchartige Zelte aus einem hellen, metallisch glänzenden Material. Wenn sie nicht ganz falsch lag, dann waren das Gewächshäuser – und zwar eine unglaubliche Menge davon. Die weißglänzenden, halbrunden Gebilde waren überall, so weit das Auge blicken konnte. Mittendrin erhoben sich in regelmäßigen Abständen riesige, grün bewachsene Türme, mindestens fünf Stockwerke hoch, von deren Spitzen jeweils ein straff gespanntes, dickes Seil in die Wolken aufstieg. Die dichte Wolkendecke war dunkler an diesen Stellen, so als ankere darüber ein großes, unsichtbares Schiff, das einen Schatten unter sich warf.

Eine Bewegung hinter dem Zaun ließ Akascha zusammenfahren. Sie duckte sich und spähte durch das Gitter. Ein merkwürdiges, knallgelbes Gerät rollte zwischen den Zelten hindurch. Es bestand aus einem kastenförmigen Körper auf Springfedern, an dessen Vorderseite ein vielgelenkiger mechanischer Arm montiert war. Als das Gerät näher kam, sah Akascha, dass der Arm eine Art Gesicht hatte: acht unterschiedlich große, hell leuchtende Augen über einem greifzangenartigen Kiefer. Es erinnerte sie an eine Spinne.

Das Gerät hielt kurz inne und der mechanische Arm streckte sich senkrecht in die Höhe. Er drehte sich geschmeidig einmal um die eigene Achse, starrte kurz in ihre Richtung und fuhr wieder ein. Zügig rollte das gelbe Gefährt weiter und verschwand durch die nächste Lücke zwischen den Zelten.

Akascha hatte so eine Idee, was sie da gerade gesehen hatte. In den Gewächshäusern befanden sich wahrscheinlich diese streng bewachten Agrarfabriken, von denen Jochanan berichtet hatte. Und das gelbe Teil war wahrscheinlich eine Art Roboter, der sich um die angebauten Lebensmittel kümmerte, sie düngte und wässerte und so weiter.

Akascha blickte nach oben in den wolkenverhangenen Himmel und leckte sich die Lippen. Ein bisschen Wasser wäre ihr jetzt ganz willkommen gewesen. Schlimmer als der Hunger, den sie beim Gedanken an die Lebensmittel hinter dem Zaun plötzlich verspürte, war der Durst. Gab es hier nicht irgendwo Wasser? Sie sah sich um. Unter dem Gestrüpp, einige Meter vom Zaun entfernt, verlief ein gut gefüllter Graben. Auf der Oberfläche schwammen gelbliche Blätter, die von den halb kahlen Büschen gefallen waren. Akascha hockte sich an den Rand des Grabens, schöpfte mit beiden Händen Wasser und trank gierig. Erst beim dritten Schluck merkte sie, dass es faulig schmeckte, wie verdorbener Fisch. Würgend spuckte sie das Wasser aus, das sie noch im Mund hatte. Ein Stück weiter hinten im Graben plätscherte es – ein Zulauf, der offensichtlich von der anderen Seite des Zauns kam. Beschissene Düngemittel, dachte Akascha bitter. Was sonst konnte es sein? Sie wischte sich mit der Hand über den Mund und machte sich wieder auf den Weg.

Den ganzen Tag lang folgte Akascha weiter dem Zaun. Sie war hungrig und erschöpft, doch Umkehren kam nicht in Frage, dazu war sie schon zu weit gelaufen. Bestimmt würde sie bald einen Zugang finden! Dieses hässliche Metallding konnte ja nicht endlos weitergehen. Selbst, wenn der Zugang verschlossen war, so musste es doch eine Straße geben, die irgendwohin führte, wo es andere Menschen gab. Doch der Nachmittag glitt langsam in den Abend hinüber, der Himmel am Horizont färbte sich rot unter den tief hängenden Wolken, und immer noch zog sich der Zaun unverändert durch die öde Landschaft.

Als es wieder dämmerte und Akascha, hundemüde und den Tränen nah, kurz davor war, sich einfach irgendwo hinzuwerfen und zu schlafen, sah sie plötzlich vor sich etwas auf dem Boden glitzern. Sie bückte sich und hob den Gegenstand auf. Es war ein kleines Fläschchen – genau so eins wie das in ihrer Jackentasche, wo das Zeitreisemittel drin gewesen war! Ob es hier noch andere Zeitreisende gab, die wie sie in diesem Niemandsland herumirrten? Vielleicht war ja etwas mit dem Zeittor schief gelaufen und Jochanan und seine Eltern waren ebenfalls hier gelandet? Vielleicht waren sie sogar ganz in der Nähe! Die Idee gab ihr etwas

Hoffnung.

„Hallo?", rief Akascha in die wachsende Dunkelheit, „ist da jemand? Hallo? Jochanan? Seid Ihr da irgendwo...?"

Doch niemand antwortete ihr. Entmutigt warf Akascha das Fläschchen fort und steckte die Hände in die Taschen, um sie vor der abendlichen Kälte zu schützen.

Ein ungutes Gefühl kroch in ihr hoch. Irgendetwas stimmte nicht.

Und dann wusste sie es: Ihre Taschen waren leer. Wo war das Somniadingsbums-Fläschchen...? Ihr Blick fiel auf das glitzernde Ding auf dem Boden zu ihren Füßen, und auf einmal verstand sie. Dies hier war ihr eigenes Fläschchen! Sie musste es verloren haben, als sie den elektrischen Schlag bekommen hatte und hingefallen war. Und das bedeutete...

Akascha drehte sich um und starrte den Metallzaun an. Plötzlich fühlte sie tiefe Verzweiflung in sich aufsteigen. Es bedeutete, dass sie einen Tag und eine halbe Nacht in einem riesigen Kreis gelaufen war. Dieser Zaun schien nicht nur endlos, er war es tatsächlich, denn das, was er umschloss, war rund!

Am nächsten Morgen lugte die Sonne kurz unter der tief hängenden Wolkendecke hervor, bevor es sich wieder zuzog. Dazu kam nun ein eisiger Wind, der in Böen unter Akaschas Jacke fuhr. Sie hatte die Nacht unter einem Busch verbracht und sich notdürftig mit Laub und abgerissenen Zweigen zugedeckt. An Schlaf war nicht zu denken gewesen, immer wieder war sie aus einem erschöpften Dämmerzustand aufgewacht, weil ihr so kalt war.

Zitternd stand Akascha auf und machte sich wieder auf den Weg. Sie war so hungrig, dass ihr Magen sich zusammenkrampfte. Heute musste sie unbedingt etwas zu essen finden. Und dafür musste sie von diesem beschissenen Zaun weg. Irgendwo gab es sicher einen Weg, eine Zufahrt oder irgendetwas, das sie gestern in der Dunkelheit übersehen hatte. Wenn sie die fand, dann würde sie schon in bewohnte Gebiete kommen. Auch das Pack konnte ja nicht unter freiem Himmel hausen! Denn dass Akascha hier nicht bei Jochanan in der Stadt gelandet war, sondern vermutlich „draußen", jenseits der bewachten Sperrzone, von der Jochanan erzählt hatte, war inzwischen offensichtlich. Egal – so schlimm würde es beim Pack schon nicht sein. Hauptsache ein Dach über dem Kopf. Hauptsache etwas zu trinken. Und andere Menschen, die sie um Hilfe bitten konnte. Oder beklauen, wenn es nicht anders ging. Eins von beiden würde schon klappen.

Es dauerte jetzt im Tageslicht in der Tat nicht lange, bis Akascha einen Zugang zum Zaun fand. Kein Wunder, dass sie ihn im Dunklen übersehen hatte: Es war keine Zufahrtsstraße, sondern nur ein schmaler Trampelpfad zwischen den Büschen. Dort, wo er über den Graben führte, war das Gestrüpp niedergetreten. Wo dieser Pfad wohl hinführte? Ihrer Erfahrung nach führte ein Weg immer irgendwohin – meist zu einem Aus- oder Eingang. Sie betrachtete kritisch den meterhohen Zaun. Doch da war nichts, nur ein großer Stein, der direkt davor lag. Akascha spähte zwischen die Büsche auf der anderen Seite. Dann sprang sie kurzerhand über den Graben und folgte dem Pfad durchs Gebüsch.

Nach wenigen Metern sah sie rechts einen großen, halb überwucherten Betonring liegen, der mit einem schlecht sitzenden Deckel nur teilweise verschlossen war. Der Deckel war frei von Blättern oder Gras, und ein Abzweiger des Pfades führte direkt dorthin. War das etwa ein Schacht? Akascha näherte sich und lugte in das dunkle Loch. In die Wand waren Tritthilfen aus Metall eingelassen, mit deren Hilfe man hinunterklettern konnte. Tief unten glitzerte Wasser. Darüber war auf der Seite, die zum Zaun zeigte, eine dunkle Öffnung zu erkennen – vielleicht ein Tunnel? Der Einstieg schien jedenfalls regelmäßig benutzt zu werden, denn der Bereich oberhalb der Krampen war sauber und abgewetzt.

Akascha zögerte. Sollte sie weiter dem Pfad folgen, oder sollte sie in den Schacht klettern, um zu sehen, ob der Tunnel vielleicht auf die andere Seite führte? Wenn ihre Vermutung stimmte, dann wurden in den Zelten auf der anderen Seite des Zauns Lebensmittel angebaut. Vielleicht gab es da Tomaten, Blaubeeren oder sogar Äpfel...? Das Wasser lief ihr im Mund zusammen.

Kurz entschlossen setzte Akascha sich auf den Rand des Lochs und ließ sich in die dunkle Öffnung hinuntergleiten. Mit ihrem verletzten Arm war es nicht ganz leicht, an der Wand hinab zu steigen, doch zum Glück waren die Metallkrampen so groß, dass sie problemlos darauf stehen konnte. Als sie auf einer Höhe mit der Öffnung war, sah sie, dass es tatsächlich ein Tunnel war, der Richtung Zaun führte. Er war etwa anderthalb Meter hoch und sah aus, als wäre er nicht sehr alt. Der Boden war trocken, und die Wände waren mit Paletten abgestützt.

Mit einem kleinen Schwung gelang es Akascha, in die Öffnung hineinzuspringen, ohne nass zu werden. Sie lauschte. Alles war still. Gebückt schlich sie vorwärts in die Dunkelheit. Bis zur anderen Seite konnte es nicht weit sein. Doch schon nach wenigen Schritten begannen die Dunkelheit und Enge des Tunnels auf Akascha zu lasten. Wäre da vor ihr nicht ein dämmriges Licht gewesen, so hätte sie umgedreht. Mit klopfendem Herzen stolperte sie vorwärts, so schnell es ging, und erreichte das Ende des Tunnels: eine vergitterte Öffnung! Sie spähte hindurch. Dahinter befand sich ein sehr tiefer Brunnenschacht. Mehrere dicke Rohre, in denen es rauschte, führten senkrecht von oben in die Tiefe. Auch hier gab es Metallkrampen in der Wand. Akascha rüttelte leicht an dem Gitter. Es gab sofort nach und öffnete sich an einer Schraube baumelnd in den Schacht hinein. Vorsichtig steckte

Akascha den Kopf in den Schacht.

Das erste, was ihr auffiel, war eine kleine Überwachungskamera direkt vor ihrer Nase. Erschrocken zuckte Akascha zurück. Doch anders als bei den Kameras draußen auf dem Zaun leuchtete hier keine Kontrolllampe. Akascha sah genauer hin und erkannte, dass die Leitungen der Kamera abgerissen worden waren. Offensichtlich hatte jemand, der regelmäßig diesen Zugang nutzte, das Ding unbrauchbar gemacht!

Dieses Wissen gab Akascha Mut. Sie stieg durch die Öffnung und kletterte, so schnell es mit einer Hand ging, die Krampen hoch. Oben war der Schacht ebenfalls mit einem Metallgitter gesichert, doch auch dieses Schloss war aufgebrochen. Mit einiger Mühe gelang es Akascha, das Gitter hochzustemmen. Erleichtert krabbelte sie aus dem Schacht, hinaus ins Tageslicht.

Sie befand sich auf einem freien Platz, der auf allen Seiten von Zelten eingeschlossen war. Durch einen schmalen Spalt konnte Akascha dazwischen den Zaun erkennen. Schnell schlüpfte sie in eines der Zelte, die vorn, an der kurzen Seite, halb geöffnet waren. Hier drinnen roch es feucht und modrig. Vor sich sah sie eine lange Reihe großer, runder, dunkelgrüner Tanks aus Metall, darüber ein Dickicht von Rohren, dahinter Pflanzen, die an langen Schnüren bis zur Decke wuchsen. Und an den Pflanzen hingen überall dicke, reife Tomaten! Gierig pflückte Akascha eine davon und biss hinein, während sie die Tanks untersuchte. Sie waren voller Fische, die in dichten Schwärmen darin herumwimmelten. Anscheinend nutzte man hier das Abwasser der Fische für die Pflanzen, und wenn die Fische groß genug waren –

Ein Klicken ließ Akascha erstarren. Sie drehte sich um. Direkt vor ihr stand das knallgelbe Gerät, das sie gestern beobachtet hatte, und starrte ihr mit seinen acht Leuchtaugen ins Gesicht! Akascha wich zurück, doch nach wenigen Schritten stieß sie mit dem Rücken an den Tank. Der mechanische Arm folgte ihr surrend und geschmeidig, und wieder ertönte das Klicken, einmal, zwei, drei Mal schnell hintereinander, während gleichzeitig etwas aufblitzte. Eine orange Lampe an der Decke begann zu blinken. Langsam verlagerte Akascha ihr Gewicht und schob sich seitwärts am Tank entlang von dem Gerät weg. Da schnellte der Arm plötzlich vor. Ehe Akascha fliehen konnte, hatte er sie am Hals gepackt und schob sie mit unheimlicher Kraft am Tank in die Höhe. Akascha krallte ihre Hände in die greifzangenartigen Kiefer, sie trat um sich und zappelte – vergeblich. Fester und fester schloss sich der mechanische Griff um ihren Hals. Sie bekam kaum noch Luft. „Hilfe!", wollte sie rufen, doch aus ihrem Mund kam nur ein Gurgeln. Tränen schossen ihr in die Augen.

„Wie kann man nur so bescheuert sein!", zischte eine Stimme.

Genau so plötzlich, wie das Ding zugepackt hatte, ließ es sie wieder los. Akascha stürzte zu Boden. Hustend und würgend kam sie mühsam auf die Knie. Vor ihr lag das gelbe Gerät auf der Seite.

„Komm schon, beweg dich! Wir müssen hier weg!"

Jemand packte sie an ihrem verletzten Arm und zerrte sie hoch, und ihr wurde schwarz vor Augen.

Als Akascha wieder zu sich kam, erblickte sie dicht vor sich ein schmales, dunkles, von pinkfarbenen, wirren Haaren umrahmtes Mädchengesicht. Große, schwarze Augen starrten sie an. Akascha öffnete den Mund, doch das Mädchen hielt einen Finger vor den Mund und schüttelte warnend den Kopf. Akascha lauschte mit offenem Mund. Ganz leise ertönte ein entferntes Klicken, und dann, etwas näher, ein weiteres. Es gab also nicht nur eins von diesen gelben Dingern. Akascha hob die Hand und hielt fragend zwei Finger hoch.

Das Mädchen hob drei Finger, dann vier, fünf, zwei Hände und schloss mit einer vielsagenden, beidhändigen Geste. Viele also. Akascha nickte, zum Zeichen dass sie verstanden hatte.

Sehr vorsichtig setzte sie sich auf und sah sich um. Sie befand sich in einem engen Raum, umgeben von grünen Wänden aus löchrigem Plastik. Es roch intensiv nach Apfel. Akascha sah genauer hin und erkannte, dass sie ringsum von Obstkisten umgeben waren. Sie blickte nach oben: Eine Lage Kisten bildete auch das Dach, gehalten von zwei langen Stangen, die das Mädchen anscheinend quer in die Löcher gesteckt hatte.

Akascha sah das Mädchen an und machte eine schnelle Bewegung mit zwei Fingern: Laufen wir weg?

Das Mädchen schüttelte vehement den Kopf und bewegte ihre Zeigefinger wie zwei Räder. Wie zur Antwort ruckelte es, und der Raum, in dem sie sich befanden, setzte sich in Bewegung. Sie waren anscheinend auf einer Art Förderband oder einem Wagen, umgeben von geerntetem Obst. Wie clever: Da konnten die fiesen gelben Geräte anscheinend nicht durchgucken.

Nachdem sie eine Weile vorwärts gezockelt waren, stand das Mädchen plötzlich auf und hob eine der Deckenkisten an. Sie spähte durch den Spalt. Dann duckte sie sich geschmeidig, hob die Kiste auf den Boden und ergriff einen Sack. Ungeduldig bedeutete sie Akascha, den Sack aufzuhalten und kippte den Inhalt der Kiste hinein. Als der Sack mit Äpfeln gefüllt war, verknotete sie ihn. Dann kletterte sie aus der Öffnung, zerrte den Sack hoch und verschwand.

„Hey! Warte auf mich!" Akascha war schon auf den Beinen, hatte aber Schwierigkeiten, sich einarmig aus der Öffnung zu stemmen.

Das Mädchen erschien wieder neben ihr. Ihr Gesicht war angstverzerrt. Mit Nachdruck presste sie ihren Finger wieder auf die Lippen und machte dann eine eindeutige Geste, indem sie mit dem Finger quer über ihren Hals fuhr: Sei still, sonst geht es uns an den Kragen!

Akascha nickte erschrocken. Lautlos kletterte sie mit Hilfe des Mädchens hinaus und sprang von dem Gefährt, das, wie sie jetzt sah, eines in einer langen Reihe von ähnlichen Waggons war. Immer wieder öffnete sich eine Lücke und zwischen den Zelten kam ein weiteres Gefährt hervor und reihte sich in die Kolonne ein. Alle bewegten sich wie von Zauberhand auf einen der großen, grünen Türme zu.

Das Mädchen zupfte Akascha an der Jacke, rollte mit den Augen und bedeutete ihr, mitzukommen. Geduckt liefen sie an den Waggons entlang, weg von dem Turm in Richtung Zaun, der nicht weit entfernt hinter den Zelten zu sehen war. Hin und wieder sprang das Mädchen auf einen der Waggons, anscheinend um den Inhalt zu überprüfen. Schließlich griff sie sich zwei eingeschweißte Plastiksäcke, von denen sie einen Akascha in die Arme drückte. Er war eiskalt. Akascha warf einen schnellen Blick darauf, während sie weitereilten: gefrorener Fisch.

Als sie das Ende der Reihe erreicht hatten und vor ihnen nur noch ein Wagen übrig war, hielt das Mädchen an und zeigte auf den Zaun, der jetzt etwas hundert Meter entfernt war. Sie beugte sich zu Akascha und flüsterte ein einziges Wort: „Run!"

Dann sprintete sie los.

Das ließ Akascha sich nicht zweimal sagen. Laufen konnte sie, auch mit einem kaputten Arm! Während sie hinter dem Mädchen her rannte, sah sie aus dem Augenwinkel etwas Gelbes zwischen den Zelten hervorkommen. Auch von links kam eines der gelben Geräte angerollt, viel schneller, als sie es bisher gesehen hatte. Akascha warf einen Blick nach vorn: Das Mädchen war beinahe beim Zaun angelangt. Akascha hoffte nur, dass sie nicht darüber klettern mussten! Nein: Das Mädchen stoppte, ließ sich zu Boden fallen, und glitt mit einer seitlichen Rutschbewegung elegant unter dem Zaun hindurch. Akascha tat es ihr nach, doch die Lücke war so schmal, dass das Fischpaket steckenblieb. Das Mädchen packte zu und zerrte, und gemeinsam schafften sie es, ihre Beute durch den Spalt zu bekommen, gerade als das erste gelbe Gerät seinen Greifarm darauf zuschießen ließ. Hastig krabbelte Akascha rückwärts und richtete sich auf, während acht Kameraaugen sie durch den Zaun hindurch anstarrten.

„Entwischt!", rief das Mädchen, und streckte dem gelben Gerät hinter dem Zaun die Zunge raus.

„Was zum Teufel ist das?", fragte Akascha, noch völlig außer Atem.

Das Mädchen sah sie erstaunt an. „Ein Erntewächter, oder? Sieht man doch!"

„Ein Wächter? Ich dachte, das Ding wäre so was wie eine Pflückmaschine!"

„Ist es ja auch!"

„Und warum hat es mich dann angegriffen?"

Wieder warf ihr das Mädchen einen verwunderten Blick zu. „Weil es die Ernte bewacht, natürlich. Wieso checkst du das nicht?"

„Ich bin nicht von hier", sagte Akascha. „Ich kenne die Dinger nicht!"

„Na, das erklärt einiges!", sagte das Mädchen. „Hab mich schon gewundert, wieso du so blöd warst und ins Gewächshaus reingegangen bist!"

„Es war offen!", verteidigte sich Akascha. „Alles. Der Tunnel, das Gitter … War kein Problem, da reinzukommen. Ich dachte, dass hier bestimmt öfter jemand Essen holt. Ich hatte Hunger!"

„Das Problem ist nicht, reinzukommen", sagte das Mädchen. „Sondern heil wieder rauszukommen. Du hattest Glück, dass ich dir gefolgt bin, sonst wärst du jetzt Fischfood!"

Erschrocken sah Akascha sie an. „Das meinst du nicht ernst, oder?"

„Todernst", sagte das Mädchen. „Ich bin übrigens Rania. Und du?"

Akascha sah keinen Grund, ihren Namen nicht zu nennen – hier kannte sie sicher niemand. Doch als sie ihn aussprach, guckte Rania überrascht, ja beinahe ungläubig.

„Akascha!?", wiederholte sie und sah Akascha mit offenem Mund an. „Echt jetzt? Dein Name ist Akascha?"

„Ja, wieso...?"

In diesem Moment erklang aus weiter Ferne ein sirenenartiges Heulen.

Rania fuhr zusammen. „Komm! Wir müssen weg hier, bevor die Wölfe kommen."

„Die Wölfe?", fragte Akascha, während sie dem Mädchen über den Graben und hinein ins Dickicht folgte, „ich dachte, hier gibt es keine wilden Tiere mehr?"

„Keine Tiere," entgegnete das Mädchen, ohne sich umzudrehen. „Robots. So ähnlich wie die Erntewächter, aber schneller. Sie laufen auf vier Beinen und jagen in Gruppen. Wölfe, eben."

Rania führte Akascha kreuz und quer durch das dornige, kahle Gestrüpp und folgte dabei kaum sichtbaren Pfaden, die Akascha nie im Leben allein gefunden hätte. Hier und da ragten lange Reihen abgestorbener Baumstämme in die Höhe. Mehrmals liefen sie um weite, offene Flächen herum, die schwarz und verkohlt waren, so als hätte es vor nicht allzu langer Zeit gebrannt. Rania weigerte sich, diese Flächen zu überqueren und bestand darauf, dass sie am Rand in Deckung blieben. Sie redete die ganze Zeit. Akascha erfuhr, dass sie mit vollem Namen Rania Kasim Rose hieß, dass ihre Urgroßeltern vor langer Zeit „aus dem Maschrek" nach Berlin gekommen waren, das war irgendwo in Afrika, „ganz allein in einem kleinen Boot über das Meer", und dass sie zwölf Jahre alt war, genau so alt wie Akascha. Sie hatte keine Eltern mehr, aber sechs Geschwister, vier ältere und zwei jüngere, mit denen sie nicht weit von der „Zehnermauer" lebte, „und zwar in einem Haus!". Bis vor kurzem hatte sie „als Kinderkurier" gearbeitet und Zeug aus der City heraus geschmuggelt.

„Gehst du nicht zur Schule?", fragte Akascha.

„Schule? Was ist das?", entgegnete Rania.

„Na, da wo man Lesen und Schreiben und Rechnen lernt und so was! Da gehen Kinder hin, während die Eltern arbeiten."

„So was gibt's nicht bei uns. Wir jobben alle. Aber lesen kann ich!", antwortete Rania stolz. „Ich hab sogar ein Buch!"

Akascha zog anerkennend die Augenbrauen hoch. Das mit dem Buch schien etwas Besonderes zu sein.

„Und als Kinderkurier kannst du in die Stadt rein?", wechselte Akascha das Thema, die sich daran erinnerte, was Jochanan ihr von der „bewachten Sperrzone" rund um Berlin erzählt hatte. „Also ist es möglich, von hier aus in die City zu kommen?"

Rania nickte. „Ja, das geht. Aber nicht easy. Es gibt so Schleichwege und Tunnels, genau wie hier, die muss man kennen. Und natürlich immer aufpassen, dass einen die Siros nicht erwischen." Sie warf Akascha einen forschenden Blick zu. „Warum willst du das wissen?"

Akascha zögerte. Sollte sie sich diesem fremden Mädchen anvertrauen? Aber hatte sie eine Wahl? Immerhin hatte Rania ihr eben geholfen, als sie in der Klemme steckte!

„Ich kenne jemanden in der Stadt", sagte Akascha vorsichtig. Sie brauchte ja nicht gleich alles auszuplaudern. „Ich würde ihn gern treffen."

„Du kennst einen Bürger? Und wieso bist du dann hier draußen?"

„Das ist kompliziert...", wich Akascha aus.

„Hast du denn Credits?"

„Credits?"

„Ohne Credits läuft gar nichts. Womit willst du die Schlepper bezahlen? Oder hast du etwa einen Chip?"

Akascha verstand gar nichts, aber das wollte sie sich nicht anmerken lassen. „Mein Freund hat Credits!", behauptete sie ins Blaue hinein. „Der, der in der Stadt wohnt."

Rania sah sie zweifelnd an. „Okay, dann lässt sich da vielleicht was regeln. Wir können Caro fragen, mal sehen, was sie dazu sagt. Meine älteste Schwester." Sie zögerte und sah Akascha wieder mit diesem merkwürdigen Blick an. „Falls du mit zu mir willst, jedenfalls."

„Das wäre super", sagte Akascha erleichtert. „Ich weiß gar nicht, wo ich sonst hin soll. Außerdem sterbe ich vor Durst..."

„Das geht schon klar", sagte Rania. „Easy. Wir haben Wasser zuhause und" – sie deutete mit einem zufriedenen Lächeln auf das Paket mit den gefrorenen Fischen – „wir haben auch Food! Los, es ist nicht mehr weit."

Gierig stürzte Akascha das Glas Wasser hinunter, das Rania ihr gab. Es schmeckte köstlich. Ranias Schwester Caro, eine junge Frau mit ernsten Augen und kurzgeschnittenen, schwarzen Haaren, hatte das Wasser aus einem großen Kanister geschöpft, der unter einem Loch in der Decke stand. Ranias kleinere Geschwister standen in der offenen Tür und starrten Akascha an.

„Regenwasser!", sagte Rania zufrieden. „Davon gibt's jetzt im Herbst voll viel!"

„Im Sommer ist es schwierig, gutes Wasser zu finden," ergänzte Caro und schöpfte etwas in einen zerbeulten Topf. „Aber zum Glück haben wir hier einen See, der fast nie austrocknet.

Das Gelände war früher mal ein Park. Das Wasser reicht in der Regel für alle."

Rania, Caro und ihre Geschwister lebten in einem mehrstöckigen, halb verfallenen Haus, das vor langer Zeit mal eine schöne Villa gewesen sein musste. Jetzt fehlte die Treppe, die Fensterscheiben waren eingeschlagen und mit Brettern vernagelt und es gab keine Elektrizität.

„Kein Strom. Das kenne ich!", sagte Akascha. „Echt nervig!"

„Und das, obwohl die Windturbinen uns hier vor der Nase rumfliegen!", sagte Caro. „Bis vor ein paar Jahren gab's noch funktionierende Solarzellen auf dem Dach, aber mittlerweile sind die alle kaputt. Darum haben wir leider keine Heizung mehr."

„Aber da ist 'n Ofen!", warf Rania stolz ein. Sie zog Akascha ins angrenzende Zimmer. Neben einem großen Matratzenlager brannte in einem schwarzen, gusseisernen Kaminofen ein kleines Feuer. Akascha stellte sich dicht davor, um sich zu wärmen.

Caro kam hinterher und setzte den Wassertopf auf einem Rost über die Glut. „Ich mach uns einen Tee!", sagte sie und musterte Akascha mit unverhohlener Neugier. „Und dann erzählst du mal!"

Akascha nickte müde und warf einen sehnsüchtigen Blick auf das Matratzenlager. Viel lieber würde sie sich hinlegen und erst mal eine Runde schlafen. Aber das wäre wohl ziemlich unhöflich. Sie unterdrückte ein Gähnen. Nach der durchwachten Nacht konnte sie kaum noch die Augen offenhalten.

„Wo kommst du eigentlich her? Hast du 'nen weiten Weg gehabt?", fragte Rania und hockte sich mit angezogenen Knien auf den Haufen Matratzen.

„Ich bin die ganze Nacht gelaufen", wich Akascha aus. „Immer an diesem bescheuerten Zaun entlang!"

Rania nickte heftig. „Kenn ich. Man muss immer große Umwege gehen. Das ist ja nicht die einzige Agrafa."

„Agrafa?"

„Agrarfabrik. Es gibt voll viele davon. Eigentlich sind die überall. Und dazwischen sind die Abwassergräben. Wir hatten Glück, dass die Wölfe so weit weg waren. Wenn die dich in einem Graben erwischen, wird's ungemütlich."

Akascha schauderte. „Was machen die dann?"

„Kommt drauf an. Meistens wollen die nur, dass du abhaust. Wenn du Beute gemacht hat, nehmen sie es dir ab. Aber wenn du Stress machst, können die dich mit ihren Tasern lähmen oder sogar killen."

Wie unheimlich, dachte Akascha, Roboterwölfe...!

„Ein Glück, dass wir denen nicht begegnet sind!", sagte sie laut. Rania nickte vehement.

Allmählich wurde es Akascha vor dem Ofen zu warm. Sie ging hinüber zu Rania und sah sich im Zimmer um. Außer dem Matratzenlager und dem Ofen gab es nur noch einen großen Tisch mit vielen Stühlen, die nicht zueinander passten. Trotzdem wirkte der Raum einladend. Auf der Fensterbank stand eine Vase mit bunten Blättern, auf dem Tisch gab es einen großen Kerzenständer und auf dem Boden lag Spielzeug herum.

Wie gut, dass ich hier Unterschlupf gefunden habe!, dachte Akascha und setzte sich zu Rania auf die Matratzen.

„Guck mal!", sagte Rania. In der Hand hielt sie ein uraltes, völlig zerfleddertes Buch. Die Seiten waren lose und wurden nur durch ein verknotetes Band zusammengehalten. Rania löste den Knoten und zeigte Akascha den Umschlag. „Wildtiere Europas", stand in verblichenen Buchstaben darauf. Darunter das Bild eines springendes Rehs und ein Tier mit spitzen Ohren, ein Fuchs oder so. Die rechte untere Ecke des Einbands fehlte.

„Mein Buch!", sagte Rania stolz. „Hab ich gefunden, in 'nem abgeranzten Sack. Da sind Bilder von Tieren drin!" Sie blätterte vorsichtig die brüchigen Seiten um. „Echte Tiere!"

Ein gemalter Hase, ein Eichhörnchen... eine Rotte Wildschweine. Ganz hinten auf der letzten Seite starrte ein Wolf mit hoch erhobenem Blick in die Ferne.

„So was gab's hier früher alles!", flüsterte Rania ehrfürchtig. „Einfach so. Nice, oder?"

Akascha nickte langsam. „Cooles Buch!", sagte sie, während Rania das zerfledderte Ding wieder sorgfältig mit dem Band verschnürte.

„Ich würde echt gern mal 'n echtes Tier sehn", sagte Rania und verstaute ihren Schatz in einer Kiste. „Irgendeins. Aber am liebsten ein großes!"

Was sie wohl sagen würde, wenn sie wüsste, dass Akascha vor wenigen Tagen einem leibhaftigen Wolf gegenübergestanden hatte...? Akascha schüttelte den Kopf. Vor wenigen Tagen. Es war eine Ewigkeit her!

Akascha stand auf und trat ans Fenster. Durch eine Ritze zwischen den Brettern konnte sie auf die Straße vor dem Haus blicken. Besser gesagt: auf die ehemalige Straße. Autos fuhren hier schon lange keine mehr. Der Asphalt war fast vollständig von Gras überwuchert. Überall lagen Abfall, Schutthaufen und Gerümpel herum. Ein meterhoher Busch wuchs mitten in einem völlig verrosteten Autowrack, das jetzt voller gelber Blätter war. Fast alle Häuser ringsherum waren eingestürzt, und diejenigen, die noch standen, hatten löchrige, halb abgedeckte Dächer, bei denen man die verrottenden Dachsparren sehen konnte. Dürre Brennnesseln wucherten vor schwarz gähnenden Türöffnungen. Dennoch waren anscheinend viele dieser Hausruinen bewohnt. Rauchschwaden zogen aus offenen Dachluken. Wäsche hing in Fensteröffnungen. Ein Mann ging langsam zwischen zwei halb zerfallenen Mauern hindurch. Über dem Rücken trug er etwas, das aussah wie –.

„Hat der da etwa eine Waffe?", fragte Akascha.

Rania kam zu ihr und sah aus dem Fenster. „Ja", sagte sie, und ihre Augen leuchteten. „Wir sind bereit!"

„Bereit wofür?"

Rania sah Akascha wieder mit diesem merkwürdigen Blick an. „Bereit zum Battle, natürlich! Die City zu rocken! Wir checken die Zeichen, oder? Der Crash von dem Überwachungs-Luftschiff? Die Explosion im Regierungsbezirk? Genau wie vorhergesagt! Und jetzt…"

Caro kam zu ihnen und reichte ihnen zwei Becher mit heißem Tee. „Und jetzt tauchst du hier auf!", ergänzte sie. „‚Akascha, die Wissende'. Die Prophezeiung erfüllt sich: ‚Wenn das Jahr und das Jahrhundert sich gleichen, ist es Zeit, die Ungleichheit zu überwinden'. Nicht mehr lange, dann werden wir die Zehnermauer niederreißen und die City erobern!"

„Also wartet ihr hier seit einem halben Jahrhundert darauf, dass ich bei Euch auftauche? Das ist doch völlig verrückt!", flüsterte Akascha später, als das Feuer niedergebrannt war und sie und Rania im Licht einer Kerze warm zugedeckt gemeinsam auf dem Matratzenlager lagen. Die kleineren Kinder neben ihnen schliefen schon.

„Nicht direkt hier bei uns, aber so in der Gegend um Berlin, ja! Das ist die Prophezeiung", antwortete Rania schläfrig.

„Und mein Name wird in dieser Prophezeiung erwähnt?"

„Genau: ‚Akascha, Wandlerin zwischen den Welten, wird Kosmos und Chaos, Gestern und Morgen vereinen', und so weiter. Drei Tage, nachdem du angekommen bist, öffnen sich die City-Tore. Also über-übermorgen. Dann gehn wir rein. Wir sind auch Menschen, weißt du? Wir wollen auch ein gutes Leben. Die Bürger kriegen jeden Monat ihre Credits, einfach so. Wenn die kränkeln, können die ins Med-Center gehen. Wenn die Fun haben wollen, gibt's das Citynet. Und das ganze Food, das die Erntewächter bewachen, das landet auch in die City. Wir hier draußen haben gar nichts."

Akascha nickte. Rania tat ihr leid, und auch all die anderen armen Leute, die außerhalb der Stadt von der Hand in den Mund lebten. Natürlich hatte sie Verständnis dafür, dass sie versuchen wollten, in die Stadt zu kommen. Aber zugleich fürchtete Akascha sich. Wenn das Pack die Stadt eroberte, was würde dann mit Jochanan passieren? Diese Leute hier hatten Gewehre! Würden sie die benutzen? Und was war mit den Sicherheitsrobotern, von denen Rania erzählt hatte? Die würden sich bestimmt nicht einfach so ausschalten lassen! Und dann würde es Straßenkämpfe geben, und Menschen würden verletzt werden oder sogar sterben. Und das alles nur, weil sie hier aufgetaucht war?

Akascha schüttelte den Kopf. Verrückt. Völlig verrückt. Genau wie die Zeitreise. Was hatte sie sich nur dabei gedacht? Aber egal, jetzt war sie hier. Und eines war jedenfalls klar: Es war super wichtig, dass sie Jochanan so schnell wie möglich fand. Irgendwie musste sie rechtzeitig vor diesem Aufstand in die Stadt kommen und ihn warnen.

„Wem gehören denn die Agrarfabriken?", fragte Akascha. „Wer bestimmt, dass die Bürger das alles kriegen? Und wer in die Stadt darf und so?"

Rania zuckte mit den Schultern. „Keine Ahnung. Ich weiß nur, dass die City-KI alles managt: Transport, Produktion, Verteilung und so."

„Die City-KI? Was ist das denn?"

„Das ist 'ne künstliche Intelligenz, was sonst? So 'n Supercomputer, der alles regelt, was mit der Stadt zu tun hat. Wenn du ein Implantat hast, bist du mit der City-KI verbunden. Dann darfst du rein in die City."

„Ein Implantat?"

„Genau. So 'n Chip, der unter der Haut sitzt." Rania piekste mit einem Finger auf ihren Hals. „Wenn du den hast, bist du 'n Bürger. Wenn nicht, bist du illegal. Dann musst du draußen bleiben."

Das kam Akascha bekannt vor. So viel anders als in dem Berlin, das sie kannte, war es hier in der Zukunft anscheinend gar nicht: Es gab Leute, die dazugehörten, und Leute, die sich irgendwie durchmogeln mussten. Das konnte sie auch gut. Sicherheitsroboter und Implantate hin oder her, sie würde sich schon zurechtfinden, wenn sie es erst einmal in die Stadt hinein geschafft hatte!

„Ist diese Mauer um die Stadt wirklich zehn Meter hoch?", fragte Akascha.

Rania gähnte und rollte sich auf den Rücken. „Vielleicht nicht ganz. Aber hoch genug. Da kommt man nicht drüber. Die ist voll glatt. Und vor und hinter der Mauer wächst nichts, da gibt's keine Deckung, gar nichts."

„Aber du hast vorhin doch gesagt, dass man trotzdem in die Stadt reinkommt!", wandte Akascha ein. „Durch einen Tunnel oder so!?"

„Genau. Durch die Kanalisation. Ich war schon ganz oft in der City. Man darf aber nicht zu groß sein, sonst passt man nicht durch die Sicherheitsgitter." Rania setzte sich auf und sah Akascha abschätzend an. „Du würdest vielleicht gerade noch durchpassen."

„Und dann? Wenn man durch den Tunnel durch ist? Wie bewegt man sich in der Stadt fort?"

„Es gibt die Subway, und SHVs. Wenn du 'nen Identichip hast oder wenigstens 'ne getunte ERB, dann kannst du damit fahren. Sonst musst du laufen."

„Und was ist eine ERB?"

Rania sah sie erstaunt an. „Kennst du die etwa auch nicht?

Das ist 'ne Computerbrille, mit der du die unterschiedlichen Wirklichkeitsebenen sehen kannst. Shopping, Entertainment, Stadtplan, History, so was. Damit kannst du auf die verschiedenen Level der Stadt zugreifen. Auch auf die Transportsysteme."

„Und wo krieg ich so eine Brille?"

„Das ist tricky. Wir hatten eine, die hab ich immer benutzt, wenn ich Sachen aus der City geschmuggelt habe. Mussten wir aber abgeben."

„Wieso?"

Rania zögerte. „Da war so 'n Job, der ist schiefgegangen. War nicht meine Schuld, aber die haben mich erwischt. Seitdem hab ich 'nen gelisteten Identichip." Wieder zeigte sie auf ihren Hals. „Die City-KI kann mich damit orten. Außerdem zieht der Chip die Sicherheitsrobots an. Deshalb kann ich nicht mehr als Kinderkurier arbeiten." Sie zuckte mit den Achseln. „Aber ich wär eh bald zu groß geworden. Jedenfalls organisier ich seitdem Food aus den Agrafas. Es gibt hier 'nen Tauschmarkt, das geht ganz gut. Morgen früh bringe ich den Rest Fisch da hin."

Akascha überlegte. „Könnte man auf dem Markt nicht auch so eine Brille eintauschen?"

Rania schüttelte den Kopf. „Selbst wenn du genug Credits hättest: Keiner verkauft im Moment seine ERB. Die werden jetzt alle gebraucht, weil unsere Leute in die City rein wollen."

Akascha seufzte. „Es muss aber doch einen Weg geben, meinen Freund zu erreichen!"

„Wer ist denn dieser Bürger, den du unbedingt finden willst?", fragte Rania. Sie rollte sich auf die Seite und stützte sich auf den Ellenbogen. „Und wo kommst du eigentlich her? Du hast noch gar nichts von dir erzählt!"

Nun war es an Akascha zu zögern. „Vorhin waren so viele Leute da", wich sie aus, „da konnte ich nicht gut reden."

Rania sah sie verschwörerisch an. „Aber jetzt sind wir al-

lein", flüsterte sie. „Und ich kann ein Geheimnis bewahren!"
Das Weiß ihrer Augen glänzte im Kerzenschein. „Du hast ein Geheimnis, oder? Erzähl's mir!"

Akascha schwieg. Was sollte sie Rania erzählen? Die Wahrheit? Vielleicht war das tatsächlich am besten. Ohne ihre Hilfe würde sie es jedenfalls kaum schaffen, in die Stadt hinein zu kommen oder Jochanan in diesem anderen Berlin zu finden.

„Na gut", sagte Akascha, „ich sag dir, woher ich komme. Aus Kreuzberg. Ist gar nicht weit von hier."

Der Name sagte Rania offensichtlich nichts, denn sie schaute Akascha weiter erwartungsvoll an.

„Kreuzberg ist, oder besser, war, ein Kiez in Berlin", fuhr Akascha fort. „Ich komme also eigentlich aus der Stadt. Aus der City, wie du sagen würdest. Aber nicht aus dieser Stadt hier!", fuhr sie hastig fort, als sie Ranias erstaunten Blick sah, „sondern –"

Akascha brach ab. Wie sollte sie Rania nur begreiflich machen, dass sie eine Zeitreisende war?

„Wusstest du, dass die Leute aus der Stadt in die Vergangenheit reisen können?", begann sie von vorn.

Rania nickte. „Das hab ich schon mal gehört. Die machen das angeblich mit irgendwelchen alten Überresten, so Gebäuden von früher, die noch irgendwo rumstehen. Keine Ahnung, ob das stimmt."

„Tut es", sagte Akascha. „Ich wollte es auch erst nicht glauben, aber es stimmt wirklich." Sie seufzte. „Also, vor ein paar Tagen habe ich einen Jungen kennengelernt, Jochanan heißt er, der kam aus der Zukunft. Er hatte so ein Hologramm, völlig irre, so was hab ich noch nie gesehen. Irgendwie hatte er seine Familie verloren und wusste nicht wohin, also hat er bei mir gepennt."
Akascha grinste. „Genauso wie ich jetzt hier bei Euch. Und dann musste er ein Zeittor erreichen, stell dir mal vor, das war am

Brandenburger Tor! Mitten in Berlin, damit er in seine Zeit zurückkehren konnte."

Rania sah sie erwartungsvoll an. „Und? Hat er das geschafft?"

Akascha nickte. „Wir haben ihm geholfen, ich und mein Freund Merlin, und Merlins kleiner Bruder Michi. War ziemlich abenteuerlich, weil Jochanan verfolgt wurde, von einem Wissenschaftler, der den Zeitreisenden auf der Spur war. Jedenfalls, als das Zeittor dann zu leuchten begonnen hat – die Dinger leuchten, wenn sie aktiv sind, weißt du –, da bin ich einfach mit da durch gegangen. Naja, ganz so einfach war es nicht, aber egal. Jedenfalls bin ich jetzt hier."

Akascha schwieg. Rania starrte sie mit großen Augen an. „Dann kommst du aus 'ner anderen Zeit?", flüsterte sie. „Aus der Vergangenheit?"

Akascha nickte. „Aus dem Jahr 2031."

„Die Wandlerin zwischen den Welten!", sagte Rania staunend. „Jetzt kapier ich es! Und der Bürger, den du finden willst, das ist bestimmt dieser Junge, oder?"

„Genau. Jochanan. Wir wurden getrennt. Man muss schlafen, während man durch die Zeit reist, weißt du? Und als ich aufgewacht bin, war ich nicht mehr in der Stadt beim Brandenburger Tor, sondern draußen vor dem Zaun bei dieser Agrarfabrik. Und jetzt habe ich keine Ahnung, wo Jochanan ist, oder wie ich ihn wiederfinden soll."

„Wenn er in der City lebt und einen Identichip hat, dann ist das easy!", sagte Rania. „Die Bürger sind ja alle im Citynet. Da hinterlassen die Spuren. Was weißt du denn sonst noch von ihm?"

„Leider nicht so viel. Sein Vater ist Historiker und seine Mutter Mathematikerin. Er hatte so ein glitzerndes Tattoo auf seinem Arm, das die Uhrzeit anzeigt. Und diese Kette mit einem Engel, der sich in eine Holografie verwandeln konnte. Und dann hat er noch erzählt, dass er in einem eingezäunten Condo wohnt, das vier Häuser und einen Hof hat. Er hat mir auch auf dem Stadtplan gezeigt, wo das liegt. Und dass er nicht in die Schule geht, sondern zuhause in einem virtuellen Klassenzimmer mit einem Edukator lernt."

„Hmm", sagte Rania, „das mit dem Condo könnte uns weiterbringen. Am besten, wir fragen mal Caro, die hat 'nen Plan von der City. Dann kannst du mir zeigen, wo das war."

Die Mädchen standen auf und gingen leise, um die anderen Kinder nicht zu wecken, über den Flur zur Küche. Akascha wollte gerade die Türklinke herunterdrücken, als sie eine Männerstimme hörte:

„… dafür sorgen, dass sie hier bleibt, verstanden?"

„Und warum?", fragte Caro hinter der Tür. Ihre Stimme klang angespannt.

„Wenn die Prophezeiung in Erfüllung gehen soll, dürfen wir sie nicht verlieren!", entgegnete die Männerstimme.

Akascha warf Rania einen fragenden Blick zu. Die schüttelte ratlos den Kopf.

„Aber ich kann sie doch nicht einsperren!", kam wieder Caros Stimme.

„Notfalls auch das. Wir können nicht riskieren, dass sie uns entwischt. Morgen früh erwarten wir den Kontaktmann. Bis dahin muss sie unbedingt hierbleiben!"

Ein Stuhl scharrte. Erschrocken sahen sich die beiden Mädchen an. Dann huschten sie lautlos zurück durch den Flur ins Kaminzimmer.

„Und was soll ich jetzt machen?", fragte Akascha. Sie stand auf und ging zum Fenster, starrte kurz hinaus in die Dunkelheit und kam zurück zum Matratzenlager, wo Rania im Schneidersitz unter den Decken hockte. „Die können doch nicht einfach so über mich bestimmen!"

Rania biss sich auf die Lippen. „Das machen die immer. Die bestimmen, was man machen darf."

„Wer sind ‚die' denn?"

Rania zuckte mit den Achseln. „Die Typen, die hier das Sagen haben. Die mit den Waffen."

Wieder lief Akascha unruhig im Zimmer umher. Die verbarrikadierten Fenster, die ihr vorhin noch Sicherheit vermittelt hatten, kamen ihr jetzt wie Gitterstäbe vor. Obwohl die Tür nicht verschlossen war, fühlte sie sich eingesperrt.

„Und wieso kommen die einfach so bei euch rein?"

Rania seufzte. „Da kann man nichts gegen machen", sagte sie. „Die sind einfach stärker."

Akascha schüttelte wütend den Kopf. „Das ist mir egal! Ich bleibe auf keinen Fall hier!" Sie ging zurück zur Zimmertür und lauschte. „Sobald deine Schwester schläft, bin ich weg!" Sie warf Rania einen scharfen Blick zu. „Du verrätst mich doch nicht, oder?"

Rania zögerte kurz, dann schüttelte sie den Kopf. „Nein, keine Sorge. Hab doch versprochen, dass ich dir helfe! Aber was ist mit der Prophezeiung…? Wenn du jetzt abhaust, bleiben die Tore der City vielleicht zu. Dann ändert sich hier nie was für uns!"

Akascha schnaubte. „Mal ehrlich, ich glaube nicht an Prophezeiungen und den ganzen Quatsch. Wer weiß, was dahinter steckt." Sie überlegte. „Die haben eben was von einem Kontaktmann gesagt, der morgen kommen soll. Vielleicht ist das einer von den Leuten, die mich nach der Zeitreise in diesem Niemandsland ausgesetzt haben? Vielleicht haben die ja diese Prophezeiung in die Welt gesetzt. Die wissen ja, dass ich aus der Vergangenheit komme. Keine Ahnung, wer oder wieso, aber das ist egal. Ich habe jedenfalls keine Lust, diesen Kontaktmann zu treffen.

Ich muss Jochanan finden!"

Rania sah sie nachdenklich an. „Akascha, die Wissende", sagte sie. „Vielleicht funktioniert die Prophezeiung ja auch nur dann, wenn du deine Sache durchziehst? Wenn du diesen Jochanan findest, zum Beispiel!"

„Genau!", pflichtete Akascha ihr bei. „Vielleicht hat Jochanan sogar etwas damit zu tun! Wer weiß, vielleicht ist er es ja, der euch die Stadttore aufmacht?"

Die Mädchen schwiegen einen Moment lang.

„Ich könnte dir helfen, in die City reinzukommen", sagte Rania schließlich. „Aber ohne Identichip kommst du da drin nicht weit."

„Das kriege ich schon hin!", sagte Akascha. „In der Stadt kenne ich mich aus, da kann ich bestimmt irgendwo untertauchen. Die Frage ist nur, wie ich Jochanan finden soll ohne so eine ER-Brille, von der du erzählt hast. Können wir nicht irgendwo eine klauen?"

Rania schüttelte entschieden den Kopf. „Viel zu risky. Wenn du wirklich abhauen willst, musst du heute Nacht verschwinden, bevor irgendwer Wind davon bekommt."

„Und dann? Wie soll ich Jochanan finden?"

„Eine Möglichkeit gibt's vielleicht", sagte Rania. „Ist aber nicht ganz ungefährlich."

Akascha sah sie fragend an.

„Ich hab ja einen Identichip, hier", Rania zeigte auf ihren Hals. „Der ist zwar gelistet, aber ansonsten funktioniert der. Wenn wir zusammen in die City gehen, kann ich mich ins Citynet einloggen und nach ihm suchen. Da sind überall Terminals."

Akascha starrte Rania an. „Das würdest du machen?"

Rania nickte. „Die Sache hat aber einen Haken. Sobald ich online gehe, sieht mich die City-KI. Und dann sind sofort die Siros am Start. Hab das mal ausgetestet, direkt an der Mauer. Drei

Minuten, dann waren die da. Das geht also nur, wenn ich ständig in Bewegung bin."

„Vielleicht könnte ich die Sicherheitsroboter ablenken, während du dich mit dem Citynet verbindest?"

„Das wär 'ne Möglichkeit!" Rania überlegte. „Wir müssen ohnehin laufen, wenn wir in der City sind. In die Subway kommen wir ja nicht rein, weil du kein Implantat hast, und ein SHV können wir natürlich auch nicht nehmen." Sie musterte Akascha kritisch. „Schaffst du das? Je nachdem, wo Jochanan wohnt, ist das vielleicht ganz schön weit."

„Das macht nichts!", sagte Akascha, „Laufen kann ich! Nur mein Arm tut weh."

„Dein Arm? Wieso?"

„Ich bin vor der Zeitreise eine Treppe runtergefallen. Seitdem tut er weh, wenn ich ihn hochhebe, so." Akascha bewegte ihren verletzten Arm.

„Lass mal sehn!"

Rania besah sich Akaschas Arm und pfiff durch die Zähne. „Der ist ja voll dick!", sagte sie. „Den musst du auf jeden Fall safe halten. Warte mal!"

Sie wühlte in einem alten Koffer und kam mit einem schwarzen, dreieckigen Stück Stoff zurück. „Ich bau dir 'ne Schlinge. Mein Arm war mal gebrochen, sah genauso aus. Da musste ich das hier tragen." Sie band Akascha das Tuch um den Arm und zurrte beides an ihrem Oberkörper fest. Als sie fertig war, warf sie Akascha einen skeptischen Blick zu. „So. Das macht die Sache aber nicht unbedingt einfacher, weißt du?", sagte sie. „Bist du wirklich sicher, dass du das durchziehen willst?"

Akascha zuckte die Schultern und zog eine Grimasse. „Geht schon!", gab sie zurück. „Tut zwar weh, aber so schlimm ist es auch wieder nicht!"

„Alles klar", sagte Rania. „Dann lass uns noch 'ne Runde

schlafen, bevor wir starten."

„Und wenn wir nicht rechtzeitig aufwachen?", fragte Akascha besorgt.

„Keine Sorge!", erwiderte Rania, grinste und zog einen uralten, laut tickenden Wecker unter ihrer Matratze hervor.

Der Wecker klingelte, lange bevor es hell wurde. Allerdings konnte nur Akascha ihn hören: Sie hatte ihn unter ihr Kopfkissen gesteckt und stupste Rania jetzt im Dunkeln an, um sie zu wecken. Rania stöhnte unwillig.

Akascha wäre selbst auch viel lieber liegengeblieben – im warmen Bett war es so gemütlich, und außerdem taten ihr alle Glieder weh. Als sie sich aufsetzte, wurde ihr sogar schwindlig – vermutlich eine Folge der Zeitreise. Oder sie hatte sich erkältet, als sie nachts draußen vor dem Zaun gelegen hatte. So oder so riss sie sich zusammen und hütete sich, ein Wort zu Rania zu sagen. Auf keinen Fall wollte Akascha, dass Rania es sich anders überlegte. Wenn sie Jochanan finden und warnen wollte, hatte sie keine Zeit zu verlieren!

Nach einem kargen Frühstück – Rania holte heimlich zwei Äpfel aus der Vorratskammer – schlichen Akascha und Rania vorsichtig aus dem Haus. Sie nahmen die Hintertür, denn vorn, direkt neben dem Ausgang, schlief Caro in ihrem eigenen kleinen Zimmer. Die Tür knarrte leise, als sie sie öffneten, und die Mädchen erstarrten. Doch alles blieb ruhig.

Draußen war es weniger dunkel als im Haus, denn der wolkige Himmel reflektierte das Licht.

„Was ist das?", fragte Akascha und deutete nach oben. Inmitten eines grünlichen Schimmers, der den halben Horizont erleuchtete, waren hoch am Himmel große rote Punkte zu erkennen, die langsam hin und her wanderten.

„Winddrachen", antwortete Rania, „Die gibt's überall am Rand der City. Damit machen sich die Bürger ihren Strom. Los, wir haben 'ne lange Strecke vor uns!"

Rania führte Akascha durch eine halb verfallene Holzpforte und quer durch ein Feld voller Brennnesseln, das vielleicht mal ein Garten gewesen war. Zwischen zwei eingefallenen Gebäuden erreichten sie unbemerkt die ehemalige Straße. Alles war ruhig, kein Mensch war zu sehen. Als die Mädchen die letzten verfallenen Häuser hinter sich gelassen hatten, bogen sie auf einen Trampelpfad nach Südwesten ab. Nun bewegten sie sich direkt auf das grünliche Leuchten der City zu.

Der erhöhte Weg, dem sie folgten, führte schnurgeradeaus über eine kahle, dunkle Ebene. Der Boden unter ihren Füßen war fest und mit kurzem, trockenem Gras bewachsen. Wahrscheinlich, dachte Akascha, war das früher auch mal eine Straße gewesen. Sie blieb stehen und lauschte. Die Stille, die sie umgab, war beinahe unheimlich. Kein Vogel sang, kein Motor surrte in der Ferne, nur der Wind fuhr in Böen über die Ebene, sauste in ihren Ohren und zerrte an ihren Kleidern.

„Komm schon!", drängte Rania. „Wir müssen weiter, bevor die checken, dass wir abgehauen sind!"

Nachdem sie eine ganze Weile durch die Dunkelheit gelaufen waren, blieb Rania plötzlich stehen.

„Hörst du das?", fragte sie.

Akascha lauschte. Jetzt, wo Rania sie darauf aufmerksam gemacht hatte, hörte auch sie ein leises Grummeln in der Ferne. Sie sah sich um. Hinter ihnen am Horizont zog sich ein einzelner, feurig-orangefarbener Streifen quer über den Himmel. Darüber rollten dunkle, blauschwarze Wolken.

„Das gefällt mir nicht", murmelte Rania, „dieses Morgenrot gefällt mir gar nicht. Hoffentlich gibt's kein Gewitter!"

Auch Akascha hatte wenig Lust, nass zu werden. Rasch folgte sie Rania, die ihre Schritte beschleunigte.

Kurze Zeit später erreichten die beiden Mädchen ihr Ziel: die Zehnermauer. Schon aus einiger Entfernung war sie als dunkle Barriere vor dem diffusen grünlichen Licht der Stadt sichtbar gewesen. Aus der Nähe betrachtet sah die Mauer weniger bedrohlich aus, als Akascha gedacht hatte, wenn auch kaum weniger unüberwindlich: eine senkrechte Wand aus quadratischen, aufeinander gestapelten Elementen, die oberhalb einer steilen Böschung verlief und sich, so weit man sehen konnte, rechts und links in der Dunkelheit verlor.

Akascha stutzte. „Das sieht ja aus wie eine Lärmschutzwand!", sagte sie erstaunt.

Rania blickte sie verständnislos an.

„So eine Wand am Straßenrand, damit man den Lärm der Autos nicht hört." Akascha kletterte die Böschung hoch und besah sich die freie Fläche davor. „Und das da, das ist doch Asphalt!" Sie versuchte, sich den Stadtplan von Berlin in Erinnerung zu rufen. „Diese Mauer führt um die ganze Stadt herum, wie ein Ring, sagtest du?"

Rania nickte.

„Genau wie die A 10", sagte Akascha nachdenklich. „Weißt du was? Ich glaube fast, daher kommt der Name Zehnermauer! Die haben einfach die alte Berliner Ringautobahn benutzt, als da keine Autos mehr fuhren, um ihre Grenzmauer hochzuziehen! Und die Lärmschutzwände haben sie als Grenze zweckentfremdet!"

Rania schaute skeptisch. „Ist doch egal, rüber kommen wir hier jedenfalls nicht", sagte sie. „Komm weiter!"

Doch Akascha starrte nach oben. Zwischen den dunklen Wolken flog hoch am Himmel ein merkwürdiges, rot leuchtendes Gerät, das aussah wie eine Mischung aus riesigem Lenkdrachen und Segelflugzeug.

„Ist das da ein Flugmobil?", fragte Akascha, indem sie auf die fliegende Maschine deutete.

Rania schüttelte den Kopf. „Flugmobile bewegen sich! Die sind eher rund und so länglich. Das da ist 'n Winddrachen. Siehst du nicht die Kabel, an denen der hängt, da?"

Tatsächlich führten dicke, straff gespannte Kabel von der Windmaschine hinab zur Erde, irgendwo hinter die Mauer. Während Akascha noch das fremdartige Ding bestaunte, mit dessen Hilfe die Menschen hier anscheinend Strom gewannen, zuckte auf einmal ein greller Blitz über den Himmel und hüllte den Winddrachen für eine Sekunde in ein bläuliches Zucken ein.

„Los", sagte Rania ängstlich und zog Akascha an der Jacke. „Wir müssen weiter! Sonst packen wir das nicht rechtzeitig!" Sie wandte sich nach rechts und lief im Laufschritt den Grenzstreifen entlang. Akascha folgte ihr. Schließlich erreichten sie ein Gebiet, wo dicht an dicht viele verlassene Häuser standen. Hier bog Rania auf einen schmalen Pfad ab, der durch das Dickicht verwilderter ehemaliger Gärten führte.

„Wir müssen vorsichtig sein", flüsterte Rania. „An dieser Stelle patrouillieren die oft, weil die City hier direkt an die Mauer grenzt."

Geduckt überquerten sie ein ehemaliges Fabrikgelände, wo große Hallen vor sich hin rotteten, und überwanden einen hohen, völlig verrosteten Zaun, der an etlichen Stellen zerstört war. Dahinter verlief ein ausgetrockneter Graben, der nach wenigen Metern unter der Erde verschwand. Dicke, massive Eisenstäbe sicherten den Zugang. Einer der Stäbe war leicht verbogen.

„Da müssen wir durch", sagte Rania.

Akascha besah sich den Tunneleingang mit einer Mischung aus Erleichterung und Unbehagen. Sie hatten es bis hierhin geschafft, ohne verfolgt zu werden, das war schon mal gut. Aber dieser Tunnel sah nicht gerade einladend aus, und der schwierigste Teil ihrer Unternehmung lag noch vor ihnen. Sie holte tief Luft. „Okay, dann lass uns gehen!", sagte sie.

Doch anstatt weiterzulaufen, musterte Rania besorgt den Himmel. Inzwischen war es hell geworden, doch das Tageslicht war merkwürdig gelb und schweflig. Im Osten hatte sich eine schwarze Wolkenwand aufgebaut. Unablässig grollte Donner in der Entfernung.

Rania schüttelte den Kopf. „Wir sollten erst mal das Gewitter abwarten", sagte sie mit gepresster Stimme.

„Wieso das denn?", fragte Akascha. „Da drinnen sind wir doch im Trocknen, wenn es regnet!?"

Rania sah sie halb verständnislos, halb mitleidig an.

„Das hier ist 'n alter Kanal", sagte sie. „Was denkst du, was passiert, wenn es regnet? Dann läuft der Graben hier voll Wasser, und die andern Gräben auch, und all das Wasser fließt durch den Tunnel!"

„Na und?", sagte Akascha, „dann bekommen wir eben nasse Füße!"

Rania schüttelte den Kopf. „Nasse Füße ist wirklich das kleinste Problem, was wir dann haben. Ich bin schon mal bis zum Bauch im Wasser gestanden. Wenn es richtig krass regnet, kann man da drin ertrinken!"

Wie um ihren Worten Nachdruck zu verleihen, erklang in diesem Moment ein lauter Donnerschlag, der den Boden zu erschüttern schien. Sekundenbruchteile später zuckte erneut ein gewaltiger Blitz direkt über ihren Köpfen.

Im diesem Moment hörten sie schwere Schritte und eine Männerstimme rief: „Da! Da sind sie!"

Entsetzt fuhr Akascha herum. Oben auf der Böschung, genau über der Öffnung des Tunnels, stand ein Mann in Tarnkleidung und sah auf sie herab. In der einen Hand hielt er eine Waffe, mit der anderen zeigte er auf sie!

„Schnell!" Rania packte Akascha am Arm und schubste sie vorwärts. „Komm schon! Rein da! Was wartest du!?"

„Halt!", rief der Mann über ihnen und machte Anstalten, herunterzuklettern.

Doch die Mädchen waren schneller. Eine hinter der anderen zwängten sie sich durch die schmale Lücke und stolperten in den Tunnel. Nach ein paar Schritten blickte Akascha über ihre Schulter zurück. Hinter dem Gitter stand der Mann. „Kommt sofort raus da!", schrie er und rüttelte an den Eisenstäben. Er fluchte und versuchte vergeblich, sich durch die Lücke zu zwängen. Die Mädchen wichen zurück, tiefer hinein in die Dunkelheit.

„Raus da! Sonst schieße ich!", brüllte der Mann und hob seine Waffe.

Akascha drehte sich um und floh in die schützende Unterwelt der Kanalisation. Hinter sich hörte sie Ranias klatschende Schritte. Ein Schuss knallte. Rechts gähnte eine dunkle Öffnung. Akascha warf sich hinein und lehnte sich keuchend an die gewölbte Wand. Sie spürte, wie Rania sich neben sie drängte. Ihr Herz hämmerte wie verrückt. Die Mädchen fassten sich an den Händen und lauschten. Alles war still.

Vorsichtig beugte Akascha sich vor und spähte zurück zum Ausgang des Tunnels. Das Gitter zeichnete sich schwarz vor dem gelblichen Tageslicht ab. Der Mann war verschwunden.

„Er ist weg!", flüsterte sie.

„Der kommt sicher gleich wieder und versucht, das Gitter zu knacken. Wir müssen weiter!", entgegnete Rania leise. „Komm mit. Schnell, beeil dich! Hoffentlich sind wir hier wieder raus, bevor es anfängt zu regnen!"

Der Tunnel, dem sie nun folgten, war hoch genug, um aufrecht darin zu laufen. In regelmäßigen Abständen führten Schächte nach oben, durch die gedämpftes Tageslicht sickerte. Als Akaschas Augen sich an das Halbdunkel gewöhnt hatten, konnte sie ihre Umgebung gut erkennen. Die Wände des Tunnels bestanden aus rötlichen Ziegeln. In der Mitte lief in einem großen Kanal ein dünnes Rinnsal. Daneben war genug Platz, um zu gehen, ohne sich die Füße nass zu machen. Ab und zu mündeten weitere, identische Tunnel von rechts und links.

„Man folgt einfach dem fließenden Wasser", erklärte Rania, als sie eine Abzweigung nach rechts nahmen, „dann kann man sich nicht verlaufen. Hier unten sieht alles gleich aus, aber das Wasser kennt den Weg. Der Haupttunnel endet irgendwann in dem großen Kanal, der durch die City fließt. So weit war ich aber noch nie."

„Wie weit müssen wir denn hier unten laufen?", fragte Akascha. Dieses feuchte, dunkle Tunnellabyrinth bedrückte sie. Ihr war immer noch schwindelig, außerdem hatte sie jetzt auch noch Kopfweh. Sie rieb sich die Schläfen, das half etwas.

„Nicht mehr so weit, schätze ich." Rania hielt an und lauschte. „Wir sind bestimmt schon unter der Mauer durch, aber dann kommt erst mal die Sperrzone, da können wir nicht hoch. Ich hoffe nur, dass ich ohne ERB den richtigen Ausgang finde. Es gibt nicht so viele Schächte, wo man gut hochklettern kann." Sie warf einen prüfenden Blick auf das Rinnsal zu ihren Füßen. „Komm weiter."

Sie waren nicht lange gegangen, als plötzlich ein gewaltiger, dröhnender Schlag die Mauern und den Boden erzittern ließ.

„Was war das denn?", flüsterte Akascha erschrocken.

„Das Gewitter!", antwortete Rania mit heiserer Stimme. „Ist jetzt genau über uns!" Sie eilte vorwärts auf ein mattes Licht zu, dorthin, wo der nächste Schacht nach oben führte. Akascha folgte ihr dicht auf den Fersen. Gerade als sie den Schacht erreichten, fuhr von hinten ein Windstoß durch den Tunnel, der Akascha beinahe umwarf. Ein zweiter, ebenso heftiger Donnerschlag ertönte, und dann hörte sie ein Rauschen, zuerst sachte, dann immer lauter, das sich schnell in ein ohrenbetäubendes Prasseln verwandelte. Kein Zweifel: Oben schüttete es wie aus Kübeln! Akascha starrte hinauf in den Schacht. Wasser rann an den Wänden herab und sammelte sich in dem Rinnsal zu ihren Füßen, das nun kein Rinnsal mehr war, sondern ein kleiner Bach.

„Hier geht's nicht raus! Weiter, schnell!", rief Rania und hastete den Tunnel entlang. Schon wurden Akaschas Füße nass: Der Bach überspülte bereits den Tunnelboden. Rania rannte vor Akascha dicht an der Wand des Tunnels entlang, dass das Wasser nach allen Seiten spritzte. Bald würden sie nicht mehr sehen können, wo der Kanal war und wo der Steg am Rand!

„Warte!", schrie Akascha.

„Komm schon! Los, beil dich!", brüllte Rania zurück. „Wir müssen hier raus, sonst ersaufen wir!"

Akascha hastete weiter. Das Wasser reichte ihr jetzt bis zu den Knien. Es floss inzwischen so schnell und reißend, dass sie sich mit ihrem gesunden Arm an der Tunnelwand abstützen musste. Vor ihr watete Rania mit großen Schritten durch die Strömung.

Plötzlich wurde Akascha von den Beinen gerissen. Ein gewaltiger Schwall eisigen Wassers hatte sie erfasst und spülte sie vorwärts auf Rania zu, die ebenfalls den Boden unter den Füßen verloren hatte, und dann wurden sie beide von der schwarzen Strömung weggespült, die sie herumwirbelte und stieg und stieg, bis sie den Tunnel fast gänzlich anfüllte. Direkt über ihren Köpfen schoss die gemauerte Decke vorüber, dichter und immer dichter. Ein gurgelnder Wasserfall traf Akascha von oben, als sie unter einem Schacht hindurch geschwemmt wurde, und drückte sie unter Wasser. Sie wusste nicht mehr, wo oben oder unten war, alles um sie herum wirbelte und brauste, sie schnappte nach Luft und schluckte Wasser, und dann –

Dann wurde es schlagartig hell und der Tunnel spuckte sie in einem röhrenden Wasserschwall aus. Akascha ging unter, tauchte wieder auf und trieb mit atemberaubender Geschwindigkeit unter freiem Himmel. Überall war Wasser. Um sie herum prasselten dicke Regentropfen auf die Wasseroberfläche, so dicht, dass sie nichts anderes sah als einen grauen, dampfenden Vorhang aus hüpfendem Wasser und nichts anderes hörte als das Getöse des Unwetters.

Auf einmal spürte Akascha Boden unter den Füßen. Vor ihr ragte eine Böschung in die Höhe. Sie griff blindlings zu und bekam etwas Hartes zu fassen: ein Ast! Wasser wirbelte strudelnd um sie herum. Sie stemmte sich gegen die Strömung und es gelang ihr, sich an dem Strauch festzuhalten und auf das durchweichte Ufer zu kriechen. Spuckend und blinzelnd, um Nase, Mund und Augen vom Wasser zu befreien, sah Akascha sich um.

Direkt neben ihr schoss die schäumende Flut rasend schnell durch einen offenen Kanal, der hier einen scharfen Bogen nach links machte. Die Wassermassen waren über die Ufer getreten und hatten sie an Land gespült. Abgerissene Büsche und Unrat trudelten auf der schmutzigen Wasseroberfläche im Kreis, bevor sie von der Strömung erfasst und weitergerissen wurden. Der Regen fiel immer noch so heftig, dass Akascha die Umgebung nur undeutlich erkennen konnte: die hohe, dunkle Wand eines fensterlosen Gebäudes auf der anderen Seite des Kanals, auf der diesseitigen das überspülte Ufer, gleich dahinter ein meterhoher Zaun. Wo war Rania? Da, ein Stück weiter vorn, bewegte sich etwas!

Akascha stolperte vorwärts, so gut es auf dem schlammigen, abschüssigen Untergrund ging. Rania hing halb im Wasser und krallte sich an der rutschigen Uferbefestigung fest. Die Strömung drohte sie mitzureißen. Akascha warf sich zu Boden. „Halt dich fest!", schrie sie und streckte Rania ihr Bein entgegen. Rania packte zu und Akascha machte sich so schwer wie möglich.

Beinahe wären sie beide zurück in den Kanal gerutscht, doch Akascha rammte ihren freien Fuß in den weichen Boden, und Zentimeter um Zentimeter gelang es Rania, sich aus dem Wasser zu ziehen. Keuchend krochen die Mädchen höher, weg von dem reißenden Strom, und ließen sich erschöpft auf den Rücken fallen.

Erst jetzt spürte Akascha, wie sehr ihr Arm schmerzte. Das Tuch war weg, und sie konnte ihn kaum noch bewegen! Der Lärm des Regens, der unvermindert auf sie eintrommelte, war ohrenbetäubend. Sie kniff die Augen zu und Schwindel drohte sie zu überwältigen.

„Wir müssen weg hier", sagte Rania. Ihre Zähne klapperten so laut, dass Akascha es hören konnte. „Komm schon!" Sie zerrte an Akaschas Kleidern. „Einen Unterschlupf finden."

Akascha stöhnte und kam schwankend auf die Füße. Die Kopfschmerzen, die sie im Wasser vergessen hatte, waren jetzt doppelt so stark zurück. „Okay", murmelte sie. „Wo lang?"

„Keine Ahnung", sagte Rania. „Hier war ich noch nie."

Sie blickten um sich. Es gab nur einen einzigen Weg weg vom Kanal, und der führte über den meterhohen Zaun.

„Das schaffe ich nie, mit meinem kaputten Arm da rüber zu klettern!", stöhnte Akascha, ein sinkendes Gefühl der Ausweglosigkeit im Bauch.

„Shit!", fluchte Rania leise. Sie warf Akascha einen prüfenden Blick zu, und ihre Augen weiteten sich. „Du blutest ja!"

„Wo?"

„Da, am Kopf!"

Akascha wischte mit dem nassen Ärmel über die Stirn. Der Stoff färbte sich rot. „Stimmt. Gar nicht gemerkt..."

„Zeig mal her!", sagte Rania. Vorsichtig untersuchte sie die Wunde. „Sieht zum Glück nicht schlimm aus. Trotzdem wär's besser, wenn wir irgendwas zum Verbinden hätten!" Suchend sah sie sich um. „Hier muss doch irgendwo 'n Ausgang sein!" Sie stolperten ein Stückchen weiter. Vor ihnen grenzte eine Hauswand an den Kanal. Über Haufen von Unrat, die vielleicht bei früheren Überflutungen angeschwemmt worden waren, ragten Balkone in die Höhe.

„Da drunter ist es wenigstens trocken," sagte Rania. „Komm!" Gebückt krochen die Mädchen in die niedrige Öffnung unter dem Balkon. Vor ihnen rauschte die Regenwand herab wie ein Vorhang.

„Guck mal!", sagte Akascha, als sie sich hingehockt und die nassen Haare aus den Augen gewischt hatten. „Was ist das? Ein Keller?" Eine Metallschott mit einem Griff verdeckte eine kleine, rechteckige Öffnung in der Wand. Akascha rüttelte daran. „Abgeschlossen."

Rania steckte eine Hand in ihre nasse Jacke und zog einen länglichen Haken heraus. „Lass mich mal!", sagte sie. Sie fummelte ein bisschen herum, und nach einigen Versuchen gelang es ihr tatsächlich, das simple Schloss zu knacken. Sie packte den Griff und zerrte, bis sich das Schott öffnete. Dahinter befand sich ein Fenster – und es stand offen!

„Rein da!", sagte Rania und kletterte durch die Öffnung. Akascha folgte ihr.

Drinnen war es dunkel, nur wenig gedämpftes Licht drang durch das kleine Fenster oben an der Wand. Es war erstaunlich warm. Akascha sah sich um. An einer Wand reihten sich Waschmaschinen und Trockner. Wäscheleinen hingen kreuz und quer an der Decke, und in einer Ecke des Raums stapelte sich ein meterhoher Haufen zerknüllter Laken. Ein großes Regal mit gefaltetem, hellgelbem Bettzeug stand direkt neben einer Metalltür. Sie befanden sich offensichtlich in einem Wäschekeller.

„Was für 'n Glück!", murmelte Rania, die inzwischen das Schott zugezogen hatte und schon dabei war, ihre nassen Kleider auszuziehen. Akascha tat es ihr nach.

„Hier muss so was wie 'ne Seniorenresidenz sein oder so", sagte Rania, während sie sich ein Laken griff und ihre pinkfarbenen Haare trocken rubbelte.

„Oder ein Hotel?", meinte Akascha und wischte sich mit einem flauschigen Handtuch Blut und Regenwasser aus dem Gesicht. Vorsichtig befühlte sie die Verletzung an ihrer Stirn. Es tat zwar weh, war aber wohl zum Glück nur eine Schramme.

„Ein was?"

„Ein Hotel! Wo Leute übernachten, die verreisen."

Rania guckte verständnislos. „Verreisen?"

Akascha warf ihre nasse Jacke auf den Boden und entledigte sich strampelnd ihrer Hosen. „Genau. Andere Orte sehen und so."

„Was für Orte?"

Akascha sah sie fragend an. „Gibt es das etwa nicht mehr? Dass Leute verreisen? Und gegen Geld irgendwo anders übernachten?"

Rania schüttelte verwundert den Kopf. „Wozu denn das? In der Stadt gibt's doch alles, was man so braucht! Außerdem kommt man überall virtuell hin – wenn man die Credits hat jedenfalls. In andere Länder oder ins Weltall, sogar auf den Meeresgrund, so wie der mal war! Und in die Vergangenheit natürlich auch!"

„Verstehe." Akascha wickelte ein großes Laken um ihre Schultern. Ihr war immer noch so kalt, dass sie zitterte. „Meinst du, wir können einen dieser Trockner benutzen?"

Rania schüttelte den Kopf. „Besser nicht. Ist zu laut. Wir hängen die Sachen lieber auf."

„Und wenn jemand kommt?"

„Dann verstecken wir uns hinter den Maschinen."

Die Mädchen machten es sich auf dem Wäschehaufen bequem und lauschten auf den Regen, der draußen unvermindert rauschte.

„Und was machst du jetzt?", fragte Akascha. „Gehst du

durch die Kanalisation zurück, wenn das Gewitter vorbei ist?"

Rania schüttelte den Kopf. „So schnell sinkt das Wasser nicht. Ich find schon 'nen andern Weg raus aus der Stadt. Aber erst mal helfe ich dir, deinen Freund zu finden!"

Akascha sah sie an. „Aber dazu müssen wir hier weg, oder? Du hast doch diesen Chip, der die Sicherheitsleute anlockt!"

„Die Sicherheitsrobots. Wenn ich online gehe, sind die sofort da, stimmt. Aber solange ich in Bewegung bin, kriegen sie mich nicht. Die Dinger sind zum Glück nicht sehr schnell. Das passt schon." Sie sah Akascha skeptisch an. „Und wenn wir rausgekriegt haben, wo er wohnt, was dann?"

Akascha zuckte mit den Achseln. „Dann geh ich da hin. Sobald der Regen aufhört."

Rania zog die Augenbrauen hoch. „So simpel ist das nicht", sagte sie. „Gibt überall Sperren in der City, wo der Identichip ausgelesen wird. Wenn du nicht weißt, wo die sind, kommst du nicht weit."

„Ich krieg das schon hin!", sagte Akascha. „Jetzt, wo wir in der Stadt sind!"

Tatsächlich war sie sich allerdings nicht sicher, ob das wirklich stimmte. Sie war eindeutig nicht fit. Ihre Kopfschmerzen wurden immer schlimmer, es pochte in ihren Schläfen, als würde ihr Schädel in zwei Teile gespalten. Unwillkürlich rieb Akascha sich die Stirn und zog eine Grimasse, als sie an die Verletzung kam.

Rania, die sie mit kritischem Blick beobachtet hatte, schüttelte den Kopf. „Vergiss es! Ich lass dich hier nicht allein loslaufen." Sie überlegte einen Moment. „Vielleicht wär's am besten, wenn ich gehe. Du bleibst einfach hier und chillst und ich finde ihn und sage ihm, wo du bist?"

„Kommt nicht in Frage!", wehrte Akascha entschieden ab, „ich komm mit! Was, wenn dir unterwegs etwas passiert? Dann

94

sitze ich hier fest und warte, bis ich schwarz werde!"

Rania seufzte. „Na gut. Dann relax jetzt mal ein bisschen. Wir müssen eh warten, bis unsere Sachen trocken sind. Dann sehen wir weiter."

Erleichtert ließ Akascha den Kopf auf den Wäscheberg sinken. Das Kopfweh war erträglicher, wenn sie still dalag. Sie schloss die Augen. Wenn sie ehrlich war, war sie froh über diesen Aufschub. Es war beinahe gemütlich hier in diesem halbdunklen, warmen Wäschekeller, mit dem gedämpften Regenrauschen draußen. Ein Glück, dass sie aus dem Kanal raus waren. Das war unheimlich gewesen. Beinahe so unheimlich wie der Erntewächter mit seinem Spinnengesicht… Akascha erinnerte sich, wie sie mit Rania zum Zaun gerannt war… Sie rannte, aber da war kein Zaun. Um sie herum war Wasser, das ihr bis zum Bauch reichte, und obwohl sie mit aller Kraft vorwärts watete, kam sie kaum voran. Ein leises Klicken ertönte, und sie wusste, dass der Erntehelfer da war, dass er hinter ihr her war und dass sie schneller laufen musste, doch ihre Beine fühlten sich an wie aus Gummi und sie kam nicht von der Stelle. Das Klicken kam näher und wurde lauter. Mit einem Schlag war Akascha hellwach. Sie riss die Augen auf und sah eine Metallwand, aus der Kabel und Plastikröhren nach oben führten und in der Wand verschwanden. Der Wäschekeller! Sie lag nicht mehr auf dem Haufen alter Wäsche, sondern hinter den Waschmaschinen, zugedeckt mit einem Laken. Rania war nirgends zu sehen. Akaschas Kopf dröhnte, der Schmerz kam jetzt in einer Welle über sie, dass ihr übel wurde.

Und dann hörte sie das Klicken. Akascha erstarrte vor Schreck. Ihr Herz schlug so laut, dass es sicher im ganzen Raum zu hören war. Sie atmete schnell durch den offenen Mund und lauschte. Das Klicken kam von der Tür her. Kein Erntewächter, sicher nicht hier, wie sollte so ein Gerät hierher in diesen Keller kommen! Wahrscheinlich jemand, der sich um die Wäsche kümmerte. Sie musste einfach nur still liegenbleiben, dann –

Plötzlich wurde es gleißend hell. Wer auch immer jetzt mit langsamen Schritten den Keller betrat, hatte die Deckenbeleuchtung eingeschaltet. Die Schritte bewegten sich auf die Waschmaschinen zu und hielten an.

Meine Klamotten!, dachte Akascha entsetzt. Unwillkürlich zog sie das Laken enger um sich. Hingen ihre nassen Kleider noch für alle sichtbar auf der Wäscheleine?

Unendlich vorsichtig rutschte Akascha ein Stück vorwärts, bis sie durch die Spalte zwischen zwei Waschmaschinen spähen konnte. Ihr Blick fiel auf ein Paar Hosenbeine und wanderte nach oben, und ihr stockte der Atem.

Vor den Waschmaschinen stand ein älterer Mann mit einem grauen Bart und einer schmalen, halbrunden schwarzen Brille auf der Nase. Er starrte genau in ihre Richtung.

„Du kannst rauskommen", sagte Dr. Paulus. „Ich weiß, dass du dahinter steckst!"

DR. PAULUS

Die Erfindung der Zeitreise

Er konnte fliegen! Mit weiten, eleganten Sätzen nahm Dr. Paulus Anlauf und schwang sich hoch in die Luft. Er breitete die Arme aus und segelte dahin wie ein Vogel. Was für eine Entdeckung! Es war so einfach! Er musste sich unbedingt merken, wie das ging. Er musste es aufschreiben. Wenn er aufwachte, würde er die Technik analysieren und das Fliegen allen Menschen zugänglich machen!

Ein Gefühl der Schwere zog Dr. Paulus zur Erde. Wenn er aufwachte – aber das bedeutete ja, dass er schlief! Und wenn er schlief, dann träumte er gerade!

Einen Moment lang verharrte Dr. Paulus im Niemandsland zwischen Traum und Wirklichkeit. Dann landete er hart auf dem Boden der Tatsachen. Er spürte dem wunderbaren Gefühl der Schwerelosigkeit nach, das schneller verblasste, als ihm lieb war. Sein Kreuz schmerzte. Ächzend drehte er sich auf den Rücken. Was war nur mit seinem Bett los? Wieso lag er so verflucht unbequem? Und dann erinnerte er sich und riss die Augen auf.

Über ihm schwebte ein Engel mit bunten Flügeln. Ein golden glänzender Heiligenschein bekränzte seine Stirn. Der Engel hob warnend die Hand.

Dr. Paulus rieb sich die Augen, setzte sich auf und blickte um sich. Er war immer noch genau da, wo er sich hingelegt hatte: auf dem Boden der Rundbogennische der St. Michaelis-Kirche in Berlin. Über ihm wölbte sich der hohe, schmutzig gelb getünchte Torbogen, darauf das nur noch teilweise erhaltene Mosaik mit der Verkündigung. Der Engel im Mosaik, der die Hand erhoben hatte, warnte natürlich nicht – er brachte Maria die Frohe Botschaft. Durch das kreisrunde Loch in der Mauer, hoch oben über dem Mosaik, sah Dr. Paulus ein Stück der Kirchenkuppel, dahinter tristen, grauen Himmel. Es war kühl, viel kühler als vorhin, als er das Somniavero getrunken hatte ...

Vorhin?

Dr. Paulus stand auf und lauschte. Ihm fiel auf einmal auf, wie still es war. Kein einziges Auto war zu hören. Auch kein Vogelgekreische. Dr. Paulus drehte sich um. Vor den Stufen der Kirche erstreckte sich der Park und dahinter lag die Wasserfläche des Engelbeckens – doch die Straße, die dazwischen verlief, war verschwunden. Stattdessen wand sich zwischen Kirche und Wasser ein geschlungener Fußweg. Auch die Bäume, die den Zugang zur Hauptfassade der zerstörten Kirche säumten, sahen anders aus, kahler und viel größer, als er sie in Erinnerung hatte. Rote und gelbe Blätter bedeckten den Boden. Es war offensichtlich Herbst!

Mit wachsender Erregung öffnete Dr. Paulus das Gitter – das verrostete Gitter! Es war nicht verrostet gewesen, als er dieses Portal heute Morgen betreten hatte! Er holte tief Luft, trat vor die Kirche und machte seine ersten Schritte im Jahr 2121.

Auf den ersten Blick hat sich gar nicht so viel verändert, dachte er bei sich, während er seine Blicke neugierig umher schweifen ließ. Die alten Stadthäuser rings um das Engelbecken waren immer noch da. Pärchen saßen am Ufer, die Haare und Augenbrauen erstaunlich bunt gefärbt. Man sah gar nicht mehr, wer Männlein und wer Weiblein war!

Ein Fahrradfahrer sauste klingelnd vorbei, zu schnell, als dass Dr. Paulus ihn sich hätte genauer anschauen können. Aus dem Augenwinkel erkannte er nur, dass der Radler einen merkwürdigen, glänzenden Buckel hatte – vielleicht eine Art Prallschutz auf dem Rücken?

Langsam ging Dr. Paulus weiter, das Engelbecken zu seiner Linken. Die hässlichen weißen Hochhäuser an der Ecke waren verschwunden, stattdessen erhob sich dort jetzt ein fremdartig aussehendes, pyramidenförmiges Gebäude, dessen Stufen über und über mit Grünzeug bewachsen waren.

Dr. Paulus trat näher ans Wasser und lehnte sich weit über

die Brüstung aus roten Ziegeln, die noch genau so verrottet aussah wie vor 90 Jahren. Mit der Hand strich er über den rauen Stein. Wie schön, dass manche Dinge Bestand hatten! Eigentlich war er nicht nostalgisch veranlagt, aber wenn man sich plötzlich hundert Jahre in der Zukunft wiederfand, hatte es etwas Beruhigendes, wenn man einen Ort wiedererkannte.

Achtundsiebzig Jahre!, korrigierte sich Dr. Paulus in Gedanken, achtundsiebzig Jahre in der Zukunft! Gestartet war er im Jahr 2043. Drei Jahre zuvor, also 2040, hatte er sich die Zeitreisetechnik patentieren lassen. Jetzt endlich konnte er die Früchte seiner jahrelangen Arbeit ernten!

Sein Magen grummelte und er sah sich um. Links von ihm erstreckte sich am Rand des Engelbeckens eine mit verwelktem Gras bewachsene Fläche. Das nette Café, wo er immer seinen Morgenkaffee trank, gab es in dieser Zukunft offensichtlich nicht mehr. Sehr bedauerlich, er hätte jetzt gut eine kleine Stärkung vertragen können. In der Aufregung heute morgen hatte er ganz vergessen zu frühstücken. Andererseits: Es gab Wichtigeres als eine ausgelassene Mahlzeit!

Dr. Paulus steckte die Hand in die Tasche, und seine Finger schlossen sich um einen mehrfach zusammengefalteten Brief. Den Inhalt kannte er auswendig. Zusammen mit einem Datenkristall hatte er diesen Brief von der Zeitreisenden Akascha erhalten, die an einem heißen Sommertag im Jahr 2040 völlig überraschend in seinem Labor aufgetaucht war.

Auf dem Zettel stand in seiner eigenen Handschrift geschrieben:

Dies ist eine Botschaft von mir, Dr. Hubert Paulus, an mich selbst, geschrieben im vollen Bewusstsein meiner geistigen Kräfte im Oktober des Jahres 2121. Mit Hilfe der Informationen auf dem beigefügten Datenkristall werde ich das Zeitreisen erfinden. Ich werde ein Unternehmen namens „Paulus Time Travel" gründen. Ich

werde ins Jahr 2121 reisen und das Mädchen namens Akascha finden. Ich werde
ihr ein Zeittor ins Jahr 2040 öffnen und sie wird mir diesen Datenkristall aus der
Zukunft zurück in die Gegenwart bringen.

In den letzten drei Jahren hatte Dr. Paulus unermüdlich gearbeitet, um sicherzustellen, dass die ersten beiden Prophezeiungen sich erfüllten. Und wie es jetzt aussah, hatte seine Zeitreise
in die Zukunft auch wie geplant funktioniert. Sein junges Zeitrei-
seunternehmen – Paulus Time Travel – residierte nicht weit weg
von hier in einem denkmalgeschützten Industriegebäude, das er
vor zwei Jahren – oder vielmehr vor achtzig Jahren, im Jahr
2041! – in weiser Voraussicht gekauft hatte. Die Lage war zentral und mit dem nahen Portal der Michaeliskirchenruine ideal
für Zeitreisen geeignet.

Dr. Paulus lächelte zufrieden. Er hatte wirklich alles perfekt
vorbereitet! In einem fest eingebauten Safe im Keller des PTT-
Gebäudes lagen der Datenkristall und eine Kopie des Briefes, den
er hier in seiner Tasche hatte. Beides hatte Dr. Paulus vor seiner
Zeitreise dort deponiert. Dem zukünftigen Aufsichtsrat der Firma hatte er eindeutige schriftliche Instruktionen erteilt, die auch
für alle zukünftigen Aufsichtsräte bindend waren. Wenn alles so
gelaufen war wie geplant, und daran konnte eigentlich kein Zweifel bestehen, dann befand das Mädchen Akascha sich seit vorgestern Abend hier in der Zukunft – und zwar in eben jenem Keller
des PTT-Gebäudes. Dr. Paulus hatte eigens dafür ein Gästezimmer einrichten lassen. Niemand sollte ihm noch einmal nachsa-
gen, dass er „in unangemessener Weise" mit Minderjährigen umging!

Dr. Paulus wandte dem Engelbecken den Rücken zu und spa-
zierte die angrenzende Straße entlang. Die Erinnerung an die Ge-
schehnisse vor zwölf Jahren – nein, vor 90 Jahren – er musste
sich erst daran gewöhnen, dass er sich jetzt in der Zukunft be-

fand – war ihm unangenehm, nicht zuletzt, weil er damals eine Bewährungsstrafe bekommen hatte. Völlig ungerechtfertigter Weise, natürlich – er hatte ja nie vorgehabt, diesen Kindern etwas anzutun! Obwohl sie ihn wirklich übel an der Nase herumgeführt hatten! Nun gut, die Spielzeugpistole war vielleicht ein bisschen viel gewesen. Und auch die „Entführung" der beiden Jungen. Wenn die Richterin ihm doch nur geglaubt hätte! Aber wie sollte er seine Geschichte beweisen, ohne diesen Jungen aus der Zukunft? Er hatte ja nicht einmal mehr das Somniavero, dass das Mädchen Akascha ihm aus der Tasche gestohlen hatte. Wie eine Furie hatte sie sich auf ihn gestürzt!

Nicht zum ersten Mal fragte sich Dr. Paulus, warum zum Teufel ausgerechnet dieses Mädchen neun Jahre nach jenen Vorfällen aus der Zukunft zurückgekehrt war – oder vielmehr zurückkehren würde! – um ihm endlich das Geheimnis der Zeitreisetechnik zu offenbaren. Ein Geheimnis, das er so lange vergeblich zu entschlüsseln versucht hatte.

Nun, er würde sicher bald eine Antwort auf diese Frage erhalten!

Dr. Paulus war jetzt an einer mehrspurigen, tiefergelegten Straße angekommen, auf der dicht an dicht leise surrend kugelrunde, transparente Fahrzeuge rollten. Soweit er erkennen konnte, saßen sich die Insassen darin gegenüber, und zwar in einer zweiten Kugel, die innerhalb der Außenkugel rotierte. Die Dinger sahen aus wie gigantische Hamsterbälle! Wenn er zurück in seiner eigenen Zeit war, musste er dieses Fahrzeugkonzept unbedingt genauer erforschen.

Auf einer schlanken, schneckenförmigen Brücke, auf der viele mit dieser Art Rückenpanzer bekleidete Radfahrer erstaunlich schnell an ihm vorbeisausten, überquerte Dr. Paulus die große Straße und bog dahinter in eine Gasse ein. Eine Frau mit lilafarbenem Haar fiel ihm auf. Interessiert betrachtete sie eine kahle

Gebäudefront, so als lese sie etwas. Sie trug eine auffällig geformte, halbrunde Brille und schien über ein unsichtbares Headset zu telefonieren.

Auf einmal surrte etwas über Dr. Paulus. Eine Drohne mit einem Pizzakarton näherte sich der Frau. Sie nahm die Pizza in Empfang und die Drohne sauste davon. Dr. Paulus schnupperte neidisch dem Duft nach Käse und Chilis hinterher, während die Frau in dem Gebäude verschwand.

An der nächsten Straßenecke wandte Dr. Paulus sich nach links und bog kurz darauf in die kleine Nebenstraße ein, in der die PTT Zeitreisefirma ihren Sitz hatte. Die Gegend sah zugleich vertraut und ungewohnt aus. Viele alte Gebäude standen noch, doch die Straßenbäume, die es früher hier gegeben hatte, waren verschwunden. Stattdessen ragten in regelmäßigen Abständen vielarmige Masten in die Höhe, um die sich irgendwelche Gewächse rankten. Es sah aus wie im Dschungel!

Gespannt hielt Dr. Paulus zwischen der wuchernden Vegetation Ausschau nach der roten Backsteinfassade, hinter der seine Firma residierte. 78 Jahre waren eine lange Zeit. Er hatte zwar alle möglichen Vorsichtsmaßnahmen ergriffen, aber er konnte dennoch nicht sicher sein, dass er wirklich alles so vorfinden würde wie geplant. Da, auf der anderen Straßenseite schimmerte es dunkelrot. Das musste das Gebäude sein!

Dr. Paulus eilte vorwärts und sein Mund klappte auf. Was war denn mit dem Eingang passiert? Anstelle des alten Portals mit der Drehtür befand sich dort jetzt eine scheußliche Nachbildung des Brandenburger Tors! Dr. Paulus hielt inne und starrte das Tor an. Es sah irgendwie unecht aus. Jetzt begann es zu wabern! Eine Projektion also! Das Bild zerfloss und verwandelte sich in ein überdimensioniertes PTT-Logo. Dahinter erkannte Dr. Paulus mit einiger Erleichterung die vertraute Drehtür. Eilig überquerte er die Straße und betrat voller Spannung das Gebäude.

Drinnen sah nun allerdings nichts mehr so aus, wie er es kannte. Die Eingangshalle war viel größer und höher als früher. Offensichtlich hatte man das komplette Gebäude entkernt und renoviert!

„Kann ich Ihnen behilflich sein …?", fragte eine kühle Stimme hinter ihm.

Dr. Paulus fuhr herum und sah sich einem mannshohen Roboter gegenüber. Instinktiv trat er einen Schritt zurück. Der Roboter folgte ihm und wartete regungslos. Seine flackernden grünen Diodenaugen schienen Dr. Paulus anzustarren.

„Mein Name ist Dr. Hubert Paulus", sagte Dr. Paulus langsam und deutlich. „Ich will den Geschäftsführer sprechen."

Die Diodenaugen blinkten kurz. „Folgen Sie mir", sagte der Roboter, drehte sich lautlos auf der Stelle und rollte davon.

Der Geschäftsführer war eine Frau. Sie starrte Dr. Paulus mit einer Mischung aus Unglauben und Misstrauen an, als dieser ihr Büro im Obergeschoss betrat und sich als Gründer der Firma PTT vorstellte, der soeben durch ein Zeittor aus der Vergangenheit angereist war.

„Und, ähm, was kann ich jetzt für Sie tun …?", fragte sie mit einem Seitenblick auf den Roboter, der reglos seitlich an der Wand verharrte.

Dr. Paulus war irritiert. „Wie Sie sich sicher denken können, bin ich hier, um das Mädchen Akascha abzuholen. Das Prozedere ist ja in den Gründungsstatuten der Firma dokumentiert." Er räusperte sich. „Ich bin eigentlich davon ausgegangen, dass ich erwartet werde!"

Die Geschäftsführerin zog die türkis gefärbten Augenbrauen hoch. „Meines Wissens", sagte sie langsam, „ist der Gründer dieser traditionsreichen Firma im Jahr 2043 spurlos verschwunden."

Dr. Paulus stutzte. „Wie bitte?", fragte er, „was heißt das, ‚spurlos verschwunden'?"

„Nun, er ist in die Zukunft gereist und nicht zurückgekehrt. Es war eine der ersten Zukunftsreisen, die wir realisiert haben. Pionierarbeit. Dr. Paulus bestand darauf, sie persönlich zu unternehmen. Die Risiken waren damals noch nicht so gut erforscht wie heute."

„Welche Risiken...?" Dr. Paulus spürte, wie er blass wurde.

Die Geschäftsführerin sah ihn beinahe mitleidig an. „Wie Sie sicher wissen", sagte sie langsam, „sofern Sie derjenige sind, der Sie zu sein vorgeben –"

Dr. Paulus wollte sie ärgerlich unterbrechen, doch sie hob abwehrend die Hand. „Wir werden das überprüfen, keine Sorge. Wie Sie sicher wissen, kann man die Zeitschiene eines einzelnen Lebens mit einem langen Gummiband vergleichen. Ein Gummiband, auf dem locker eine einzelne Perle sitzt. Das Gummiband lässt sich in eine Schlaufe legen, so dass die Perle – oder der Zeitreisende – in die Vergangenheit befördert wird. Oder aber es kann in die Länge gezogen werden, wenn es darum geht, in die Zukunft zu reisen."

„Und?", fragte Dr. Paulus mit einem sinkenden Gefühl in der Magengrube.

„Nun, wenn man ein Gummiband überdehnt, so reißt es", sagte die Geschäftsführerin mit einem vielsagenden Blick.

Dr. Paulus ächzte. Mit dieser Entwicklung der Dinge hatte er allerdings nicht gerechnet. Wenn es stimmte, was sie da sagte, wenn er tatsächlich nicht mehr in die Vergangenheit zurückgekehrt war, dann war genau das passiert: Das Zeit-Gummiband war gerissen. Und das hieß, dass er hier in dieser Zukunft festsaß.

Die Geschäftsführerin erhob sich. „Kommen Sie", sagte sie, „ich mache Ihnen erst einmal einen Kaffee. Und dann überprüfen wir Ihre biometrischen Daten. Ich bin übrigens Marita Benvenuto."

Wie nicht anders zu erwarten gewesen war, stimmten sowohl die Retina-Scans als auch die Fingerabdrücke von Dr. Paulus mit denjenigen des historischen Firmengründers überein. Der Fingerscanner identifizierte ihn eindeutig: ‚Dr. Hubert Paulus, geboren 1979, Alter: 142 Jahre' stand auf dem Display.

„Nun", sagte Frau Benvenuto, „somit ist zumindest das Rätsel Ihres Verschwindens im Jahr 2043 gelöst." Sie lächelte kühl. „Ich darf Sie herzlich willkommen heißen in Ihrem neuen Leben. Selbstverständlich werden wir alles tun, was in unserer Macht steht, damit Sie ... "

Dr. Paulus unterbrach sie. „Später, später! Zunächst muss unbedingt das Zeittor für die Rückreise des Mädchens Akascha organisiert werden. Und dann will ich mit ihr sprechen. Wo befindet sie sich?"

Das Lächeln der Geschäftsführerin verblasste. „Nun, ja", sie hüstelte, „tja, da ist anscheinend etwas schief gelaufen." Sie wischte über ein goldenes Holo-Pad, rief eine dreidimensionale Karte des Berliner Umlands auf und zeigte auf einen Punkt nordöstlich des Berliner Rings. „Ich habe mich eben über den Vorgang informiert. Unsere Sicherheitskräfte haben das Mädchen nach ihrer Ankunft im Niemandsland außerhalb der Mauer ausgesetzt."

„Wie bitte?!", explodierte Dr. Paulus, „sie wurde bei ihrer Ankunft nicht festgehalten? Es gab doch eindeutige Instruktionen! Vor meiner gestrigen Zeitreise, also gestern, will sagen im Jahr 2043, habe ich in Absprache mit dem Aufsichtsrat eine Botschaft an den zukünftigen Geschäftsführer dieser Firma geschrieben! Das Mädchen Akascha, das im Jahr 2121 hier als Zeitreisende auftauchen würde, sollte hierher gebracht werden und im Gästetrakt bleiben, bis ich sie persönlich abhole!"

„Davon wusste ich leider überhaupt nichts! Ich bedaure dieses Versehen wirklich sehr, aber diese Anweisungen sind über die

Jahre wohl in Vergessenheit geraten. Es war ja auch wirklich eine lange Zeit!", entschuldigte sich Frau Benvenuto. „Bis vorhin hatte ich noch nicht einmal eine Ahnung davon, dass dieses Mädchen überhaupt existiert! Die Sicherheitskräfte haben mir nichts gesagt. Sie glaubten, im Interesse der Firma zu handeln. Immerhin ist es strengstens verboten, Personen aus der Vergangenheit in die Gegenwart zu bringen!"

Dr. Paulus schnaubte wütend und erhob sich, um aus dem Fenster zu sehen. Weit und breit kein Dach ohne Solarmodul, und auf den größeren Flachdächern standen ganze Herden von Windschafen. Immerhin, die Energiewende schien endlich gelungen. Aber die Sache mit dem Mädchen lief nicht nach Plan, absolut nicht nach Plan.

Er wandte sich wieder der Geschäftsführerin zu. „Und was ist mit dem Datenkristall?", fragte er barsch. „Befindet wenigstens der sich noch sicher im Safe?"

Frau Benvenuto guckte verwirrt. „Ein Datenkristall? In welchem Safe genau ...?"

Dr. Paulus holte tief Luft. „Sicher ist Ihnen bekannt", sagte er eisig, „dass es im Keller dieses Gebäudes einen Raum mit einem Safe gibt? Und dass in diesem Safe ein streng geheimer Datenkristall verwahrt wird, zusammen mit einem von mir persönlich geschriebenen Brief?"

Die Geschäftsführerin schüttelte langsam den Kopf. „Wir hatten vor einigen Jahren Probleme mit dem Fundament. Sie wissen schon, der Klimawandel ... da ist das gesamte Gebäude entkernt worden. Bei der Gelegenheit wurden sämtliche alten Unterlagen kristallisiert und ins Archiv des Museums für Zeitreisen verlagert."

Das war zu viel für Dr. Paulus. Er krallte sich die Finger ins Gesicht und raufte seinen spärlichen Bart. Murphys Gesetz hatte zugeschlagen: Alles, was schiefgehen kann, wird auch schiefgehen!

Andererseits... er wusste ja ganz sicher, dass Akascha ins Jahr 2040 zurückgereist war. Er hatte sie schließlich persönlich getroffen, und sie hatte ihm diesen Datenkristall übergeben. Egal was bis jetzt passiert war, es würde ihm also auf jeden Fall irgendwie gelingen, das Mädchen mitsamt den Zeitreiseinformationen durch das Zeittor zu schicken. Er musste nur herausfinden, wie!

Dr. Paulus räusperte sich. „Wie lange dauert es, einen neuen Datenkristall zu produzieren, auf dem die Technik des Zeitreisens detailliert aufgezeichnet ist?", fragte er.

Frau Benvenuto hob erstaunt die türkisfarbenen Augenbrauen. „Angesichts der Komplexität der Daten und bei der veralteten Technik ... ich müsste das recherchieren, aber ich würde sagen, etwa eine Woche!", antwortete sie."

Das war zu lang, so viel Zeit hatte Dr. Paulus nicht!

„Dann veranlassen Sie bitte umgehend die Abholung des Archivmaterials aus dem Museum!", sagte Dr. Paulus. „Ich brauche diesen Datenkristall bis morgen Abend!"

„Das dürfte machbar sein", sagte Frau Benvenuto und erhob sich. „Ich kümmere mich gleich darum."

Dr. Paulus hielt sie zurück. „Warten Sie! Zuerst müssen wir uns um das Mädchen kümmern! Ich brauche sie unbedingt hier!"

„Ah, ja. Dieses Mädchen." Die Geschäftsführerin setzte sich wieder. „Sie sind nicht der erste, der sich für sie interessiert!"

„Was sagen Sie da?", fragte Dr. Paulus scharf.

„Nun, wie gesagt, bis vorhin wusste ich nicht einmal, dass sie existiert. Dann tauchten hier auf einmal ein alter Mann und ein Junge auf und erkundigten sich nach ihr. Der Mann war sehr ... nun, er hat gedroht, die Sache öffentlich zu machen. Anscheinend war der Junge dabei, als dieses Mädchen illegal aus der Vergangenheit hierhergekommen ist."

Das konnte nur der Junge von der Truppe der Zeitreisenden

sein, dachte Dr. Paulus. Wie hieß er doch gleich… Jochen? Joachim? Die Kinder hatten ja gemeinsame Sache gemacht, damals, als sie ihn in Kreuzberg an der Nase herumgeführt hatten. Und der alte Mann war vermutlich sein Vater.

„Und was wollten die beiden genau?", fragte Dr. Paulus.

„Sie wollten wissen, wo sich das Mädchen befindet." Frau Benvenuto zuckte die Achseln. „Ich habe es ihnen mitgeteilt."

„Und dann?"

„Sie sagten etwas von einem Flugmobil."

Dr. Paulus sprang auf. „Wir müssen ihnen zuvorkommen!", rief er aufgeregt. „Ich muss dieses Mädchen unbedingt finden, und zwar bevor es jemand anderes tut! Ansonsten droht ein Zeitparadoxon! Wenn sie nicht wie geplant übermorgen zurück in die Vergangenheit reist, wird es diese Firma nie gegeben haben!"

Die Geschäftsführerin starrte ihn an. Dann ergriff sie ihr goldenes Pad und wischte einige Male hektisch darüber. „Ich schicke sofort ein Flugmobil mit Sicherheitsleuten los!", sagte sie und blickte auf. „Machen Sie sich keine Sorgen, das kriegen wir hin. Wir haben einen großen Vorteil. Wie ich zwischenzeitlich erfahren habe, ist das Mädchen gechipt worden, bevor man sie ausgesetzt hat. Als Sicherheitsmaßnahme, für den Fall, dass alles auffliegt und man nach ihr fragt. Ihr Identichip ist natürlich nicht aktiviert worden – aber wir können sie damit orten!"

Eine Stunde später saßen Dr. Paulus und die Geschäftsführerin vor einem großen Monitor und verfolgten per Kameraübertragung den Weg der Sicherheitskräfte. Wie zu erwarten, befand das Mädchen Akascha sich inzwischen nicht mehr dort, wo man sie ausgesetzt hatte.

„Wir bekommen gerade ein Signal aus der Agrafa 23, Sektor B", meldete sich das Sicherheitsteam aus dem Flugmobil.

„Es gab wohl einen Einbruch. Das Bild könnte passen. Wir fliegen hin."

„Das muss nichts heißen. Solche Einbrüche kommen leider regelmäßig vor", sagte die Geschäftsführerin zu Dr. Paulus. „Die Erntewächter können nicht überall gleichzeitig sein, und das Pack findet immer wieder neue Wege, unsere Nahrungsmittel zu stehlen. Oft schicken sie Kinder los. Die kriechen dann durch irgendwelche Schlupflöcher."

„Das heißt, die Lebensmittelproduktionsanlagen für die Stadt befinden sich hier in der Nähe? Und sie werden bewacht?", fragte Dr. Paulus interessiert.

„Genau", bestätigte die Geschäftsführerin. „Seit der Globalisierungskrise im letzten Jahrhundert verfolgt die Weltregierung eine strenge Isolations- und Segregationspolitik. Think globally, live locally, Sie verstehen?"

Dr. Paulus verstand nicht. „Globalisierungskrise? Segregationspolitik? Was meinen Sie damit?"

Die Geschäftsführerin seufzte. „Sie können das ja nicht wissen, aber aufgrund der Erderwärmung und der Ressourcenknappheit kam es Ende des Jahrhunderts zu einer massiven Völkerwanderung. Wir wurden buchstäblich überrannt! Und das, obwohl die Menschheit nach wie vor gegen diesen mutierenden Erreger ankämpfte! Die großen Zivilisationszentren überall auf der Welt taten sich zusammen, organisierten sich mithilfe einer überregionalen KI und schotteten sich ab. Heute sind unsere Gesellschaften nicht mehr global organisiert, sondern lokal." Sie lächelte. „Es ist doch viel vorteilhafter für alle, wenn jeder dort bleibt, wo er hingehört, nicht wahr?"

In diesem Moment meldete sich wieder das Sicherheitsteam. „Wir sind vor Ort. Sieht leider so aus, als wären wir zu spät. Einer der Erntewächter wurde deaktiviert." Die Kamera zeigte das Innere eines Gewächshauses: meterhohe Tomatenpflanzen, mehrere große Tanks und davor einen umgekippten, quietschgelben Roboter.

„Das war jemand, der Ahnung hatte", sagte ein Sicherheitsmann in die Kamera. „Sicher jemand vom Pack. Wir vermuten daher, dass die Zielperson sich in Begleitung befindet. Das Signal bewegt sich nach Nordwesten, dort gibt es mehrere Siedlungen. Eingreifen zu riskant, die Bewohner sind militant. Dort können wir uns nicht blicken lassen."

„Aktivieren Sie unseren Kontaktmann!", sagte Frau Benvenuto und trennte die Verbindung.

„Wird gemacht. Over."

„Und das bedeutet...?", fragte Dr. Paulus.

Die Geschäftsführerin seufzte. „Das bedeutet, dass dieses Mädchen sich dem Pack angeschlossen hat. Wie Sie eben gehört haben, können wir dort nicht landen. Diese Leute haben Waffen, nichts modernes, nur altes Gerät, aber sie zögern nicht, es zu gebrauchen. Die schießen auf alles, was sich bewegt."

„Und...?"

„Nun, wir haben dort einen inoffiziellen Kontaktmann. Für den Fall, dass wir in der unzivilisierten Zone ein Zeittor brauchen. Den benachrichtigen wir jetzt. Sobald klar ist, wo genau sich das Mädchen befindet, werden wir sie rausholen!"

Der Tag verging, ohne dass der Kontaktmann sich meldete. Erst nach Einbruch der Dunkelheit kam die Nachricht, dass der Verbleib des Mädchens geklärt war und sie am nächsten Morgen abgeholt werden konnte.

„Wieso nicht schon heute Abend?", verlangte Dr. Paulus zu wissen, der sich in der Zwischenzeit notdürftig in der Teeküche eingerichtet hatte – das schöne Gästezimmer, das er im Keller gebaut hatte, gab es ja leider nicht mehr. Er erfuhr, dass nachts ein generelles Flugverbot herrschte. Und da alle Flugmobile, genau wie die kugelförmigen Fahrzeuge am Boden, zentral von der City-KI überwacht wurden, gab es auch keine Möglichkeit, sich über dieses Verbot hinwegzusetzen. Es blieb ihm also nichts anderes übrig, als sich zu gedulden und bis zum Morgen zu warten.

Was Dr. Paulus unterdessen Sorgen bereitete, war die Tatsache, dass es immer noch nicht gelungen war, den Datenkristall aus dem Archiv zu holen.

„Das Museum ist heute leider geschlossen", erklärte ihm die Geschäftsführerin. „Als wir die Anfrage auf Herausgabe gestellt haben, wurden wir von der Verwaltung auf morgen früh verwiesen. Die KI hat uns aber versichert, dass der Datenkristall während der Öffnungszeiten abgeholt werden kann."

„Wozu braucht man Öffnungszeiten, wenn sowieso alles digital funktioniert?", knurrte Dr. Paulus.

„Nun, auch die City-KI braucht natürlich Ruhephasen.", entgegnete Frau Benvenuto. „Die neuronalen Netze müssen sich regenerieren, Wartungsarbeiten müssen durchgeführt werden... Sie wissen schon."

So blieb Dr. Paulus, nachdem er sich um die letzten Details bei der Organisation des Zeittores zurück ins Jahr 2040 gekümmert hatte, nichts anderes übrig, als sich auf seinem improvisierten Bett in der Teeküche schlafen zu legen. Unruhig wälzte er sich hin- und her, bis er sich schließlich mit dem Gedanken beruhigte, dass der morgige Tag ja nur besser werden konnte und einschlief.

Mitten in einem angenehmen Traum, in dem er auf einer Bühne vor einem großen, begeistert klatschenden Publikum stand und einen Preis für seine Verdienste um die Wissenschaft entgegennahm, wurde Dr. Paulus unsanft aus dem Schlaf gerissen. Es war noch dunkel.

„Unsere Leute sind eben beim Pack angekommen, aber das

Mädchen ist weg", informierte ihn die Geschäftsführerin flüsternd. „Ich dachte, das sollten Sie gleich wissen!"

Dr. Paulus fluchte und setzte sich auf.

„Aber keine Sorge, wir haben sie auf dem Schirm", fuhr die Geschäftsführerin geflissentlich fort. „Sie bewegt sich auf die Berliner Mauer zu, anscheinend in Begleitung eines weiteren Mädchens. Unser Sicherheitsteam ist ihnen zu Fuß auf den Fersen. Es ist nur eine Frage der Zeit, bis wir sie haben. Und sobald das Gewitter vorbei ist, können wir sie ausfliegen."

„Ein Gewitter?"

In der Tat grollte draußen entfernter Donner. Dr. Paulus zog die Vorhänge zurück und blickte aus dem Fenster. Der Himmel sah spektakulär aus: Im Osten glühte ein feurig-roter Streifen unter einer rollenden, blauschwarzen Wolkendecke, die sich bis zum Zenit türmte. Erneut grollte es bedenklich. Vermutlich hatte er deshalb von dem donnernden Applaus geträumt!

Dr. Paulus zog sich an und begab sich in den Konferenzraum mit dem Monitor. Diesmal gab es kein Bild, nur eine akustische Verbindung. Man hörte schnelles Atmen und Männerschritte. „Da vorn", sagte jemand knapp, und Minuten später: „Durch den Garten!"

Dr. Paulus blickte nervös aus dem Fenster. Draußen wurde es dunkler statt heller, an einen Start des Flugmobils war im Moment sicher nicht zu denken.

„Gleich haben wir sie!"

Die Schritte beschleunigten sich und die Männer schnauften. Das Mikrofon knisterte.

„Da! Da sind sie!"

Dr. Paulus kaute an seinen Fingernägeln. Er war froh, dass er diesmal nicht selbst hinter diesen Kindern herrennen musste. Einerseits. Andererseits war die Spannung kaum zu ertragen.

„Halt!", brüllte eine Stimme, so laut, dass Dr. Paulus zusammenfuhr. Raschelnde, zerrende Geräusche. Und wieder die laute Stimme: „Raus da, sonst schieße ich!"

„Nein!", rief Dr. Paulus und sprang auf. „Sie dürfen nicht schießen! Auf keinen Fall schießen!"

„Sie können Sie nicht hören!", flüsterte Frau Benvenuto, deren Gesicht blass geworden war.

Ein lauter, verzerrter Knall. Dr. Paulus raufte sich die Haare.

Dann wurde die Verbindung plötzlich getrennt.

Zwei Stunden lang gab es keinerlei Information. Dr. Paulus wusste weder, was sich im Niemandsland an der Berliner Mauer zugetragen hatte, noch, wo das Mädchen Akascha sich befand oder ob es überhaupt noch lebte. Die Ungewissheit machte ihn so nervös, dass er es, wie schon am gestrigen Tag, versäumte zu frühstücken.

Infolgedessen war er, als endlich die Nachricht kam, dass das Mädchen gefunden worden war, hungrig und äußerst schlecht gelaunt. Doch leider blieb nun keine Zeit, um noch etwas zu essen. Er konnte nicht riskieren, dass schon wieder etwas schief ging. Diesmal würde er selbst eingreifen! Und den Datenkristall würde er auch persönlich im Archiv abholen. Die Geschäftsführerin hatte ihm versprochen, dass sie die Museumsverwaltung informieren würde.

„Ich lasse Ihnen etwas zu Essen einpacken", sagte Frau Benvenuto in einem Anfall von Fürsorglichkeit, der nicht so recht zu ihr passte.

Dr. Paulus nickte, während er im Stehen einen Kaffee schlürfte. Vielleicht war das eine gute Idee. Das Mädchen war wahrscheinlich auch hungrig, nach ihrer Flucht. Das konnte er ausnutzen.

„Und hier ist ihre Enhanced-Reality-Brille. Sie enthält einen

114

temporären Identichip. Damit können Sie und auch Ihre Begleitung sich überall in der Stadt frei bewegen. Außerdem empfangen Sie damit das Signal, mit dem Sie das Mädchen orten können, hier. Sind Sie mit der Nutzung der verschiedenen Ebenen vertraut?"

Dr. Paulus ließ sich die ihm unbekannten Funktionen der ungewohnt schmalen Computerbrille erklären und folgte der Geschäftsführerin danach in die Eingangshalle. Draußen regnete es in Strömen. Zum Glück wartete vor der Tür bereits eines der kugelförmigen Gefährte auf ihn.

„Und Sie sind sicher, dass Sie keine Sicherheitseskorte wünschen?", fragte die Geschäftsführerin.

„Nach dieser verflixten Schießerei ganz bestimmt nicht!", sagte Dr. Paulus. „Das Mädchen muss kooperieren. Ich werde sie überzeugen. Besonders, wenn es zutrifft, dass ich sie nicht persönlich zurück in die Vergangenheit begleiten kann." Sein Magen drehte sich um bei diesem Gedanken, und der Appetit auf das eingepackte Frühstück verging ihm. Er seufzte tief. „Aber wir werden sehen. Wer weiß, vielleicht kommt ja alles ganz anders. Die Berechnungen für das Zeittor werden rechtzeitig fertig?"

Die Geschäftsführerin nickte und verabschiedete sich. Die Erleichterung, Dr. Paulus gehen zu sehen, war ihr ins Gesicht geschrieben.

Unterwegs in den Straßen des zukünftigen Berlins sah Dr. Paulus sich neugierig um. Das sphärische, durchsichtige Äußere der Fahrkugel, in der er durch die Stadt rollte, erlaubte einen ungewohnten Rundumblick. Das Fahrgefühl war angenehm weich, man merkte kaum, dass die Kugel sich drehte. Andere Kugeln glitten vorüber, aber nur wenige Radfahrer und noch weniger Fußgänger. Was kein Wunder war, bei dem Wetter: Es goss weiterhin wie aus Kübeln. Der Regen behinderte leider auch die Sicht auf die Stadt. Was Dr. Paulus aber auffiel, war, dass es praktisch keine Ladengeschäfte mehr gab. Stattdessen blinkten und flackerten rechts und links grellbunte holografische Werbebotschaften.

Merkwürdig waren auch die halbrunden Wölbungen, die anstelle der Fenster aus vielen Gebäuden rechts und links der Straße ragten. Was sie wohl für eine Funktion hatten?

Als ihm langweilig wurde, tippte Dr. Paulus testweise seitlich an die Brille, um die unterschiedlichen Modi auszuprobieren, von denen die Geschäftsführerin ihm erzählt hatte. Nichts geschah. Ach ja, er sollte ja mit dem Ding reden! Was gab es doch gleich für Ebenen? Wetter interessierte ihn nicht, dass es regnete, sah er auch so. Auch Navigation brauchte ihn nicht zu kümmern, das machte die Fahrkugel ganz von allein. Aber die Luftqualität war vielleicht ganz spannend. Dr. Paulus räusperte sich und sagte: „Atmosphäre!"

Augenblicklich verschwand der Regen und stattdessen tanzten vor ihm bunte Schleier in der Luft. Aerosole und Staubteilchen wirbelten wie winziges Konfetti durch die Straßen, während eine Skala am rechten Rand der Brille den jeweiligen Gehalt an Stickstoff, Feinstaub und Ozon anzeigte. Zugleich erschien eine Warnmeldung: „Aktuelle Daten wetterbedingt nicht verfügbar. Letzte Messung: 7.10.2121. Alles im grünen Bereich."

Dr. Paulus blinzelte. Das bunte Gewusel tat ihm in den Augen weh.

„Allergene?", fragte eine sanfte Frauenstimme.

„Nein danke", erwiderte Dr. Paulus und tippte an die Brille. Das Konfetti verschwand und er hatte wieder mehr oder weniger klare Sicht auf die nasse Straße. Sie rollten gerade auf eine U-Bahn-Haltestelle zu. Über der schneckenhaft gewundenen Rampe, die in die Tiefe führte, prangte der Schriftzug Subway. Daneben stand regungslos ein mannshoher Roboter im Regen – offensichtlich einer dieser Sicherheitsroboter, die Frau Benvenuto erwähnt hatte. Die schmale, scharnierartige Taille und der mehrfach eingeklappte Greifarm verliehen ihm etwas Insektenhaftes, wie eine Gottesanbeterin – ein Eindruck, der durch den dreieckigen, flachen Kopf noch verstärkt wurde, auf dem vorn mehrere Dioden blinkten. Augenscheinlich überwachte das Ding den Eingang zur U-Bahn. Sicherheit, das war eine weitere Ebene der Brille. Und keine unwichtige! Dr. Paulus murmelte: „Security".

Sofort drehte der Roboter den Kopf und starrte ihn an. Zugleich legte sich ein 3D-Raster über die Straße, auf der die Standorte anderer Sicherheitsroboter blinkten, und die sanfte Stimme fragte besorgt: „Ist dies ein Notfall? Brauchen Sie Hilfe? Sagen Sie Notfall, damit ein Sicherheitsroboter Ihnen assistiert!"

„Nicht nötig!", beeilte Dr. Paulus sich zu sagen. Schnell tippte er wieder auf die Brille, um die Sicherheitsebene zu verlassen. Der flackernde Blick des Roboters war ihm doch etwas unheimlich.

„Hallo?", meldete sich unvermittelt die Stimme von Frau Benvenuto.

„Ah, Sie sind es", stammelte Dr. Paulus.

„Ist alles in Ordnung?"

„In bester Ordnung! Wir sind unterwegs. Ich habe nur die Brille getestet."

„Wunderbar! Wenn Sie schon dabei sind: Probieren Sie doch mal den Sightseeing-Modus aus. Oder History, das ist zum Teil spektakulär. Wobei … die Geschichte Berlins im letzten Jahrhundert kennen Sie ja aus eigener Anschauung."

Aber Dr. Paulus zog es fürs erste vor, die Brille abzusetzen. Für den Moment hatte er genug von der erweiterten Realität. Lediglich die Ortungsfunktion ließ er angeschaltet.

Vor dem mehrstöckigen Haus, in dessen Keller das Mädchen sich dem Signal zufolge aufhielt, hielt die Fahrkugel endlich an. Dr. Paulus besah sich die tropfende, begrünte Fassade, dann kletterte er aus dem Gefährt und eilte durch den endlich nachlassenden Regen unter das Vordach. Auf dem Schild neben dem Eingang stand: Seniorenresidenz Gesundbrunnen. Ein Altersheim! Was sie hier wohl suchte?

Dr. Paulus zögerte. Weder Pförtner noch Klingel waren zu sehen. Konnte er einfach so hineingehen? Aber die Geschäftsführerin hatte ihm versichert, dass er sich mit Hilfe der ERB überall ungehindert bewegen durfte. Nun denn! Dr. Paulus setzte die Brille auf, näherte sich der Glastür, die sich lautlos vor ihm öffnete, und betrat das Gebäude.

Er befand sich in einer leeren, sonnengelb gestrichenen Eingangshalle. Gegenüber dem Eingang sah er einen Fahrstuhl und das Treppenhaus, wo ein rundlicher Reinigungsroboter gerade dabei war, die Stufen zu wischen. Ein Blinklicht erregte Dr. Paulus Aufmerksamkeit. Links öffnete sich eine Schiebetür, und ein Pflegeroboter rollte heraus. Er sah ein bisschen aus wie eine mannshohe Schachfigur mit knolligen Armen und einem flachen, dunklen Gesicht, in dem zwei freundliche, blaue Punkte leuchteten. Der Pflegeroboter rollte durch die Halle, ohne Dr. Paulus zu beachten, öffnete die blinkende Tür und verschwand dahinter in einem langen Flur.

Dr. Paulus durchquerte den Eingangsbereich, ohne dass ihn jemand aufhielt, und nahm den Fahrstuhl ins Kellergeschoss. Hier unten gab es ebenfalls einen langen Flur, von dem etliche Türen abgingen. Dr. Paulus überprüfte das Signal und wandte sich nach links. Seine Absätze klickten laut auf dem Steinfußboden. Am Ende des Flurs hielt an: Hier, hinter dieser Tür musste das Mädchen Akascha sich befinden, sofern der Sender korrekt funktionierte! Dr. Paulus lauschte. Alles war still. Vorsichtig drückte er die Klinke herunter und öffnete die Tür.

Der Raum vor ihm war dunkel. Er fühlte mit der linken Hand an der Wand und fand den Lichtschalter. Im plötzlich taghellen Licht der Deckenbeleuchtung erkannte Dr. Paulus, dass er sich in einem Wäschekeller befand. Der Raum schien leer zu sein, wenn man von einem Haufen benutzter Laken und etwas nasser Kleidung auf einer Wäscheleine absah.

Nasse Kleider? Das war auffällig...! Dr. Paulus machte die Tür hinter sich zu und prüfte mit einem schnellen Blick das Signal. Es blinkte direkt vor ihm. Und da – sah er dort hinten zwischen den beiden Waschmaschinen nicht eine Bewegung?

Dr. Paulus holte tief Luft. „Du kannst rauskommen", sagte er ruhig. „Ich weiß, dass du dahinter steckst!"

Er wartete.

„Akascha, komm raus da!", wiederholte er, als sich nichts rührte. „Ich tue dir nichts. Ich will nur mit dir reden!"

Ein leichtes Rascheln. Dr. Paulus wartete weiter. Endlich erschien über der Waschmaschine erst ein dunkler, feuchter Haarschopf, dann ein Paar weit aufgerissener, schwarzer Augen.

„Was wollen Sie von mir?", fragte das Mädchen mit heiserer Stimme.

Dr. Paulus nahm die ERB ab, die er immer noch auf der Nase hatte, und steckte sie in seine Jackentasche. „Ich will dir helfen!", sagte er. „Lass uns reden, in Ordnung?"

Er zog das Frühstückspaket hervor und legte es auf die Waschmaschine. „Ich habe etwas zu essen mitgebracht. Du hast sicher Hunger, nach all der Aufregung!" Dr. Paulus trat einige Schritte zurück, um das Mädchen nicht zu beunruhigen. Wie gut, dass er das Essen dabei hatte! Mit diesem Trick hatte er damals auch das Vertrauen des anderen Kindes gewonnen, des kleinen Zeitreisenden.

Doch Akascha schüttelte den Kopf. „Ich brauche nichts!",

119

sagte sie. „Lassen Sie mich in Ruhe!"

Dr. Paulus seufzte. „Akascha, wir sitzen doch im selben Boot! Du kannst mir vertrauen! Ja, ich gebe zu, ich habe Fehler gemacht, als wir zuletzt miteinander zu tun hatten. Aber wir sind doch beide Zeitreisende! Die ersten Zeitreisenden, die den Weg in die Zukunft gefunden haben! Und wir haben auch beide gemerkt, dass das hier gar nicht so einfach ist – oder?"

Das Mädchen starrte ihn an, ohne zu antworten. Dr. Paulus stellte fest, dass sie ziemlich mitgenommen aussah. Die Haare ungekämmt und strubbelig, eine Schramme auf der Stirn, Dreck im Gesicht. Kein Wunder, bei diesem sintflutartigen Regen da draußen!

„Du hast sicher einiges durchgemacht die letzten Tage", sagte Dr. Paulus. „Und vielleicht denkst du ja inzwischen, dass diese Zeitreise ein Fehler war. Oder nicht?"

Akascha schwieg.

„Mir geht es jedenfalls so", fuhr Dr. Paulus fort. „Diese Reisen in die Zukunft sind ein Fehler, glaube ich. Wir gehören nicht hierher! Und weißt du, was? Ich kann dir helfen zurückzukehren, wenn du das möchtest! Ich habe nämlich ein Zeittor zurück in die Vergangenheit organisiert. Heute Abend um zehn Uhr, bei der alten Michaeliskirche am Engelbecken. Ist nicht weit von hier!"

Dr. Paulus wartete gespannt. Wie würde das Mädchen auf sein Angebot reagieren? Würde sie es annehmen?

Akascha schüttelte den Kopf und rieb sich mit der Hand über die Stirn. „Ich will nicht zurück!", sagte sie leise.

Dr. Paulus seufzte. Nun, das war ja zu erwarten gewesen. Dieses Kind war stur, das hatte er damals schon gemerkt. Sie wusste, was sie wollte, sonst wäre sie nicht hier. Genau wie er. Sie beide hatten wirklich etwas gemeinsam.

Er trat einen Schritt näher an Akascha heran. Immerhin hatte sie sich jetzt ein wenig aufgerichtet. Dr. Paulus sah, dass sie sich in ein Bettlaken gewickelt hatte.

„Wo sind denn deine Kleider?", fragte er.

Akascha deutete auf die Wäscheleine. „Nass geworden", entgegnete sie.

Dr. Paulus ging hinüber zu der Wäscheleine und befühlte die feuchte Kleidung.

„Wäre es nicht besser, einen dieser Trockner zu benutzen, die hier herumstehen?", fragte er. „Ich bin sicher, niemand hat etwas dagegen." Ohne Akaschas Antwort abzuwarten, nahm Dr. Paulus die Kleider von der Leine, stopfte sie in den nächstbesten Trockner und schaltete ihn ein.

„Ich gehe nicht zurück!", sagte Akascha unvermittelt, während das Gerät zu rumpeln begann. „Ich bleibe hier. Selbst wenn das bedeutet, dass ich draußen vor der Stadt leben muss. So schlimm ist es da nicht. Immer noch besser als in Berlin. Im alten Berlin, meine ich."

Dr. Paulus sah sie abschätzend an. „Du warst eine Illegale, nicht wahr?"

„Und was geht Sie das an?"

„Nun, ich kann mir vorstellen, dass es schwierig war für dich. Aber hier ist es auch nicht einfach, nach allem, was ich gesehen habe. Ganz im Gegenteil!"

Akascha wich seinem Blick aus. „Ich komme schon zurecht. Ich habe Freunde hier!"

Dr. Paulus zog die Augenbrauen hoch. „Tatsächlich? Und wo sind die? Ich sehe hier niemanden. Das einzige, was ich sehe, ist ein durchnässtes, verirrtes Kind, das sich in einem Wäschekeller versteckt. Du brauchst Hilfe, das ist es, was du brauchst! Was willst du denn hier machen, so allein? Wo willst du überhaupt hin?"

„Das geht Sie gar nichts an", murmelte Akascha trotzig. „Warum lassen Sie mich nicht einfach in Ruhe?"

Dr. Paulus seufzte. „Das kann ich leider nicht. Ich bin extra deinetwegen hergekommen. Verstehst du? Ich habe eine Zeitreise in die Zukunft organisiert, ein höchst komplexes Unterfangen, wenn ich das so sagen darf! Und zwar nur um dich zu finden. Um dich zurückzuholen!"

Akascha starrte ihn an. „Und wieso? Wieso interessieren Sie sich für mich? Weil ich Ihnen im Tiergarten das Somnidingszeug geklaut habe? Das brauchen Sie doch gar nicht mehr, Sie sind ja sowieso schon hier. Wollen Sie mich deswegen in den Knast bringen?"

„Was redest du denn da für einen Unfug!", sagte Dr. Paulus ärgerlich. „Natürlich will ich dich nicht ins Gefängnis bringen! Ganz im Gegenteil! Wir beide sind Zeitreisende, Akascha! Wenn du zurückkehrst, wirst du als Pionierin der Wissenschaft gefeiert werden! Genauso wie ... "

Er brach ab. Genauso wie ich, hatte er sagen wollen. Aber wenn Frau Benvenuto Recht behielt, dann würde er bei diesen Feierlichkeiten nicht anwesend sein. Er sah die Schlagzeile im Geiste vor sich: „Berliner Wissenschaftler verschollen in der Zukunft!" Dr. Paulus schluckte.

Dann gab er sich einen Ruck. Um so wichtiger war es, dass dieses Mädchen zurückkehrte. Sie würde seine Geschichte erzählen! Posthumer Ruhm war immer noch besser als gar keiner!

„Hör zu", sagte Dr. Paulus. „Ich werde ganz ehrlich mit dir sein. Ich will tatsächlich etwas von dir. Ich brauche nämlich deine Hilfe. Aber zunächst musst du erfahren, was passiert ist, nachdem du durch dieses Zeittor gegangen bist. Das war im Jahr 2031, richtig?"

Akascha nickte zögernd. Sie kniff die Augen zusammen und rieb sich die Stirn.

„Alles in Ordnung?", fragte Dr. Paulus irritiert.

„Kopfschmerzen", sagte sie kurz. „Kommt wahrscheinlich

von der Zeitreise. Haben Sie vielleicht 'ne Tablette für mich?"

Dr. Paulus kramte in seinen Taschen und förderte das Notfall-Päckchen zutage, das er wohlweislich mit in die Zukunft genommen hatte. Er legte es auf die Waschmaschine und trat einen Schritt zurück. Während Akascha eine Pille auspackte und mit einer Grimasse herunterschluckte, fuhr er fort:

„Nun, einige Jahre später, im Herbst 2040 um genau zu sein, gab es die ersten seltsamen Todesfälle. Völlig gesunde, junge Menschen wurden plötzlich krank. Sie bekamen hohes Fieber und starben innerhalb weniger Tage. Die gängigen Medikamente wirkten nicht. Als man die Fälle untersuchte, stellte man fest, dass alle Betroffenen engen Kontakt zu Tieren gehabt hatten."

Dr. Paulus erinnerte sich noch gut an diese erste Zeit. Vor drei Jahren war das gewesen. Die zunehmende Verunsicherung. Viele hatten die Sache nicht wahrhaben wollen. Es war ähnlich wie bei der Pandemie vor zwanzig Jahren. Niemand wollte so etwas wieder erleben. Er selbst hatte scharf protestiert, als sein Labor geschlossen werden sollte.

„Bald wurden mehr und mehr Menschen krank, nicht nur in Berlin, sondern überall auf der Welt. Auch die Tiere starben. Man versuchte es mit den Reserve-Antibiotika. Du weißt, was das ist? Medikamente, die für solche Notfälle vorgesehen sind." Dr. Paulus machte eine dramatische Pause.

„Und?", flüsterte Akascha.

„Vergebens. Der Erreger dieser Krankheit war auch dagegen resistent. Und er mutierte, das heißt er veränderte sich so schnell, dass es unmöglich war, rechtzeitig ein Gegenmittel zu entwickeln. Geschweige denn, es in ausreichender Menge herzustellen." Dr. Paulus seufzte. „Das Berlin der Zukunft, diese schöne neue Welt, in der wir uns hier befinden, ist vor 80 Jahren als Folge dieser Seuche entstanden. Der neue Erreger breitete sich innerhalb weniger Monate überall auf der Welt aus. Betroffen waren alle Lebewesen, die Fleisch aßen oder irgendwie mit toten Tieren in Berührung kamen – Menschen und Mäuse, Hunde und Katzen, Wildschweine und Wölfe. Die weltweiten Ökosysteme waren ohnehin schon durch die Klimaerwärmung und das Artensterben geschwächt. Der Zusammenbruch der Nahrungsketten hat ihnen dann den Rest gegeben."

Akascha unterbrach ihn. „Aber die Menschen haben überlebt!"

Dr. Paulus lachte sarkastisch. „Oh, die Menschheit hat überlebt, natürlich. Unsere Spezies ist anpassungsfähig. Aber alles andere hat sich verändert. Innerhalb von wenigen Monaten ist die Weltwirtschaft zusammengebrochen. Die öffentliche Versorgung hat versagt. Ich weiß nicht, ob du dir das vorstellen kannst: kein Strom, keine Heizung, kein Wasser, keine Müllabfuhr. Berge von Müll überall in den Straßen! Plünderungen! Wer Geld hatte, zog sich in abgeschottete Stadtviertel zurück. Mithilfe von KI und Robotern haben sie dort eine Notversorgung organisiert. Die meisten Menschen konnten sich das allerdings nicht leisten, sie blieben in ihren Wohnungen und starben. Und es war niemand da, um sie alle zu begraben … "

Dr. Paulus räusperte sich. Dass die Erinnerung an diese schreckliche Zeit ihn immer noch so mitnahm! Was geschehen war, war nun einmal geschehen und ließ sich nicht mehr ändern. Man musste nach vorn blicken!

Dr. Paulus holte tief Luft. Als er fortfuhr, war seine Stimme heiser. „Nun, am Ende hat man schließlich doch noch ein Gegenmittel entwickelt. Irgendwann waren die Leute in der Stadt dann alle geimpft. Aber die Welt da draußen ist eine andere geworden. Ein ziemlich unwirtlicher Ort – ohne Gerechtigkeit, ohne Menschenrechte, ohne sauberes Wasser. Und natürlich ohne Tiere." Nicht, dass das ein großer Verlust war, wenn man ihn fragte, zumal es inzwischen wirklich gute Fleischersatzprodukte gab. Aber das sahen die Kollegen Biologen natürlich anders.

„Außerhalb der zivilisierten Zonen sieht es jedenfalls düster aus", fuhr Dr. Paulus fort, „du hast es vielleicht gerade selbst erlebt. Die Welt, wie wir sie kannten, mit all ihrer Vielfalt und Schönheit, die ist untergegangen. Es gibt keinen Weg zurück — außer einem einzigen. Und hier kommst du ins Spiel!"

Akascha sah ihn erstaunt an. „Ich?"

„Genau!", sagte Dr. Paulus eindringlich. „Du."

Jetzt kam es darauf an! Bis hierhin hatte er die Wahrheit gesagt. Wenn er keinen Fehler machte, würde das seiner Lüge Glaubwürdigkeit verleihen. Er musste überzeugend sein!

„Was wäre", sagte Dr. Paulus langsam, während er das Mädchen mit einem eindringlichen Blick fixierte, „wenn man das Gegenmittel gleich zu Beginn der Seuche gehabt hätte? Wenn schon die ersten Fälle geheilt worden wären? Wie viele Menschen, und natürlich auch die ganzen Tiere, wären wohl gerettet worden?"

Dr. Paulus zog fragend die Augenbrauen hoch und nickte bedeutsam. Dann wandte er sich von Akascha ab und begann, in der Waschküche hin und herzugehen.

„Was wäre mit der Umwelt passiert? Und wie hätte sich wohl die Gesellschaft entwickelt? Hätten wir die Klimakrise trotzdem in den Griff bekommen? Wie würden all diese Leute leben, die jetzt da draußen vor sich hin vegetieren, ohne medizinische Versorgung, ohne Perspektive?"

Aus dem Augenwinkel beobachtete Dr. Paulus Akaschas Reaktion auf seine Worte. Bildete er sich das ein, oder war ihr Blick nachdenklich geworden?

Er beschloss, aufs Ganze zu gehen.

„In einem Archiv im Museum für Zeitreisen, gar nicht weit von hier, befindet sich ein Datenkristall. Auf diesem Datenkristall ist die Formel des Gegenmittels gespeichert. Du musst ihn in die Vergangenheit bringen, Akascha, und zwar in das Jahr 2040, bevor die Seuche das erste Mal auftritt. Du musst ihn mir dort übergeben, und ich werde dann alles Weitere in die Wege leiten. Du, und nur du kannst das tun und den Lauf der Geschichte ändern!"

Akascha hatte sich jetzt ganz aufgerichtet und stand mit skeptischer Miene da, die Arme über der Brust verschränkt. Sie traute der Sache offensichtlich nicht recht. „Wieso ich?", fragte sie. „Sie könnten diesen Datenkristall doch selbst zurück in die Vergangenheit bringen, wenn Sie schon mal hier sind! Wozu brauchen Sie mich dafür?"

Dr. Paulus schüttelte grimmig den Kopf. „Es ist unmöglich, in die eigene Lebenszeit zurück zu reisen, weißt du das nicht? Die Gefahr eines Zeitparadoxons ist viel zu groß. Ich habe diesen Datenkristall im Jahr 2043 persönlich in den Safe eingeschlossen und danach das Zeittor benutzt. Ich kann nicht in das Jahr 2040 zurückreisen. Aber du kannst es! Du hast deine Zeitreise im Jahr 2023 angetreten. Für dich ist 2040 immer noch die Zukunft!"

Akascha musterte Dr. Paulus abschätzend. „Ganz ehrlich? Wieso sollte ich Ihnen glauben? Sie können mir ja viel erzählen. Sie waren doch schon hinter Jochanan her, als er bei uns in Berlin war. Da haben Sie ihm seine Sachen weggenommen und ihn verfolgt, oder nicht? Und Merlin und Michi haben Sie auch eingesperrt. Ging es Ihnen da auch um das Wohl der Menschheit?"

Akaschas Worte trafen Dr. Paulus wie eine kalte Dusche. Da stand diese Göre vor ihm und wagte es, ihm offen ins Gesicht zu sagen, dass sie ihm nicht traute! Und damit hatte sie sogar Recht!

Dr. Paulus knirschte mit den Zähnen, atmete wieder tief durch und nickte.

„Ich habe ja schon gesagt, dass ich damals einen Fehler gemacht habe!", sagte er so ruhig er konnte. „Ich wiederhole das. Ich wollte unbedingt das Geheimnis der Zeitreisen ergründen und habe mich hinreißen lassen, Dinge zu tun, die ich heute bereue." Er hob entschuldigend die Hände. „Auch damals wollte ich die Zukunft verändern. Aber jetzt ist die Situation eine völlig andere. Du fragst, warum du mir glauben solltest? Nun, ich will dir etwas zeigen."

Dr. Paulus kramte in der Innentasche seiner Jacke und zog die schwarzweiße Kopie eines Fotos heraus. Er legte es auf die Waschmaschine, die noch immer zwischen ihm und dem Mädchen stand. „Da. Wirf da mal einen Blick drauf!", sagte er.

Akascha beugte sich vor und betrachtete das Bild. „Das bin ja ich!", rief sie.

„Richtig", sagte Dr. Paulus. „Und jetzt guck mal auf das Datum. Dieses Bild wurde von einer Überwachungskamera in meinem Institut aufgenommen, und zwar am 8. September 2040!"

Akascha warf ihm einen verwirrten Blick zu. „Aber das würde bedeuten, dass..."

„... dass du im Jahr 2040 im Institut warst, genau! Und der einzige Grund, weshalb du dort gewesen sein kannst, ist, weil du mir diesen Datenkristall aus der Zukunft bringen wolltest."

Akascha schüttelte den Kopf. „Das ergibt doch keinen Sinn!", sagte sie. „Wenn ich damals wirklich dort gewesen bin und das Gegenmittel in die Vergangenheit gebracht habe, wieso ist dann alles so gekommen, wie Sie gesagt haben? Wieso sind die Leute draußen und die Tiere gestorben und überhaupt?"

Dr. Paulus hob die Hände. „Genau das habe ich mich natürlich auch gefragt, als ich dieses Foto entdeckt habe! Zunächst wusste ich ja gar nicht, worum es ging, die Seuche war ja noch nicht ausgebrochen. Aber im Lauf der Zeit, als es immer schlimmer wurde, habe ich mir so meine Gedanken gemacht. Und als es dann endlich das Gegenmittel gab, beschloss ich zu handeln. Ich entwickelte die Technik des Zeitreisens und ließ diesen Datenkristall produzieren. Ich wusste, wenn ich dich in der Zukunft finde, haben wir eine Chance, die Vergangenheit zu verändern! Und damit eben auch die Zukunft!"

Wieder begann Dr. Paulus im Raum umherzugehen. Vorsichtig, vorsichtig!, sagte er sich. Wahrheit und Lüge waren jetzt so dicht miteinander verwoben, dass er aufpassen musste, sich nicht im Netz der Geschichte zu verstricken, mit dem er Akascha zu fangen gedachte.

„Die Frage ist natürlich, wieso du damals nicht zu mir gekommen bist", fuhr er fort, ohne das Mädchen anzusehen. „Wir haben uns nämlich nicht getroffen. Was ist mit dem Datenkristall passiert? Ich weiß es nicht. Ich habe allerdings eine Theorie..."

„Parallele Welten...!", flüsterte Akascha.

Dr. Paulus warf ihr einen erstaunten Blick zu. „Richtig! Aber was weißt du davon?"

„Meine Tante war Physikerin. Sie hat an demselben Institut gearbeitet, wo Sie Ihr Labor hatten."

„Ah", machte Dr. Paulus, „ich verstehe...! Darum kanntest du dich dort so gut aus!"

Akascha nickte.

„Sehr gut, dann weißt du ja, wovon ich rede. Bei einer Zeitreise in die Vergangenheit besteht immer die Gefahr, versehentlich die Zukunft zu verändern, das ist bekannt. Darum ist es ja auch streng verboten, in die eigene Lebenszeit zurückzureisen oder mit den Leuten aus der Vergangenheit zu kommunizieren."

„Aber Jochanan hat mit Merlin und mir geredet...!"

„Ganz genau. Und du bist jetzt hier. Es könnte sein, dass er damit die Zukunft verändert hat. Vielleicht ist so eine Parallelwelt entstanden. Eine zweite Zeitkette neben der ersten, mit einer anderen Zukunft. Oder sogar mehrere Parallelwelten! Und wenn das so ist, dann gibt es die Möglichkeit, die Vergangenheit und damit auch die Zukunft in einer dieser Welten zu verändern – derjenigen, in der wir jetzt leben!"

Dr. Paulus sah Akascha erwartungsvoll an. Nun hatte er seinen Köder ausgelegt. Hatte er das Mädchen richtig eingeschätzt? Würde sie ihm ins Netz gehen und einwilligen, den Datenkristall in die Vergangenheit zu bringen?

„Wir könnten die Zivilisation retten", sagte Akascha langsam, „und verhindern, dass diese Mauer gebaut wird?"

Dr. Paulus nickte. „Wir könnten Millionen Menschen und natürlich auch den Tieren das Leben retten. Wenn du mir das Gegenmittel in die Vergangenheit bringst, kann ich es sofort analysieren lassen. Dann kann es rechtzeitig in ausreichender Menge hergestellt werden."

Gespannt beobachtete Dr. Paulus das Mädchen. Würde sie seiner List auf den Leim gehen? Hatte er sie überzeugt? Die moralische Masche zog eigentlich immer. Und es war ja nicht so, dass das, was er ihr erzählt hatte, nicht grundsätzlich stimmte. Theoretisch war es tatsächlich möglich, das Gegenmittel in die Vergangenheit zu bringen. Nur war es damals eben nicht so geschehen. Als Akascha in seinem Institut aufgetaucht war, hatte sie ihm einen Datenkristall übergeben, auf dem sich lediglich die Zeitreisetechnik befand, nicht aber die Formel des Gegenmittels. Oh, er hatte lange hin- und her überlegt, ob sich das ändern ließe, er hatte die Sache wirklich gründlich durchgerechnet. Aber im Jahr 2040 war es längst zu spät. Die Seuche war schon unter ihnen, wenige Tage nach Akaschas Eintreffen hatte es die ersten Opfer gegeben. Vermutlich lauerten die resistenten Erreger, die sich wahrscheinlich in den gigantischen Tiermastbetrieben entwickelt hatten, damals schon längst überall in der Umwelt.

„Wenn ich dieses Zeittor nehmen und Ihnen den Kristall bringen soll", unterbrach Akascha Dr. Paulus Gedanken, „dann will ich danach aber hierher zurückkommen. Ich will sehen, was in der Zukunft passiert!"

Dr. Paulus ließ sich seine Überraschung nicht anmerken. Damit hatte er nicht gerechnet. „Hmmm", machte er, um etwas Zeit zu gewinnen. „Nun... eigentlich dürfte das kein großes Problem darstellen. Wir haben das Zeittor am Engelbecken vorbereitet, heute um Mitternacht. Wir können es sicher eine Weile offenhalten. Du musst ja nur kurz zurück ins Jahr 2040 und den Datenkristall in mein Büro bringen, den Weg durch den Tiergarten kennst du ja. Das dauert nicht lange. Danach könntest du, wenn du das dann wirklich willst, zurück in die Zukunft reisen".

„Haben Sie denn überhaupt genug Somnidingsbums? Ich bräuchte dann ja auch noch was für die Rückreise!"

„Davon gibt es mehr als genug in meiner Firma hier in der Zukunft. Das ist eine Firma, die Zeitreisen veranstaltet. Wir können da vorbei gehen, wenn wir den Datenkristall im Archiv abholen. Es liegt auf dem Weg."

Akascha schüttelte den Kopf. „Das geht nicht", sagte sie. „Ich kann mich in der Stadt nicht frei bewegen, sagt Rania. Sonst erwischen mich die Sicherheitsroboter!"

„Rania? Wer ist das denn?", fragte Dr. Paulus, wobei er es sich eigentlich denken konnte.

„Ein Mädchen von draußen, eine... " Akascha zögerte, „eine Freundin. Sie hat mich hierher in die Stadt gebracht."

„Aha!", nickte Dr. Paulus, so, als sei das eine Neuigkeit. „Und wo ist sie jetzt?"

„Keine Ahnung", sagte Akascha niedergeschlagen.

„Nun, sie wird sich schon zurechtfinden", sagte Dr. Paulus. „Sie kennt sich ja hier aus in dieser Zeit. Was die Sicherheitsroboter angeht, so ist das kein Problem. Ich habe einen temporären Chip hier in dieser Brille." Er zog die schmale ERB aus der Tasche. „Solange du mit mir zusammen unterwegs bist, bist du sicher. Niemand wird uns behelligen."

Er zögerte, beschloss jedoch, noch eins drauf zu setzen.

„Und wenn alles klappt, dann verspreche ich dir, dass ich dir

130

hier in der Zukunft helfe. Ich kann dafür sorgen, dass du einen Identichip bekommst! Dann darfst du ganz offiziell in der Stadt bleiben!"

Dass die PTT-Leute ihr bereits einen Chip gesetzt hatten, den er nur zu aktivieren brauchte, sagte er natürlich nicht.

Doch Akascha hörte ihm ohnehin nicht mehr zu. Sie hatte die Hand auf den Mund gelegt und sah auf einmal besorgt aus. Fürchtete sie sich so sehr vor diesen Sicherheitsrobotern? Ja, sie sahen ein wenig unheimlich aus, wie große Insekten, aber letzten Endes waren es ja nur Maschinen im Dienste der Stadtverwaltung.

„Hier in der Stadt sind wir völlig sicher", wiederholte Dr. Paulus beruhigend. „Es besteht überhaupt kein Grund Angst zu haben!"

Akascha schüttelte langsam den Kopf. „Ich hab keine Angst", sagte sie, „aber sicher sind wir hier überhaupt nicht!"

Dr. Paulus zog die Augenbrauen hoch. „Was soll das heißen?"

Akascha biss sich auf die Lippen. „Als ich da draußen bei den Leuten vor der Stadt war, wo ich Rania getroffen habe, da hab ich Männer mit Waffen gesehen. Viele Männer. Die planen so eine Art Aufstand. Jedenfalls wollen sie mit Gewalt rein in die Stadt. Und es gibt hier drinnen jemanden, der ihnen dabei hilft. Jemand, der das alles organisiert."

Dr. Paulus starrte das Mädchen an. Wenn es stimmte, was sie da sagte, dann waren das beunruhigende Neuigkeiten. Ein bewaffneter Konflikt konnte seine Pläne durchkreuzen und vielleicht sogar die Zeitreise unmöglich machen! Um so wichtiger war es, dass sie hier schnellstmöglich verschwanden!

„Das Zeittor ist für heute Nacht geplant", sagte er. „Falls es tatsächlich zu einem Aufruhr kommt, sind wir vorher längst weg! Und bis dahin können wir in meiner Firma bleiben, das ist ganz in der Nähe. Da sind wir auf jeden Fall in Sicherheit."

Akascha schüttelte den Kopf. „Die wollen heute Abend in die Stadt eindringen, hat Rania gesagt. Der Zeitpunkt steht schon lange fest. Und die sind gefährlich!" Sie deutete auf den Trockner. „Geben Sie mir meine Kleider!"

Dr. Paulus tat, was das Mädchen verlangte.

„Und drehen Sie sich um!"

Während Dr. Paulus Akascha den Rücken zudrehte, redete sie weiter.

„Ich muss unbedingt meinen Freund Jochanan finden, bevor ich zurück in die Vergangenheit reise! Darum bin ich doch hergekommen! Ich muss ihn warnen! Am besten, Sie sagen mir genau, wo das Zeittor ist, und dann treffen wir uns da."

„Aber das ist doch Unsinn!", erwiderte Dr. Paulus ärgerlich. „Du hast doch eben selbst gesagt, dass du dich in der Stadt nicht frei bewegen kannst! Außerdem kommt der Junge sicher auch ohne dich zurecht, immerhin lebt er hier mit seiner Familie, oder? Es gibt doch Sicherheitskräfte in dieser Stadt, und bestimmt wird alles überwacht. Wenn wirklich irgendwo ein Aufstand geplant ist, dann wissen die da oben Bescheid. Dann wird die Stadt eben verteidigt!"

„Genau das ist doch das Problem!", rief Akascha. „Verstehen Sie das nicht? Dann kämpfen die und bringen sich gegenseitig um!"

In diesem Moment knarrte die Kellertür. Dr. Paulus fuhr herum. Das fehlte gerade noch, dass jetzt jemand aus diesem Altersheim auftauchte und Probleme machte! Vielleicht hätten sie den Trockner doch nicht..."

In der offenen Tür stand ein schmales Mädchen mit dunkler Haut und wild abstehenden, knallrosa Haaren. Auf der Nase trug sie eine ER-Brille, die ihr viel zu groß war. Als sie Dr. Paulus sah, machte sie einen Schritt zurück, nahm hastig die Brille ab und steckte sie in ihre Tasche.

„Rania!", rief Akascha.

Aha! Das also war die Freundin, von der Akascha erzählt hatte!

Sie warf einen schnellen Blick auf Akascha und musterte dann Dr. Paulus. Als dieser ihren Blick erwiderte, verlagerte sie ihr Gewicht kaum merklich auf die Fußballen. Dr. Paulus war sich ziemlich sicher, dass sie ihm die Tür vor der Nase zuschlagen würde, wenn er auch nur einen Schritt in ihre Richtung machte. Vielleicht wäre das sogar das Beste ... Zwei Kinder waren eindeutig eines zu viel!

„Jetzt komm schon rein!", sagte Akascha, die noch mit ihrer feuchten Jacke kämpfte.

Das fremde Mädchen blieb, wo es war. „Wer ist 'n das?", fragte sie.

„Das ist Dr. Paulus. Er ist Physiker und hat das Zeitreisen erfunden oder entwickelt oder so. Er kommt auch aus der Vergangenheit, genau wie ich."

„Und was will der hier?" Ranias Ton war eindeutig feindselig.

Akascha, die sich endlich fertig angezogen hatte, kam hinter der Waschmaschine hervor. „Mir helfen, in meine eigene Zeit zurückzukehren", sagte sie. „Und ich soll etwas aus dieser Zeit für ihn mitnehmen."

Sie ging an Dr. Paulus vorbei zu dem anderen Mädchen hin und umarmte sie. „Wo warst du bloß?", fragte sie leise. „Ich dachte schon ... "

„ ... dass ich dich hier hängen lasse? Was denkste von mir! Ne, ich war bei ... "

Rania brach ab und warf einen misstrauischen Blick auf Dr. Paulus, bevor sie fortfuhr, ohne ihn aus den Augen zu lassen. „Du hast gepennt, da dachte ich, ich seh mich draußen mal um. Kann ja eh nicht so lange an einem Ort bleiben, wenn ich online gehe, du weißt ja. War auch gut, dass ich hier raus bin: Kaum war ich vor der Tür, kommt auch schon der erste Siro um die Ecke. Also musste ich erst mal verschwinden. Und da dachte ich, ich kann auch einfach vorgehen und gucken, ob ich vielleicht deinen Freund finde."

Rania sah Akascha entschuldigend an. „Wär eh crazy gewesen, da zusammen hinzugehen. Draußen wimmelt es von Kontrollen, überall Siros und Straßensperren! Ich hab mal unauffällig gesneakt, als 'n paar Leute auf der Straße rumstanden, ob es 'nen Grund dafür gibt."

„Und?", fragte Akascha gespannt. Auch Dr. Paulus spitzte die Ohren.

„Sieht aus, als hätte es just in dem Condo, in dem dein Kumpel wohnt, einen Kurzschluss gegeben. Sabotage oder so."

„Das meine ich doch nicht! Hast du Jochanan gefunden?"

Rania nickte. „Hab ihn gesehen, aber nur ganz kurz. Er hat voll Ärger gekriegt. War wohl ohne Erlaubnis allein in der City unterwegs."

„Und, hast du mit ihm gesprochen? Hast du ihm gesagt, dass ich hier bin? Was hat er gesagt?"

„Der konnte gar nichts sagen! Ich wollte ihn abfangen und hab vor seinem Condo gewartet. Ist ja die Zeit, wo die Kiddies hier in der Stadt Pause haben, da dachte ich, vielleicht kommt er mal raus in den Hof. Stattdessen kam er mit 'nem SHV angefahren! Hab ihn sofort erkannt, von deiner Beschreibung her, und ihn gerufen, als er ausgestiegen ist, aber da kam auch schon seine Mum angerannt und hat ihn sich gecatcht. Ich konnte ihm grad noch zurufen, dass du bei uns bist, und dass er morgen unbedingt zuhause bleiben soll, dann musste ich abhauen."

Akascha holte tief Luft. „Puh. So ein Scheiß, dass ich nicht dabei war! Und dann?"

„Seine Mum war furchtbar sauer und hat so laut geschimpft, dass ich's auf der anderen Straßenseite gehört habe. Sieht so aus, als hätte dein Kumpel jetzt erst mal 'n paar Tage Hausarrest."

Das, dachte Dr. Paulus, der Ranias Erzählung die ganze Zeit über stumm, aber aufmerksam gelauscht hatte, war doch endlich mal eine gute Nachricht! Jetzt gab es hoffentlich keinen Grund mehr für Akascha, sich noch länger hier in der Stadt herumzutreiben! Dr. Paulus lächelte. Seinem Plan mit dem Zeittor heute Abend stand also nichts mehr im Wege

Merlin

Der Aufstand des Packs

Merlin stützte sich mit zitternden Händen auf das Waschbecken und blickte in den Spiegel. Das gefurchte Greisengesicht, das ihn anstarrte, wirkte grau und erschöpft. Der heutige Ausflug zur Zeitreisefirma hatte ihn mehr angestrengt, als er erwartet hatte.

Vielleicht hätte er den Holovatar doch von Anfang an ins Spiel bringen sollen, dachte er, während er die Pillendose aus dem Schrank holte und drei verschiedene Tabletten schluckte. Wozu gab es die Möglichkeit, einen holografischen Vertreter loszuschicken! Aber er hatte Jochanan ja unbedingt persönlich wiedersehen wollen. Nun, jetzt würde er wohl kaum darum herum kommen, den Holovatar zu nutzen. Es kam nicht in Frage, dass er Jochanan morgen früh im Flugmobil begleitete.

Mit einem tiefen Seufzer ließ Merlin sich auf der Toilette nieder. Er hatte lange gebraucht, um sich mit dem Älterwerden abzufinden. Eigentlich fühlte er sich nicht wie ein Hundertjähriger. Solange er seine Medikamente nahm, kam er ganz gut zurecht, und im Kopf war er so klar wie eh und je. Dennoch war es ernüchternd gewesen, sich selbst heute in Jochanans Augen zu sehen. Er war nicht der Merlin von damals. Nichts war mehr wie früher zwischen ihnen.

Nicht, dass er das erwartet hatte. Im Grunde genommen kannten er und Jochanan sich ja kaum. Trotzdem war die Erinnerung an die kurze, intensive Freundschaft, die sie beide verbunden hatte, in all den Jahren nie verblasst. Als er Jochanan neulich auf dem Hof des Condo wiedergesehen hatte, so jung und unverändert, hatte es ihm die Kehle zugeschnürt.

Merlin schnaubte unwillig. Es hatte keinen Sinn, der Vergangenheit nachzutrauern. Dazu hatte er keine Zeit. Er musste sich auf die Gegenwart konzentrieren. Alles, worauf er so lange hingearbeitet hatte, hing am seidenen Faden. Nie hätte er damit gerechnet, dass Dr. Paulus hier auftauchen würde! Sicher hatte er etwas damit zu tun, dass Akascha zurück in die Vergangenheit gereist war. Oder um genau zu sein: reisen würde. Sofern es ihm nicht gelang, sie daran zu hindern. Wäre doch gelacht, wenn er es nicht schaffte, Dr. Paulus ein weiteres Mal auszumanövrieren!

Merlin zog das Headset aus der Tasche und setzte es auf. Sofort verband das Gerät sich mit dem akustischen Implantat, das er im Ohr trug. Er visualisierte den Code und aktivierte die versteckte Kommunikationsfunktion.

„Caro? Hörst du mich?", sagte er leise. „Hier ist der Prophet."

Ein knisterndes Rauschen.

„Kannst du mich hören? Caro?"

Wieder Knistern, dann: „Positiv. Ich bin ganz Ohr."

„Gut. Es gibt Komplikationen. Das Mädchen befindet sich in Sektor zwei, 703961-735933. PTT hat sie dort ausgesetzt. Ich schätze aber, man wird versuchen, sie wieder einzufangen. Das muss verhindert werden."

„Sektor zwei, sagst du? Die Agrafa?"

„Richtig. Wen haben wir vor Ort?"

„Einen Moment." Erst das Rauschen, dann erneut Caros Stimme: „Das ist Ranias Gebiet. Ich kann sie sofort losschicken."

Merlin zögerte kurz. Ausgerechnet Rania… Sie war noch ein Kind, gerade erst zwölf Jahre alt! Durfte er sie in Gefahr bringen? Er schloss die Augen und überlegte. Rania war eine erfahrene Schmugglerin. Sie wusste, was sie riskieren konnte und was nicht. Und war er nicht genauso jung gewesen, als er Jochanan zum ersten Mal begegnet war? Er fasste seinen Entschluss.

„Tu das. Sie soll das Mädchen nach Blumberg bringen."

„Hierher zu uns?"

„Ja. Wir dürfen sie nicht aus den Augen lassen. Und Caro, arrangiere das Ganze so, dass es sich herumspricht. Der Zeitpunkt ist gekommen. Wir können nicht länger warten."

„Verstanden."

„Gebt mir Bescheid, sobald sie eingetroffen ist. Ich habe für morgen früh ein Flugmobil bestellt. Dann hole ich sie raus."

„Wir melden uns, sobald Rania wieder Funkkontakt hat. FDP!"

„FDP!", grüßte Merlin zurück, trennte die Verbindung und nahm das Headset ab. FDP – Freiheit dem Pack ... ob außer ihm wohl noch irgendjemand die Ironie dieser Grußformel verstand? Wer außer ihm erinnerte sich noch an die Zeit, als es Demokratie und Parteien gab? Die schrecklichen Ereignisse, die zu ihrem Untergang geführt hatten und zur Einführung des Globalen City Netzwerks, hatten diese Begriffe aus dem allgemeinen Bewusstsein gelöscht.

Nein! Wieder schüttelte Merlin ärgerlich den Kopf. Er musste wirklich aufhören, immerzu über die Vergangenheit nachzugrübeln! Er wusste doch, wohin das führte. Früher oder später musste er an Michi denken, und daran, wie er gestorben war, viel zu jung, viel zu früh ...

Mühsam stemmte Merlin sich wieder in die Höhe und starrte erneut in den Spiegel. Lass die Toten ruhen. Er hatte genug mit den Lebenden zu tun. Die Aufgabe, die vor ihm lag, erforderte seine ganze Aufmerksamkeit und seine ganze Kraft!

Merlin drückte die Tür des Badezimmers auf und betrat den angrenzenden Wohn-Schlafraum. Jochanan saß auf dem Sofa und sah ihn beklommen an. „Geht es Ihnen, äh, dir besser?", fragte er leise.

Merlin nickte. Es war ihm unangenehm, dass Jochanan seine Schwäche bemerkt hatte. „Mach dir keine Sorgen um mich", sagte er kurz. „Alles in Ordnung." Er nahm die ERB vom Tisch und hielt sie Jochanan hin. „Setz die mal auf."

„Hier drin?"

„Genau."

Während Jochanan die Brille auf seine Größe einstellte, durchquerte Merlin den Raum und beugte sich über seinen Schreibtisch. Er aktivierte das 3D-Display und nahm mit wenigen, routinierten Handbewegungen die nötigen Einstellungen vor. Dann setzte er das Headset wieder auf und murmelte: „Connect".

Jochanan schnappte hörbar nach Luft. „Was... Merlin? Ich fass es nicht! Wie hast du das gemacht?", stammelte er verwirrt.

„Was siehst du?"

„Dich! So wie früher! Du siehst genau so aus wie früher!"

Merlin nickte zufrieden. Er stand auf und drehte sich einmal um seine eigene Achse. „Und jetzt?"

„Jetzt bewegst du dich!"

„Super, funktioniert also. Das, was du da siehst, ist ein Holovatar. Eine dreidimensionale, bewegliche Figur aus Licht, die so programmiert ist, dass sie aussieht wie ich. Ein Prototyp."

„Macht das die Brille?"

„Genau. Diese spezielle ERB, die du da aufhast, ist mit meinem Headset verbunden. Solange du sie trägst, begleitet dich der Holovatar, ganz so, als wäre ich selbst dabei. Er macht alles, was ich mache. Und ich kann über die Brille alles sehen, was du siehst."

Jochanan nahm die ERB ab und starrte Merlin an.

„Du kommst nicht mit, morgen früh?"

Merlin schüttelte den Kopf. „Nicht genug Platz im Flugmobil für drei Personen", sagte er. „Aber mit dem Holovatar wird es genau so sein wie damals. Wir drei: du und ich und Akascha!"

Jochanan guckte skeptisch, widersprach aber nicht.

„Gib mal deine Kleider her", wechselte Merlin das Thema.

„Meine Kleider?"

„Ja. Wir müssen den Sensor entfernen. Sonst steht hier bald ein Sicherheitsroboter vor der Tür. So wie damals Dr. Paulus, erinnerst du dich?"

Jochanan nickte und zog sich die Schuhe aus.

„Einen Identichip hast du noch nicht, oder?"

Jochanan schüttelte den Kopf. „Ich hab nur die Engelkette", nuschelte er, während er sich das Sweatshirt über den Kopf zog. „Aber die hab ich zuhause gelassen, damit Mama mich nicht gleich findet. An die Klamottensensoren habe ich gar nicht gedacht."

Merlin reichte ihm einen Bademantel und steckte Jochanans Kleidung in die Mikrowelle. Es knisterte kurz. „So, das war's schon!", sagte er. „Kannst dich wieder anziehen. Und dann bestellen wir uns was zu essen!"

In dieser Nacht lag Merlin lange wach. Am späten Abend hatte Caro ihn kontaktiert und berichtet, dass Akascha sicher in Blumberg eingetroffen war. Der Tag der Entscheidung war also endlich gekommen, der Tag, auf den er sein ganzes Leben lang hingearbeitet hatte. So vieles hing davon ab, dass er morgen keine Fehler machte, dass er die richtigen Worte fand: im Gespräch mit Akascha, mit Caro und Rania und mit dem Pack, das nun endlich, nach so langer Zeit, die Chance auf ein normales Leben bekommen würde. Die Pakete mit den geschmuggelten Identichips lagen bereit. Die City-KI war gehackt, ein Codewort genügte, um den Zugang zur Stadt zu öffnen. Sobald Akascha in Sicherheit war, würde er den Startknopf drücken und die Mauer würde fallen. Die Sicherheitsroboter blieben ein Problem, aber damit mussten sich andere auseinandersetzen. Seine Aufgabe war es, Akascha aus der Schusslinie zu holen, und dafür brauchte er Jochanan. Ein Glück, dass der Junge mitspielte! Akascha würde ihm vertrauen. Sie mussten sicherstellen, dass Akascha hier blieb, in dieser Zeit. Sie durfte auf keinen Fall in die Vergangenheit zurückkehren! Und dann mussten sie herausfinden, was Dr. Paulus hier wollte ...

Irgendwann musste Merlin doch eingeschlafen sein, denn er erwachte von einem lauten Donnerschlag. Durch die gedimmten Wände schimmerte entferntes Wetterleuchten. Merlin überprüfte sein Zeittattoo: Es war vier Uhr morgens. Ein Unwetter hatte ihm jetzt gerade noch gefehlt. Hoffentlich zog dieses Gewitter vorüber! Er gab sich Mühe wieder einzuschlafen, doch es gelang ihm nicht. Um sechs Uhr stand er auf und weckte Jochanan, der tief und fest auf dem Sofa schlief. Wortlos schlürften sie im grauen Morgenlicht heißen Kakao.

„Also los!", sagte Merlin, als das SHV vorgefahren war, und klopfte Jochanan aufmunternd auf die Schulter. „Wird schon schief gehen! Ich verlasse mich auf dich!"

Jochanan nickte stumm. Er war sehr blass, als er die ERB aufsetzte und in Begleitung des Holovatars die Seniorenwohnung verließ.

Sobald er allein war, ergriff Merlin das Headset und vergrößerte das holografische Display, bis es den ganzen Raum füllte. Jetzt fühlte es sich beinahe so an, als ginge er neben Jochanan zum Flugmobil.

„Jochanan, hörst du mich?", fragte er leise.

Der Holovatar kam flackernd ins Bild, und Merlin wusste, dass Jochanan ihn anblickte. Vermutlich nickte er. „Jochanan? Du musst mit mir reden, weißt du? Du kannst mich sehen, aber ich sehe dich nicht. Ich kann dich nur hören. Und alles sehen, was du siehst!"

„Verstehe," sagte Jochanan, „ja, ich höre dich." Die Nervosität in seiner Stimme war unüberhörbar.

„Gut. Nicht wundern, wenn ich zwischendurch mit anderen Leuten rede, ok?"

„Ist gut."

„Regnet es? Ich kann das nicht gut erkennen."

„Nein, aber es ist sehr dunkel, und es donnert immer wieder."

Über ihnen kam das Flugmobil ins Bild, ein schwebender, gut zwölf Meter langer Zylinder mit rot blinkenden Leuchten an der Seite. Sie kletterten in die enge Kabine, die darunter befestigt war.

„Alles klar. Treffpunkt ist um acht Uhr in Berlin-Buch. Dort gibt es einen sicheren Landeplatz. Akascha wird in Begleitung eines anderen Mädchens sein, sie heißt Rania."

„Ein Mädchen vom Pack?"

„Ja."

„Kommt die mit?"

„Nein."

Sie schwiegen eine Weile. Die Motoren des Luftschiffs brummten leise. Nach einer Weile fragte Jochanan: „Muss ich irgendwas machen, damit wir losfliegen?"

„Nein, eigentlich nicht", sagte Merlin. „Die Fahrt ist programmiert, alles läuft automatisch." Er sah auf sein Uhrentattoo und runzelte die Stirn. 7.30 Uhr. Sie hätten längst in der Luft sein müssen.

„Guck dich mal um, es gibt da doch ein Display. Steht da irgendetwas?"

Eine helle, changierende Fläche wurde sichtbar. Merlin konnte undeutliche Schriftzeichen erkennen. „Lies mal bitte vor!", forderte er Jochanan auf.

„Da steht Departure delayed due to weather conditions."

Wie um die elektronische Botschaft zu unterstreichen, rollte in diesem Moment ein gewaltiges Donnergrollen über die Stadt. Das klang nicht gut. Gar nicht gut!

„Tagmodus", befahl Merlin der Wohnungs-KI. Im Fensterbereich wurden die Wände transparent. Dahinter, im Osten, war der Himmel pechschwarz.

„So ein Mist!", murmelte Merlin. Hastig rief er sich die Wetterprognose auf den Schirm. Starkregen! Es gab sogar eine Unwetterwarnung. Unter diesen Bedingungen würde der Flug nicht stattfinden können. Wieso hatte er das vorhin nicht noch einmal überprüft?

Hastig aktivierte Merlin die geheime Kommunikationsfunktion.

„Caro? "

Ein knisterndes Rauschen in der Leitung.

„Caro, melde dich!" Er wechselte den Kanal. „Rania? Kannst du mich hören?"

Doch die Leitung blieb tot. Das Gewitter hatte anscheinend die externen Kommunikationskanäle lahmgelegt.

„Wir können nicht starten, oder?", fragte Jochanan.

Merlin schüttelte stumm den Kopf. Er konnte es nicht fassen. Nach all den Jahren sorgfältiger Planung lief nun, da es darauf ankam, alles schief!

„Was sollen wir jetzt machen?"

„Wir warten, bis wir wieder Empfang haben. Ich versuche rauszukriegen, ob Akascha noch da draußen ist. Vielleicht können wir später starten."

Zunehmend verzweifelt versuchte Merlin in den nächsten Stunden, Rania, Caro oder sonst eine Kontaktperson außerhalb der City zu erreichen – vergeblich. Der Regen hatte die Stadt erreicht und prasselte unerbittlich gegen die Fenster. Die Straßen vor dem Haus verwandelten sich in Bäche.

Schließlich musste Merlin sich eingestehen, dass sein Plan fehlgeschlagen war.

„Jochanan, hörst du mich?"

„Ja", kam die einsilbige Antwort.

„Es hat keinen Sinn, noch länger zu warten. Wahrscheinlich hat Akascha bei dem Wetter irgendwo Unterschlupf gefunden. Ich denke, es ist das Beste, wenn du erst mal wieder nach Hause

145

fährst. Nimm die ERB mit und lass sie angeschaltet, dann sind wir in Kontakt. Falls Akascha es allein in die Stadt schafft, wird sie sicher versuchen, zu dir zu kommen. Dann komme ich euch holen."

„Was soll ich denn machen, wenn ich sie sehe?"

„Du musst sie verstecken, wenn es irgendwie geht. Solange, bis ich da bin. Niemand darf sie finden!"

„Und wenn sie nicht kommt?"

„Sobald ich meine Kontakte erreicht habe, weiß ich mehr. Dann gebe ich dir Bescheid. Ich schicke dir jetzt ein SHV, das dich nach Hause bringt. Einverstanden?"

Wahrscheinlich nickte Jochanan wieder, anstatt zu antworten, denn Merlin hörte nichts, erkannte jedoch, dass er aus dem Flugmobil kletterte.

Wenig später war Jochanan auf dem Weg zurück zu seinem Condo. Das Hologramm folgte der Sphäre wie ein schillernder Vogel. Merlin schaltete die ERB auf Rundumsicht und musterte im Vorbeifahren die menschenleeren Gehwege rechts und links der Mobiltrasse. Man konnte ja nie wissen, vielleicht hatte Akascha es ja in die City geschafft und war gerade jetzt unterwegs zu Jochanan?

Als sie an einer Kreuzung hielten, trennte Merlin kurz die Verbindung zum Holovatar und loggte sich in den Sicherheitsmodus der City-KI ein. Falls Akascha in der Stadt war und an einem Kontrollpunkt vorbei kam, würde das einen Alarm auslösen. Die Sicherheitsroboter waren nicht sehr schnell, vielleicht hatte er in diesem Fall eine Chance, sie zuerst zu erreichen. Er warf einen Blick zur Tür. Die Spritze mit dem Identichip lag bereit und sein persönliches SHV mit Arzt-Freigabe wartete abfahrbereit in der Tiefgarage.

„Merlin?", Jochanans Stimme klang eingeschüchtert.

„Ja?"

„Ich bin da, aber hier sind ganz viele Siros."

„Siros? Wo?"

„Hier beim Condo! Ich weiß nicht ... soll ich aussteigen?"

Hastig rief Merlin wieder die holografische Ansicht der ERB auf. Die Siros waren schon auf die Sphäre aufmerksam geworden. Einer nach dem anderen drehte sich in seine Richtung und sondierte das Gefährt. Ihre Diodenaugen flackerten in neutralem Gelb. Hektisch blickte Jochanan umher, nach links und rechts und wieder nach links. Und da erkannte Merlin sie: Rania! Sie stand nicht weit vom Condo entfernt in einer Tornische, ganz unauffällig, so, als wolle sie sich nur vor dem Regen schützen. Auch sie beobachtete das SHV. Sie trug keine Brille: kein Wunder, dass er sie nicht erreichen konnte!

„Jochanan!", flüsterte Merlin eindringlich, „siehst du das Mädchen da drüben? In dem Eingang gegenüber?"

„Ja, die sehe ich. Warum?"

„Das ist Rania! Sie war mit Akascha zusammen. Ich bin sicher, sie weiß, wo sie ist. Du musst ihr die ERB geben, damit ich mir ihr reden kann. Verstehst du? Steig aus und gib ihr die Brille!"

„Und die Siros?"

„Vergiss mal die Sicherheitsroboter. Keine Ahnung, warum die da sind, vielleicht wegen Rania, vielleicht haben deine Eltern sie auch alarmiert. Du musst zu ihr rübergehen, hörst du? Bevor sie sich einmischen. Gib ihr einfach die Brille! Schnell! Beeil dich!"

Zögernd kletterte Jochanan aus der Sphäre. Der Holovatar folgte ihm wie ein Schatten aus Licht, verzerrt durch den immer noch fallenden Regen. Einer der Siros setzte sich in Bewegung und kam auf das SHV zu. Jochanan wandte sich ab und lief hinüber zu Rania, die ihm misstrauisch entgegensah.

In diesem Moment hörte man aus der Ferne einen halb erstickten Schrei: „Jochanan!"

Rania trat einen Schritt vor. „Bist du Jochanan?", fragte sie mit einem nervösen Seitenblick auf den Holovatar.

„Gib ihr die ERB!", drängte Merlin.

Jochanan ignorierte ihn. „Ja, bin ich", antwortete er.

„Okay," sagte Rania hastig, während sie über Jochanans Schulter blickte – zweifellos zu den Sicherheitsrobotern, die wahrscheinlich hinterherkamen, „hör zu ... "

„Nimm die ERB ab!", zischte Merlin, „der Holovatar ist zu auffällig!"

Doch Jochanan hatte ihn anscheinend völlig vergessen.

„Hör zu, Akascha schickt mich", sagte Rania.

„Wo ist sie?", unterbrach Jochanan.

„Versteckt in 'nem Keller, nicht weit weg von hier. Geht ihr nicht so gut. Ich wollte dich eigentlich zu ihr bringen, aber das geht grad nicht, mit den ganzen Scheiß-Siros hier." Rania packte Jochanan am Arm und zog ihn zu sich in die Türnische. Der Holovatar schimmerte auffallend bläulich im Schatten des Gebäudes.

Merlin fluchte. Warum hörte Jochanan nicht auf ihn? Kurz überlegte er, ob er die Verbindung kappen sollte. Aber dann wäre er blind und taub.

„Pass auf", sagte Rania hastig zu Jochanan. „Du musst dich vorsehen. Es wird 'nen Aufstand geben. Bleib heute einfach zuhause, verstanden?"

„Einen Aufstand?", fragte Jochanan.

„Sag ich doch. Wir kommen in die City. Kann sein, dass es zum Battle kommt. Akascha wollte dich warnen. Darum ist sie hier!"

„Aber ... "

In diesem Moment hörte man schnelle Schritte. Jochanan

wurde herumgerissen und Merlin erkannte das völlig aufgelöste Gesicht von Jochanans Mutter. So besorgt hatte sie noch nicht einmal am Strand von Usedom ausgesehen, als Jochanan fast ertrunken wäre!

„Jochanan! Geht es dir gut? Wo warst du nur? Wir sind fast gestorben vor Sorge! Keine Nachricht von dir, kein Signal von deinen Sachen, und dein Blut an der Pforte!"

„Ich…"

„Was ist das für eine ERB? Wo hast du die her? Wo warst du?"

Merlin sah einen Schatten, dann kippte das Bild. Endlich hatte Jochanan die Brille abgenommen! Oder hatte etwa seine Mutter…?

„Die gehört ihr!"

Ein schwindelerregender Schwenk, als die ERB anscheinend von Jochanans in Ranias Hand wechselte.

Setz sie auf!, beschwor Merlin Rania stumm, setz sie auf, dann kann ich helfen!

„Und wer ist das?"

„Hab ich unterwegs kennengelernt", improvisierte Jochanan. „Ich war in der City unterwegs. Ich habe Akascha gesucht!"

„Was? Aber du weißt doch…"

„Ihr habt mich angelogen! Wenn die Reise bloß ein virtueller Trip war, wieso habe ich dann die ganzen Mückenstiche?"

„Oh Jochanan! Aber…"

Plötzlich war das Bild wieder da. Rania hatte die ERB aufgesetzt. Kluges Mädchen!

„Rania, hier ist der Prophet", flüsterte Merlin eindringlich. „Hörst du mich?"

Ranias Reflexe waren hervorragend nach all den Jahren, in denen sie als Kinderkurier verbotene Waren aus der Stadt geschmuggelt hatte. Ohne mit der Wimper zu zucken, murmelte sie

„ich höre" und wich etwas zurück, so dass Merlin endlich einen guten Überblick über die Szene bekam. Sechs Sicherheitsroboter standen im Halbkreis um Jochanan und seine Mutter herum, die immer noch auf ihn einredete und ihm immer wieder übers Haar strich. Zwei der Siros waren auf Rania und den Holovatar fixiert, die übrigen vier sicherten die Lage nach außen. Zweifellos hatten sie bereits die Identichips ausgelesen und kommunizierten mit der City-KI. Vermutlich waren sie verwirrt, weil sie gerade zwei verschiedene Signale von Rania empfingen.

„Rania, hör mir gut zu. Diese Brille ist getunt. Der Identichip darin ist eine Kopie von meinem. Du bist in meinem Auftrag unterwegs, mit meinem Holovatar. Ich bin Arzt. Ich sehe alles, was du siehst. Verstanden?"

Rania reagierte mit routinierter Schnelligkeit. „Ja. Und wenn ich sie abgeschüttelt habe?"

„Kein SHV, die City-KI könnte es umlenken. In der nächsten Querstraße links ist eine Velo-Station. Nimm die Bikeroute Richtung Alex."

„Verstanden."

Rania bewegte sich vorwärts, direkt auf die beiden Sicherheitsroboter zu, deren Augendioden inzwischen in einem warnenden Orange leuchteten.

„Rania! Warte!", rief Jochanan und schickte sich an ihr zu folgen.

Seine Mutter packte ihn am Arm. „Oh nein! Du kommst mit mir. Keine Ausflüge mehr! Du bleibst jetzt zuhause!"

Die Siros wechselten in den Rotlicht-Modus. Rania blieb dicht vor ihnen stehen. „Medizinischer Notfall!", sagte sie entschieden. „Lassen Sie mich durch!"

Jochanan versuchte sich loszureißen. „Siehst du den da?", schrie er seine Mutter an und deutete wild fuchtelnd auf den Holovatar. „Das ist Merlin! Mein Freund! Aus der Vergangenheit!"

Jochanans Mutter starrte den Holovatar an.

Einen Moment lang herrschte Stille. Das Rotlicht der Siro-Augen spiegelte sich als kleine, zitternde Punkte in den Pfützen auf dem Boden. Plötzlich wechselten die Punkte die Farbe und wurden grün. Die Sicherheitsroboter wichen zur Seite und machten den Durchgang frei.

„Rania!", rief Jochanan, „Merlin! Wartet! Ich will mit!"

Rania hatte schon die andere Straßenseite erreicht.

„Er muss zuhause bleiben. Sag ihm das. Er soll auf uns warten", wies Merlin Rania an.

Rania drehte sich um. „Geh nach Hause!", rief sie Jochanan zu, der verzweifelt versuchte, sich aus dem Griff seiner Mutter zu befreien. „Wart auf uns!"

Dann wandte sie sich ab und lief in Begleitung des Holovatars zügig, aber ruhig die Straße entlang zur Velostation.

Merlin ließ sich in einen Sessel fallen, nahm das Headset ab und wischte sich den Schweiß von der Stirn. Das war gerade noch einmal gutgegangen! Er atmete tief durch, trank etwas Wasser und setzte das Headset wieder auf. Vor ihm erstreckte sich die glitzernde Veloroute, auf der Rania seit einigen Minuten unterwegs war. Häuserfronten und Straßenmasten sausten seitlich vorüber. Mit einem Knopfdruck reduzierte Merlin die holografische Umgebung auf Schreibtischgröße. Ihm war schwindlig von den bewegten Body-Cam-Bildern, die die ERB ihm lieferte. Früher hatte er nie unter Seekrankheit gelitten, wenn er in der erweiterten Realität unterwegs war. Auch das änderte sich mit dem Alter. Er räusperte sich. „Rania?"

„Unterwegs", kam ihre knappe Antwort. „Wo soll ich hin?"

„Zurück zu Akascha. Wo ist sie?"

„In 'nem Keller von so 'nem Altersheim in der Nähe vom Kanal. Seniorenresidenz Gesundbrunnen."

„Wie zum Teufel seid ihr da hingekommen? Sie sollte doch nach Buch gebracht werden! Wir hatten ein Flugmobil, um sie rauszuholen!"

„Da wusste ich nichts von. Caro hat mir nur gesagt, dass wir abhauen müssen. Wir sind durch die Kanalisation in die City gekommen."

„Bei dem Gewitter? Ihr seid ja lebensmüde!" Merlin war fassungslos. Die beiden hätten in der Unterwelt ertrinken können! Wieso hatte Caro Akascha entgegen seiner ausdrücklichen Anordnung losgeschickt? Hatte sie gemerkt, dass das Unwetter eine Abholung mit dem Flugmobil unmöglich machen würde? Aber warum dann nicht einfach in Blumberg warten? Es sei denn...

„Wurdet ihr verfolgt?"

„Ja. Die haben auch auf uns geschossen."

Das erklärte die Sache allerdings. Die PTT-Leute waren Akascha anscheinend dichter auf den Fersen gewesen, als er gedacht hatte!

„Ein Glück, dass ihr heil entkommen seid!", entfuhr es Merlin. Nicht auszudenken, was passiert wäre, wenn Dr. Paulus Akascha vor ihm gefunden hätte! Oder wenn die beiden Mädchen bei ihrer riskanten Flucht verletzt worden wären!

„Gut gemacht, Rania. Das hast du mal wieder sehr gut gemacht!", lobte er.

Ein kurzes Schweigen, dann antwortete Rania: „Danke, Prophet. Und was passiert jetzt?"

„Jetzt bringst du mich zu Akascha", sagte Merlin. „Ich muss persönlich mit ihr reden."

„Geht ihr nicht so gut, glaub ich."

„Was meinst du damit?"

152

„Nun ... ihr Arm ist nicht okay." Rania zögerte. „Kann auch sein, dass sie Fieber hat."

„Fieber!?", fragte Merlin scharf.

„Sie war total durchgefroren, als ich sie bei der Agrafa gefunden habe. Ist die ganze Nacht draußen gewesen, ohne Jacke. Vielleicht hat sie sich erkältet?"

„Möglich. Oder ... "

Merlins Gedanken überschlugen sich. Hatte Akascha sich etwa angesteckt, da draußen beim Pack? War das der Grund, warum sie damals krank geworden war? Und falls sie jetzt den Erreger in sich trug – war es dann möglich, dass sie die Seuche bei ihrer Rückkehr aus der Zukunft eingeschleppt hatte? Das würde erklären, was damals geschehen war. Und dann wäre es ihre Schuld, dass Michi damals gestorben war ...

Merlin gab sich einen Ruck und schüttelte den Gedanken ab. Selbst wenn es wirklich so geschehen war, änderte das nichts an seinen Plänen. Ganz im Gegenteil: Falls Akascha sich wirklich angesteckt hatte, war es nur um so wichtiger, dass er sie jetzt daran hinderte, zurück in die Vergangenheit zu reisen!

Der Regen hatte endlich nachgelassen, als Rania das Velo in einer Nebenstraße des Seniorenheims abstellte. „Geh das letzte Stück lieber zu Fuß", sagte Merlin. „Nur für den Fall, dass die City-KI Verdacht geschöpft und das Velo getrackt hat."

Kurze Zeit später betrat Rania mit dem Holovatar das Gebäude und nahm den Lift in den Keller. Die Fahrstuhltür öffnete sich mit einem leisen Quietschen. Vor ihnen lag ein langer, fensterloser Flur, der sich in der Dunkelheit verlor. Ein Rollgestell mit frischer Bettwäsche stand in einer Nische. Rania zögerte.

„Was ist?", fragte Merlin leise.

„Da ist jemand", antwortete Rania flüsternd. „Ich hör Stimmen!"

„Bei Akascha? Kannst du nachsehen?"

Vorsichtig schlich Rania den dunklen Flur entlang bis zu der Kellertür, hinter der Akascha sich befinden musste. Das Bild kippte, als Rania ihr Ohr an die Tür legte, um zu lauschen.

„... können wir in meiner Firma bleiben, das ist ganz in der Nähe", sagte eine männliche Stimme in selbstgefälligem Tonfall, so laut, dass Merlin jedes Wort verstand. „Dort sind wir in Sicherheit."

Merlin war wie vom Schlag gerührt. Diese Stimme kannte er: Dr. Paulus! Also war er Merlin doch noch zuvorgekommen! Dort drinnen redete er mit Akascha, während er, Merlin, hier in seiner Wohnung saß, ein alter Mann, machtlos und allein. Einen Moment lang lähmte ihn Verzweiflung. Ging denn heute wirklich alles schief?

Jetzt antwortete eine Mädchenstimme – das konnte nur Akascha sein. Sie sprach so leise, dass Merlin Mühe hatte, ihre Worte zu verstehen: „... heute Abend in die Stadt... Rania gesagt ... Zeitpunkt steht schon lange fest ... sind gefährlich!"

Diese Worte rüttelten Merlin auf. Anscheinend wusste Akascha von dem geplanten Aufstand des Packs! Und jetzt warnte Akascha ausgerechnet Dr. Paulus! Merlin musste handeln, und zwar sofort, sonst war sein Lebenswerk in Gefahr.

„Rania", flüsterte er, „du musst da reingehen!"

„... gibt doch Sicherheitskräfte in dieser Stadt, und bestimmt wird alles überwacht", erklang wieder die laute Stimme von Dr. Paulus. „Wenn wirklich irgendwo ein Aufstand geplant ist... "

„Und was soll ich machen?", fragte Rania.

„Lenk sie irgendwie ab! Sie dürfen auf keinen Fall die City-KI informieren, sonst ist alles verloren! Und bleib ihnen auf den Fersen, lass dich nicht abschütteln!"

Akaschas Stimme wurde eindringlicher: „Verstehen Sie das nicht? Dann kämpfen die und bringen sich gegenseitig um!"

„Rania, los! Rein da! Und lass dir nichts anmerken!"

Rania drückte die Türklinke hinunter und Merlin sah eine hell erleuchtete Waschküche. Akascha stand hinter einer Reihe Waschmaschinen und war anscheinend gerade dabei, sich etwas überzuziehen. Dr. Paulus hatte ihr den Rücken zugewandt und sah Merlin, oder vielmehr Rania, die in der Tür stand, direkt an.

„Nimm die ERB ab", zischte Merlin, „sonst erkennt er mich!"

Die holografische Umgebung verschwamm in einem schwindelerregenden Wischen, als Rania die Brille abnahm und in die Tasche steckte. Alles wurde schwarz. Zum Glück blieb die akustische Verbindung bestehen, wenn auch in schlechterer Qualität. Merlin strengte sich an, um so viel wie möglich von dem Gespräch im Keller mitzubekommen.

„Wer ist 'n das?", hörte Merlin Rania fragen.

Akascha antwortete, aber sie sprach so leise, dass Merlin nur die Worte „Dr. Paulus", „Physiker" und „aus der Vergangenheit" verstand.

Dann wieder Ranias Stimme: „Und was will der hier?"

 Erneut war Akaschas Antwort zu leise, um sie zu verstehen.

Merlin raufte sich die spärlichen Haare. Gerade jetzt, wo es darauf ankam, nutzte ihm die ganze Technik nichts, in die er so viel investiert hatte! Er nahm das Headset ab, stellte die Lautstärke auf Maximum und setzte es wieder auf. Gerade redete wieder Rania, anscheinend erzählte sie, wie sie Jochanan vor seinem Condo angetroffen hatte.

„Ich unterbreche euch ja nur ungern", dröhnte plötzlich die pompöse Bass-Stimme von Dr. Paulus in Merlins Ohr, so laut, dass er beinahe vom Stuhl fiel. Fluchend regulierte er die Lautstärke wieder herunter.

„Ich verstehe natürlich, dass ihr euch viel zu erzählen habt", fuhr Dr. Paulus fort. „Aber wir sollten uns langsam auf den Weg machen, wenn wir rechtzeitig beim Zeittor sein wollen. Wir müssen auch noch zum Museum und den Datenkristall aus dem Archiv holen."

Merlin spitzte die Ohren. Ein Zeittor, und zwar heute Abend! Das erklärte, wie es Akascha gelungen war, so schnell zurück in die Vergangenheit zu gelangen. Aber was war das für ein Datenkristall, von dem Dr. Paulus da sprach? Und von welchem Museum redete er?

„Rania?", murmelte Merlin ins Headset, aber natürlich konnte sie ihn nicht hören – die ERB steckte ja in ihrer Tasche. Am anderen Ende der Leitung hörte er Aufbruchsgeräusche. Was nun?

Kurz entschlossen ließ Merlin sein knallrotes Arzt-SHV vorfahren. Es half alles nichts, er musste doch persönlich eingreifen. Er ergriff seinen Gehstock und die bereitgestellte Tasche mit der Identichip-Spritze und nahm den Aufzug in die Garage. Als Ziel gab er dem Bordcomputer die Koordinaten der ERB.

Ziel ist in Bewegung, meldete die KI.

„Verfolgen", befahl Merlin, und das SHV setzte sich sanft in Bewegung.

Eine dreiviertel Stunde später rollte Merlin im Schritttempo am Museum für Zeitreisen vorbei, einem imposanten Betonbau aus der Mitte des vorigen Jahrhunderts. Auf der anderen Straßenseite, nur wenige Meter entfernt, stiegen Akascha, Dr. Paulus und Rania, die sich zum Glück nicht hatte abschütteln lassen, gerade aus einer Sphäre. Die Verbindung zu Ranias ERB bestand nach wie vor. Leider hatten die drei sich unterwegs kaum unterhalten. Daher tappte Merlin immer noch im Dunkeln, was diesen Datenkristall anging, den Dr. Paulus hier im Museum abholen wollte. Klar war aber, dass Dr. Paulus Akascha auf irgendeine Art und Weise überzeugt hatte, ihn heute Abend zurück in die Vergangenheit zu begleiten. Das musste Merlin auf jeden Fall verhindern!

Ein Trupp Sicherheitsroboter näherte sich, scannte die Fußgänger und ließ sie passieren. Dies war schon die dritte Kontrolle, die Merlin unterwegs gesehen hatte. Ungewöhnlich – ob die City-KI bemerkt hatte, dass etwas nicht stimmte?

Beunruhigt trennte Merlin die Verbindung zu Rania und loggte sich im Citynet ein. Sofort erschien am unteren Rand eine gelb unterlegte Warnung: Erhöhte Sicherheitsstufe. Straßenkontrollen zu erwarten. Sensible Bereiche gesperrt.

Merlin fluchte. Was auch immer die Ursache für diese erhöhte Sicherheitsstufe war, es blieb ihnen wohl kaum etwas anderes übrig, als die ganze Sache vorzuziehen. Wenn sie wie geplant erst heute Nacht in die City eindrangen, war es vielleicht zu spät.

Er sah zu Akascha, Rania und Dr. Paulus hinüber, die gerade den Eingang des Museums erreicht hatten. Die Mädchen durften auf keinen Fall in die Kämpfe hineingezogen werden! Notfalls würde er als Arzt die Siros zu Hilfe rufen, um sie in Sicherheit zu bringen.

Merlin schloss kurz die Augen, wechselte wieder in den Kommunikationsmodus und stellte die gesicherte Verbindung zum Pack her.

„Caro? Hörst du mich?"

Das übliche Rauschen in der Leitung, dann antwortete sie: „Positiv."

„Hier spricht der Prophet. Es geht los. Seid ihr bereit?"

„Wir sind bereit!"

Merlin holte tief Atem. „Gut. Ich gebe gleich die Tore frei. Aber seid vorsichtig, die City-KI ist in erhöhter Alarmbereitschaft!"

„Das haben wir schon gemerkt."

„Wieso?"

Ein längeres Rauschen, dann: „Wir sind schon in der City!"

„Was?" Mit einer abrupten Geste brachte Merlin das SHV zum Stehen.

„Seit heute früh. Wir haben Stoßtrupps durch die Schleichwege geschickt. Die Gelegenheit war zu günstig mit dem Unwetter."

„Ohne euch mit mir abzusprechen?"

„Du warst nicht erreichbar."

„Ich..." Merlin verstummte. Vor dem Museumseingang gestikulierte Dr. Paulus wild herum. Rania stand etwas abseits, während Akascha vehement den Kopf schüttelte. Es nützte nichts, Merlin musste sich jetzt erst einmal um Akascha kümmern. Und darauf vertrauen, dass alles andere nach Plan lief. Er holte tief Luft. „Also gut", sagte er und visualisierte den Freigabe-Code. „Dann los. Die Stadt steht euch offen. Aber schick mir zwei zuverlässige Männer her. Wir dürfen nicht riskieren, dass den Mädchen etwas passiert. Ich bin beim Museum für Zeitreisen."

„Mach ich. In einer halben Stunde können sie da sein."

„Sie sollen sich beeilen. Ich schalte meinen Standort frei. Viel Glück, Caro!"

„Wir sehen uns in der City!", entgegnete sie, „Freiheit dem Pack!"

„FDP!"

Merlin kappte die Verbindung. Langsam ließ er die Sphäre seitwärts rollen und in einer Ausweichbucht anhalten. Er schaltete das Head-Set wieder zurück zu Rania.

„... nicht ohne den Datenkristall zurückgehen! Das wäre völlig sinnlos!", hörte er Dr. Paulus in ärgerlichem Tonfall sagen. Merlin spähte durch die runde Scheibe. Auf der gegenüberliegenden Straßenseite hämmerte Dr. Paulus mit der Faust an die Eingangstür des Museums. „Die müssen doch da drin sein!", klang seine Stimme voll unterdrückter Wut durch das Headset. „Der Kristall liegt im Eingangsbereich für mich bereit! Das war so verabredet!"

Rania mischte sich ein. „Checken Sie doch mal das Citynet! Vielleicht gibt's ja 'ne Erklärung, wieso das Ding zu ist?"

„Ah ja. Gute Idee!", erwiderte Dr. Paulus und fummelte an der ERB auf seiner Nase herum.

„Das geht easier mit Voice", sagte Rania. „Sie müssen in den Entertainment-Modus wechseln."

„Ah ja", sagte Dr. Paulus, „und wie, ähm, wie mache ich das nochmal?"

„Einfach Entertainment! sagen."

„Entertainment!", sagte Dr. Paulus, und dann „Oh! Oha! Ähm, nein! Nein danke…!" Er wich zurück, so, als würde ihm jemand zu nahe kommen, und stolperte über eine Stufe. Um ein Haar wäre er auf seinem Hosenboden gelandet.

Merlin sah, wie Rania grinste, und verdrehte die Augen. Er konnte sich gut vorstellen, was Dr. Paulus gerade vor sich sah. Wahrscheinlich eine leicht bekleidete Cyber-Schönheit, die ihn mit schmeichelnder Stimme in ihr Etablissement zu locken versuchte. Im Entertainment-Modus tummelten sich alle möglichen Anbieter von mehr oder weniger seriösen Unterhaltungsprogrammen, die ihre grellen virtuellen Welten anboten und sich gegenseitig wie Marktschreier zu übertrumpfen versuchten, sobald sich ein Besucher blicken ließ. Wenn man das nicht gewohnt war, war es anfangs ziemlich verwirrend.

„Sagen Sie einfach „Öffnungszeiten Museum", hörte er Ranias leicht spöttische Stimme.

Dr. Paulus tat, wie ihm geheißen. „Da", sagte er, „da an der Tür! Da hängt ja ein Hinweisschild! Wieso habe ich das eben übersehen?"

„Weil das eben noch nicht da war", erklärte Rania geduldig. „Das sieht man nur im Entertainment-Modus."

„Aha", machte Dr. Paulus und las laut vor: „Aufgrund der aktuell bestehenden Sicherheitswarnung bleibt das Museum heute geschlossen."

Dr. Paulus riss sich die dunkle Brille von der Nase und wischte mit dem Ärmel über sein Gesicht. Einen Moment lang starrte er ins Leere. Schließlich schüttelte er den Kopf und setzte die Brille wieder auf. „Unmöglich!", sagte er, „das ist schlichtweg unmöglich. Es muss einen Weg hinein geben. Ich weiß genau, dass ich diesen Datenkristall heute bekomme." Er rieb sich die Nase und überlegte. „Kommt mit", sagte er schließlich entschlossen und wandte sich nach rechts. „Wir suchen einen anderen Eingang."

Während Rania und Akascha ihm um das Gebäude herum folgten, musterte Dr. Paulus mit prüfendem Blick die Fassade. Vorsichtig rollte Merlin das SHV hinüber auf die andere Straßenseite und folgte ihnen eine kleine Nebenstraße entlang, so dass er die drei immer im Blickfeld hatte. Sie hielten vor einem gekippten Fenster im Hochparterre an. „Da!", sagte Dr. Paulus triumphierend, „ich wusste es doch! Da kommen wir rein!"

„Wir vielleicht, aber Sie nicht", sagte Rania. „Der Spalt in dem Gitter da ist doch viel zu schmal für Sie!"

Dr. Paulus legte den Kopf schief und grummelte vor sich hin. Er lief ein Stück weiter, spähte um die Ecke des Gebäudes, kam zurück und musterte erneut das gekippte Fenster. Merlin sah, wie er nervös auf seinen Lippen kaute. „Wahrscheinlich hast du recht," sagte er schließlich. „Nun, dann müsst ihr eben allein da reingehen und den Datenkristall holen. Ich werde hier warten."

„Und wie sollen wir das Ding finden?", fragte Akascha.

„Er muss an der Rezeption bereit liegen. Ein kleines Päckchen", Dr. Paulus zeigte mit Daumen und Zeigefinger die Größe,

„adressiert an PTT.‟

„Und was machen wir, wenn es nicht da ist?‟

Dr. Paulus schüttelte unwillig den Kopf. „Es wird da sein. Ihr werdet es finden. Ich bin hundertprozentig sicher, dass es euch gelingt!‟

Wie konnte Dr. Paulus sich da nur so sicher sein?, wunderte sich Merlin. Er hatte Akascha doch gerade erst getroffen! Wie konnte er ihr da so felsenfest vertrauen? Und wieso war sie überhaupt bereit, ihm zu helfen?

Und dann ging ihm ein Licht auf. Natürlich weil es schon passiert ist! Sie haben sich getroffen und er hat diesen Datenkristall von ihr bekommen, irgendwann in der Vergangenheit!

Nun, das würde er zu verhindern wissen! Er sah auf sein Uhrentattoo. Seine Leute mussten jeden Moment da sein. Dann konnte er Dr. Paulus endlich aus dem Weg schaffen und in Ruhe mit Akascha reden.

„Es wird da sein!‟, fuhr dieser unterdessen im Brustton der Überzeugung fort. „Aber falls ihr es nicht gleich findet: Es gibt da drinnen ein Archiv, wo diese Dinge aufbewahrt werden. Da müsstet ihr nach „Paulus Time Travel‟ suchen. Aber das wird bestimmt nicht nötig sein.‟

„Ich weiß nicht...‟, sagte Rania zögernd.

„Einverstanden‟, fiel ihr Akascha ins Wort. „Wir gehen da rein und –‟

In diesem Moment knallte es plötzlich sehr laut. Merlin fuhr zusammmen. Irgendwo nicht weit weg war ein Schuss gefallen!

Auch Dr. Paulus sah sich nervös um. „Falls irgendetwas passiert und wir getrennt werden, treffen wir uns heute Abend beim Engelbecken‟, sagte er hastig. „Um neun Uhr. Ich bringe das Somniavero –‟

Zwei weitere Schüsse peitschten durch die Luft, dem Klang nach alte, mechanische Waffen. Also hatte der Aufstand des

Packs begonnen! Jetzt würde es nicht lange dauern, bis die Siros mit ihren Tasern anrückten. Merlin drehte das SHV auf der Stelle und suchte die Straßen ab. Er musste endlich Akascha und Rania aus der Schusslinie holen! Wo blieben nur seine Leute?

Da! Unmittelbar vor ihm rannten zwei Männer in geduckter Haltung über die Trasse. Sie trugen Gewehre über der Schulter. Als sie sein rotes SHV sahen, drehten sie um und kamen auf ihn zu.

Merlin ließ die Tür aufgleiten. „FDP?", fragte er sicherheitshalber.

„FDP!", bestätigte einer der beiden.

„Wieso hat das so lange gedauert?", fragte Merlin.

„Wir mussten ein paar Siros abschütteln!", entgegnete der andere. „Die Dinger sind überall! Als hätten sie gewusst, dass wir kommen." Er nahm sein Gewehr von der Schulter und lud ein neues Magazin.

„Was sollen wir machen?", fragte der andere.

Merlin zeigte zum Museum. „Seht ihr die Leute da drüben?"

„Leute? Meinen Sie den Alten da?", fragte der Mann zurück.

Merlin spähte über die Straße. Dr. Paulus stand noch unter dem Fenster, doch Akascha und Rania waren verschwunden.

„Verdammt!", fluchte Merlin. „Greift ihn euch und bringt ihn in Sicherheit. Irgendwohin, wo er nicht entkommen kann. Ich kümmere mich später um ihn."

„In Ordnung!"

Die beiden liefen los, doch ehe sie das Museum erreicht hatten, erschien plötzlich ein Sicherheitsroboter und positionierte sich an der Ecke. Seine Dioden flackerten bedrohlich rot, als er vergeblich die Identichips der beiden Männer zu scannen versuchte, die auf ihn zukamen. Erneut knallten Schüsse in der Entfernung. Merlins Männer zögerten, dann teilten sie sich auf. Einer von ihnen sprintete rechts entlang, dorthin, wo Dr. Paulus stand, der andere lief nach links. Er kam nur wenige Meter weit, bevor er einem weiteren Siro in die Arme lief, der unvermittelt um die Ecke bog und ihn zu Fall brachte.

Der andere Mann hatte jetzt das gekippte Fenster erreicht und sah sich suchend um. Dr. Paulus war verschwunden!

„Verdammt!", murmelte Merlin wieder und lauschte in sein Headset. Er hörte schnelle Schritte und ein Rascheln: Die Verbindung zur ERB war nach wie vor aktiv. „Rania!", sagte er eindringlich, „Rania, hörst du mich? Setz die Brille auf, verflucht noch mal! Rania!"

Sie hörte ihn offensichtlich nicht.

Merlin überlegte kurz, dann loggte er sich im Citynet ein und visualisierte den Freigabecode für den Sicherheitsmodus. „Überwachungskameras öffentliche Gebäude", murmelte er, „Museum für Zeitreisen." Hastig scannte er die vielen grauen Bilder. Da! Da waren die Mädchen, in einem Korridor im Erdgeschoss! Irgendwie musste es ihm gelingen, Rania auf sich aufmerksam zu machen, damit sie die Brille aufsetzte! Merlin sah hinüber zu dem gekippten Fenster. Es half nichts, er musste es wohl auf die analoge Art versuchen. Fluchend quälte er sich aus der Öffnung der Sphäre.

Unterdessen kam der zweite Mann angelaufen, der sich anscheinend von dem Siro hatte befreien können.

„Ich brauche ein paar Minuten. Sorg dafür, dass ich ungestört bleibe!", befahl Merlin und griff nach seinem Gehstock.

Hier draußen war der Lärm der Straßenkämpfe nicht zu überhören. Merlin überlegte. „Es kann sein, dass gleich ein Mädchen aus diesem Gebäude kommt", sagte er. „Vielleicht auch zwei. Ihr müsst sie in Sicherheit bringen! Verstanden?"

„Verstanden!"

Mit schwankenden Schritten ging Merlin nun zum Museum

und trat dicht an das Gebäude heran. Er umfasste die Metallstäbe, die das Fenster sicherten, holte tief Luft und rief mit heiserer Stimme, so laut er konnte: „Rania! Rania!" Er starrte in den unbeleuchteten Raum hinter dem offenen Fenster. Hatte sie ihn gehört? „Rania!", rief er erneut, „Die ERB! Setz sie auf!".

„Merlin?", erklang plötzlich Akaschas erstaunte Stimme ganz nah an seinem Ohr, „Merlin! Bist du das?"

Endlich! Sie hatten Kontakt! Und jetzt schien auch die holografische Umgebung auf, blass und durchsichtig im Tageslicht. Die Mädchen befanden sich in einer weitläufigen Halle voller Schautafeln, wahrscheinlich im Eingangsbereich des Museums. Merlin zoomte auf die entsprechende Sicherheitskamera. Da waren sie! Akascha starrte ihn an, oder vielmehr, sie starrte sein holografisches Abbild an, das sich soeben neben Rania manifestiert hatte.

„Merlin?", fragte sie noch einmal mit unsicherer Stimme.

„Gib ihr die Brille, Rania, damit ich mit ihr reden kann!", sagte Merlin. „Allein. Und dann kommst du raus. Durch das Fenster, wo ihr reingegangen seid. Vorne steht ein Siro. Ich bin auch hier draußen."

„Okay", sagte Rania und machte Anstalten, die ERB abzunehmen. Die holografische Umgebung zitterte.

„Kannst du ihn hören? Was sagt er? Wieso ist er hier?", fragte Akascha mit großen Augen.

„Warte", sagte Merlin zu Rania. „Einen Moment noch."

Das Bild stabilisierte sich wieder.

„Hier draußen wird gekämpft, Rania", sagte Merlin. „Ich will, dass du die City verlässt und zu Caro gehst, verstanden? Auf dem kürzesten Weg! Da bist du in Sicherheit."

„Aber ... "

„Keine Widerrede! Du kommst raus und gehst nach Hause. Hier draußen ist jemand, der dich begleiten wird." Merlin schloss die Augen. „Und jetzt gib Akascha bitte die ERB, Rania"

Als Merlin seine Augen wieder öffnete, war er mit Akascha allein. Immer noch starrte sie ihn ungläubig an. „Merlin!", flüsterte sie mit erstickter Stimme, „Was machst du denn hier? Ich hätte nicht gedacht..."

„... dass du mich hier in der Zukunft wiedersehen würdest?", fragte Merlin. Er lächelte. „Ich war mir auch nicht sicher. Aber ich habe es mein Leben lang gehofft!"

„Aber das ist unmöglich!", sagte Akascha und machte eine Geste, als ob sie seine Hand berühren wollte. Ihre Bewegung ging ins Leere und sie zuckte zurück. „Bist du wirklich hier? Oder bist du..."

„Ein Geist? Oder tot?" Merlin lachte. „Nein, ich bin noch ganz lebendig. Ich bin wirklich hier, Akascha, auch wenn du mich gerade nur als Holografie siehst. Als Holovatar, um genau zu sein."

„Dann bist du..."

„... ein sehr alter Mann inzwischen, ja. Ich habe lange auf dich gewartet."

„Ein alter Mann?" Erkenntnis blitzte in Akaschas Augen auf. „Das Lasermesser von Jochanan! Das warst du?"

Merlin lächelte. „Genau! Du warst schon immer schnell von Begriff. Du hättest wirklich weiter zur Schule gehen sollen, weißt du? Anstatt einfach abzuhauen und dich in die Zukunft abzusetzen!"

Akascha zuckte die Schultern. „Ich weiß nicht. Keine Ahnung, ob das eine gute Idee war, was ich gemacht habe. Ich hab noch nicht drüber nachgedacht. War ja erst vor ein paar Tagen! Irgendwie hatte ich noch gar keine Zeit, mir einen Kopf zu machen. Ist zu viel passiert, seit ich hier angekommen bin."

„Das stimmt allerdings", sagte Merlin. „Deine Ankunft hat hier einiges in Bewegung gesetzt! Die Zeiten, in denen das Pack sich mit den Abfällen der Bürger begnügt hat, sind jedenfalls vorbei!"

Akascha blickte ihn forschend an. „Also weißt du Bescheid? Über den Aufstand, den sie planen?"

„Der Aufstand ist in vollem Gange, Akascha! Wir sind schon in der City!"

„Wir? Du gehörst dazu?"

Merlin nickte. „Seit vielen Jahren. Ich bin Arzt geworden, weißt du. Irgendwann habe ich angefangen, Ausflüge vor die Stadt zu machen, um den Leuten da draußen zu helfen. Heimlich natürlich, jeder Kontakt zum Pack ist ja verboten. Wegen der Infektionsgefahr, wie es offiziell heißt. Aber seit wir die Impfung haben, ist das natürlich Schwachsinn. Außerdem gibt es sowieso jede Menge Kontakte zum Pack, trotz Verbot. Der Schwarzmarkt blüht, und wenn gerade mal wieder billige Arbeitskräfte gebraucht werden, ist es auch kein Problem, befristete Identichips für sie zu kriegen. Das ganze System ist krank!"

Akascha schnaubte. „Klingt so. Auf jeden Fall ist es voll ungerecht, dass Rania und ihre Leute nicht in die Stadt rein dürfen und dass sie nichts zu essen haben und keine medizinische Versorgung und so."

„Genau!", pflichtete Merlin ihr bei. „Und darum musste ich etwas tun. Nicht nur heimlich als Arzt helfen. Wir haben genug Identichips für alle Leute im Berliner Umland organisiert, Akascha! Wenn die erst mal alle in der City drin sind, hat die KI keine Chance mehr, sie wieder rauszuwerfen. Dann müssen sie wohl oder übel integriert werden. Wir haben diesen Aufstand seit langer Zeit vorbereitet, Akascha. Wir haben nur auf dich gewartet, um endlich loszuschlagen!"

„Auf mich? Was hab ich denn damit zu tun?"

Merlin grinste. „Es gibt da so eine Prophezeiung, die dich betrifft", sagte er und rezitierte in getragenem Tonfall: „‚Wenn das Jahr und das Jahrhundert sich gleichen, ist es Zeit, die Ungleichheit zu überwinden. Akascha, Wandlerin zwischen den Welten, wird Kosmos und Chaos, Gestern und Morgen vereinen. Das Pack wird sich im Sturm erheben wie das Meer und die Stadt überrollen wie Wellen den Strand'. Poetisch, nicht wahr?"

Akascha starrte ihn an. „Was soll dieser Quatsch, Merlin? Hast du dir etwa die bescheuerte Prophezeiung ausgedacht?"

Merlin zog die Augenbrauen hoch und deutete eine Verbeugung an, wie jemand, der sich auf einer Bühne für den Applaus bedankt. Dann wurde er wieder ernst. „Das Pack glaubt daran. Jede Revolution braucht einen Funken, der das Feuer im Herzen der Menschen entzündet, Akascha. Wir wollen Veränderung, aber die Leute sind träge. Sie ziehen es vor, wenn alles so bleibt, wie es ist – selbst, wenn es ihnen dabei dreckig geht. Du bist der Funken, der sie zum Brennen bringt! Für die gute Sache! Du hast hier eine Aufgabe, Akascha! Wir können in dieser Zeit etwas bewirken. Wir beide! Das war es doch, was du immer wolltest!"

Akascha schüttelte den Kopf. „Aber doch nicht so. Mit Waffen und Gewalt und überhaupt! Damit will ich nichts zu tun haben!"

„Ohne Gewalt geht es nicht, Akascha. Ich sage dir doch, jede Veränderung ist wie ein Feuer, das erst mal entfacht werden muss. Das alte, verrottete System muss brennen, damit aus der Asche etwas Neues wachsen kann. Eine neue Gesellschaft, ein neues Leben, ein neues System! Darum bist du doch hier! Du wolltest etwas verändern!"

„Ich bin hier, weil ich in unserer Zeit nicht gewollt war, Merlin!", rief Akascha. „Weil ich keinen Strom mehr hatte und nix zu essen! Und weil die Polizei mich eingesperrt hätte, wenn sie mich gekriegt hätten! Weil ich nicht mehr wusste, wohin!" Sie ließ sich auf eine Bank fallen und verbarg das Gesicht in ihren Händen. „Aber hier ist es auch nicht besser", fügte sie leise hinzu.

„Du wolltest etwas verändern!", wiederholte Merlin beharrlich. „Das hast du damals jedenfalls immer gesagt."

Akascha lachte, doch es klang bitter. „Ja, stimmt", sagte sie. „Ich wollte Beweise aus der Zukunft holen, um die Vergangenheit zu ändern. Ich dachte mir, wenn wir den Leuten klarmachen, was passiert, wenn wir so weitermachen, mit dem Klima und den Flüchtlingen und dem Artensterben und überhaupt, dann ändert das was! Aber weißt du was? Ich glaube, das wissen die längst! Es ist ihnen bloß egal! So wie es den Menschen hier in der Zukunft egal ist, was mit dem Pack draußen vor der Tür passiert."

Merlin trat zu Akascha und legte ihr eine Hand auf die Schulter. Die holografischen Finger glitten durch sie hindurch, und er ließ die Hand langsam sinken. „Du hast Recht, Akascha, es ist ihnen egal. Jeder denkt nur an sich selbst. Aber wir nicht! Wir sind anders. Wir halten zusammen!"

Akascha seufzte. „Ach Merlin. Du warst schon immer so. Wie nennt man das? So ein Idealist. Hast dich bei Greenpeace engagiert und überhaupt. Und was hat das gebracht? Da kommt diese Krankheit, und die Leute verrecken und die Tiere auch, und alles geht komplett den Bach runter!"

„Also weißt du es!", sagte Merlin und sah Akascha forschend an. „Du weißt, was passiert ist, nachdem du verschwunden bist?"

„Ja, weiß ich. Und darum muss ich auch wieder zurück, Merlin. Ich werde heute Abend in die Vergangenheit zurückkehren. Dann kann ich nämlich vielleicht wirklich etwas verändern."

„Hat Dr. Paulus dir das erzählt?"

Akascha nickte überrascht. „Woher weißt du ...", begann sie, doch Merlin fuhr ihr ins Wort.

„Aha", sagte er. „Hat er dir auch erzählt, was mit dir passiert? Wenn du zurück in unsere Vergangenheit reist? Dann wirst du sterben, Akascha! Ich weiß es, ich war nämlich dabei! Du wirst sterben, genau wie all die anderen! Genau wie Michi!"

Akascha sah ihn ungläubig an. „Dein kleiner Bruder lebt nicht mehr? Der uns vor Dr. Paulus gewarnt hat? Was ist mit ihm passiert?"

Merlin wandte seinen Blick ab und starrte auf den Boden. „Ist doch egal, Akascha", sagte er kopfschüttelnd. „Das ist alles schon so lange her. Wir sollten uns lieber um die Gegenwart —"

„Nicht für mich!", unterbrach ihn Akascha. „Ich hab den Kleinen erst vor vier Tagen gesehen! Da ging es ihm gut! Was ist passiert, Merlin? Vielleicht ist es wichtig! Erzähl es mir."

Merlin seufzte tief. „Da gibt es nicht viel zu erzählen. Du bist im Herbst 2040 wieder aufgetaucht. Am achten September, um genau zu sein. Ich hatte gerade Semesterferien und war zuhause in Berlin, sonst hätten wir uns gar nicht getroffen." Er schüttelte den Kopf. „Du warst neun Jahre weg, Akascha, und dann stehst du auf einmal vor der Tür, als wäre nichts gewesen. Unverändert, genauso alt wie an dem Tag, als du das Somniavero getrunken hast! Du hast dich geweigert, mir irgendetwas zu erzählen. Wir sind in den Zoo gegangen, zu Michi, der hat da eine Ausbildung als Tierpfleger gemacht. Du wolltest unbedingt den Wolf sehen, den mein Vater damals im Tiergarten eingefangen hat, du weißt schon, nachdem du und Jochanan in dem Zeittor verschwunden seid. Der Wolf war schon krank, er ist kurze Zeit später gestorben. Am Tag darauf hast du hohes Fieber bekommen. Michi einen Tag später. Und dann..."

Merlin unterbrach sich und starrte Akascha an. „Wieso hast du eigentlich nichts gesagt, Akascha?", fragte er. „Als wir uns damals getroffen haben... da wusstest du, was passieren würde. Du wusstest, dass Michi sterben würde. Weil ich es dir erzählt habe! Und du wusstest auch, welches Risiko du selbst eingehst. Weil ich es dir erzählt habe! Weil ich es dir jetzt erzähle! Aber du hast nichts gesagt! Wieso?"

„Merlin!", stammelte Akascha verwirrt, „ich hab doch keine Ahnung! Was... was hätten wir denn tun können?"

„Na, ihm das Gegenmittel spritzen, zum Beispiel! Ich bin Arzt! Ich hätte dir welches geben können, wenn du schon unbedingt in die Vergangenheit zurück willst! Das Zeug liegt bei mir zuhause im Schrank!"

Merlin war laut geworden, das letzte Wort hatte er beinahe gebrüllt. Er verspürte eine ungeahnte Wut in sich, auf sich selbst, auf Akascha, auf die ganze ungerechte Welt. Er hätte Michi retten können, damals, wenn er das Gegenmittel gehabt hätte. Und Akascha auch! Wieso hatte sie es ihm nicht gegeben?

„Das Gegenmittel? Genau die Idee hatte Dr. Paulus ja auch!", sagte Akascha. „Darum ist er jetzt auch hier."

„Was? Er will das Gegenmittel holen?"

„Genau. Und ich soll ihm dabei helfen."

„Du sollst Dr. Paulus helfen, das Gegenmittel in die Vergangenheit zu bringen?"

„Ja! Die Formel dafür ist auf einem Datenkristall gespeichert, der hier im Archiv liegt. Wenn er den hat, kann er rechtzeitig das Gegenmittel entwickeln und die Ausbreitung der Krankheit verhindern, sagt er."

Merlin runzelte ungläubig die Stirn. „Wann genau will er das machen? Hat er das gesagt?"

Akascha überlegte. „Im Jahr 2040, glaube ich."

Merlin sah Akascha eindringlich an. „Das ist unmöglich, Akascha! Das Gegenmittel wurde erst drei Jahre später entwickelt! Und ich war daran beteiligt!"

„Aber...", begann Akascha, doch Merlin fiel ihr ins Wort. „Was genau hat Dr. Paulus dir gesagt, Akascha? Wieso willst du ihm helfen? Was hat er dir versprochen?"

Akascha verschränkte die Arme vor der Brust. „Er hat gesagt, dass es ihm leid tut, was damals gelaufen ist", sagte sie. „Und dass er nur meinetwegen hergekommen ist. Ich soll diesen Datenkristall zurück in die Vergangenheit bringen, weil er ja nicht in seine eigene Lebenszeit zurückreisen kann. Darum hat er für heute ein Zeittor organisiert." Sie zögerte kurz. „Er hat auch gesagt, dass er mir so einen Chip besorgt, wenn ich ihm helfe. Damit ich in der City leben kann. Falls ich danach wieder hierher zurückkommen will."

Merlin lachte kurz auf. „Toller Plan! Und du vertraust ihm?"

„Zuerst nicht! Aber er hat mir ein Foto gezeigt, von einer Überwachungskamera im Institut. Mit Datum! Da war ich drauf zu sehen, Merlin! Ich bin also wirklich da gewesen. Dafür muss es ja einen Grund geben!"

„Du bist 2040 wieder in Berlin aufgetaucht, das stimmt", sagte Merlin. „Aber du bist zu mir gekommen, nicht zu ihm. Und sechs Tage später warst du tot, Akascha!" Er schüttelte energisch den Kopf. „Die Vergangenheit lässt sich nicht mehr ändern. Selbst wenn Dr. Paulus die Wahrheit sagt, selbst wenn er daran glaubt, wird sein Plan nicht funktionieren!" Merlin sah sie beschwörend an. „Du darfst dieses Zeittor auf keinen Fall benutzen, Akascha! Sonst wirst du das nicht überleben!"

Akascha zögerte. „Ich weiß nicht... Der Plan könnte schon funktionieren. Vielleicht war ich ja vorher bei ihm? Bevor ich zu dir gekommen bin? Außerdem könnte es doch sein, dass es verschiedene parallele Welten gibt? Alternative Wirklichkeiten, mit unterschiedlichem Ausgang? Jochanans Zeitreise hat doch alles durcheinander gebracht. Woher willst du wissen, dass Dr. Paulus Plan in einer dieser Wirklichkeiten nicht aufgeht? Vielleicht können wir so Michi retten! Das wäre doch einen Versuch wert!"

„Und warum hat es dann nicht funktioniert?", gab Merlin

heftig zurück. „Akascha, siehst du nicht, dass alles genau so kommen wird wie es schon passiert ist, wenn du zurück gehst? Deine Rückkehr könnte der Auslöser dafür sein! Man müsste schon etwas anders machen, sonst wiederholt sich die ganze verdammte Geschichte einfach nur!"

„Dann lass uns etwas anders machen! Hilf mir! Du bist Arzt. Gib mir das Gegenmittel! Bestimmt können wir dann Michi retten!"

„Nein!" Merlin schüttelte vehement den Kopf. „Du verstehst das nicht, Akascha. Weiß Gott, wenn es eine Möglichkeit gäbe, die Vergangenheit zu verändern, dann wäre ich der Letzte, der sie nicht ergreifen würde. Aber diese Möglichkeit gibt es nicht. Sonst hättest du mir damals davon erzählt, als du zu mir gekommen bist! Aber du hast nichts gesagt. Nein... Was geschehen ist, ist geschehen. Wir müssen die Vergangenheit begraben. Aber wir können uns um die Gegenwart kümmern! Um die Zukunft!"

„Aber Dr. Paulus..."

„Dr. Paulus lügt, sage ich dir. Hat er dir überhaupt verraten, woher dieser Datenkristall stammt, den du in die Vergangenheit bringen sollst?"

„Den hat er selbst in einem Safe eingeschlossen, bevor er hierher in die Zukunft gereist ist, um mich zu finden."

„Und wann soll das gewesen sein?"

„2043, hat er gesagt."

Merlin machte eine ungeduldige Handbewegung. „Ich sage dir doch, 2043 hat unsere Arbeitsgruppe das Gegenmittel überhaupt erst entwickelt. Dr. Paulus konnte die Formel da noch gar nicht kennen!"

„Aber warum will er diesen Datenkristall sonst unbedingt haben?", fragte Akascha. „Wieso sollte Dr. Paulus den ganzen Aufwand betreiben, mir hierher in die Zukunft zu folgen? Und weshalb soll ich das Ding in die Vergangenheit zurückbringen?"

„Naja…", Merlin überlegte. Das war in der Tat eine nicht unwichtige Frage. Wieso war Dr. Paulus hier? Was wollte er wirklich von Akascha?

Die Antwort kam wie von selbst. PTT. Paulus Time Travel! Wann genau war die Technik des Zeitreisens noch mal erfunden worden…?

„Warte mal." Merlin recherchierte kurz im Citynet und pfiff leise durch die Zähne. Er sah Akascha an. „Wusstest du, dass Dr. Paulus damals eine Zeitreisefirma gegründet hat? PTT – das ist genau die Firma, mit der Jochanan in die Vergangenheit gereist ist."

Akascha schüttelte den Kopf. „Er hat mir nur gesagt, dass er die Zeitreisetechnik entwickelt hat."

„Das wollte er ja schon die ganze Zeit, und schließlich ist es ihm dann auch gelungen. Aber rate mal, wann genau er seine Zeitreisefirma gegründet hat?"

Akascha überlegte kurz. „Auf jeden Fall muss es vor 2043 gewesen sein, weil er in dem Jahr ja in die Zukunft gereist ist."

„Es war im Jahr 2040!", rief Merlin. „Im selben Jahr, in dem du aus der Zukunft zurückgekehrt bist!"

Akascha begriff sofort. „Du glaubst", sagte sie langsam, „dass er die Zeitreisetechnik nur erfinden konnte, weil ich ihm die Formel oder so dazu aus der Zukunft mitgebracht habe?"

„Genau! Das ist es, was auf diesem Datenkristall drauf sein muss!" Vor Erregung begann Merlin draußen vor dem Fenster auf und ab zu gehen, so dass der Holovatar drinnen in die Schaukästen lief und sich grotesk verzerrte. „Und das wiederum heißt, dass wir uns in einer Zeitschleife befinden! Verstehst du? Im Jahr 2040 kriegt Dr. Paulus von dir den Kristall, mit dessen Hilfe er die Zeitreisetechnik entwickelt, mit der Jochanan aus dem Jahr 2121 zurück ins Jahr 2031 reist. Dort verliert Jochanan das Somniavero, wodurch du und Dr. Paulus in die Zukunft reisen können, also in unsere jetzige Zeit, 2121. Dr. Paulus organisiert ein Zeittor in die Vergangenheit, damit du ihm den Kristall mit dem Zeitreisegeheimnis zurück ins Jahr 2040 bringst. Und immer so weiter."

„Das heißt...", Akascha runzelte die dunklen Brauen, „ich tauche hier in der Zukunft auf, reise zurück ins Jahr 2040 und dann..."

„Dann wirst du krank und stirbst, Akascha", sagte Merlin hart. „Drei Jahre später reist Dr. Paulus in die Zukunft, trifft dich hier und schickt dich zurück, und du stirbst. Wieder und wieder!"

„Wenn das stimmt, dann sind unsere Schicksale verknüpft", sagte Akascha langsam. „Das von mir und das von Dr. Paulus. In dieser Zeitschleife. Oder?"

„Kann schon sein", antwortete Merlin und lehnte sich an die Hauswand. Beide schwiegen einen Moment.

„Und da ist noch etwas", fuhr Merlin schließlich fort und sah Akascha eindringlich an. „Wenn das alles wirklich so ist, dann könnte dein Besuch der Grund dafür sein, dass Michi gestorben ist, Akascha. Er und all die anderen Menschen. Dass all das hier passiert ist." Merlin machte eine Geste, welche die ganze Stadt umfasste. „Du warst draußen beim Pack, Akascha, und du bist nicht geimpft. Vielleicht trägst du ja jetzt diesen Erreger in dir? Vielleicht bringst du ihn überhaupt erst in die Vergangenheit!?"

„So ein Schwachsinn!", fuhr Akascha auf. „Du gibst mir die Schuld an dem was passiert ist? Spinnst du eigentlich? Dabei weigerst du dich, selbst etwas dagegen zu tun, obwohl du es könntest? Gib mir einfach dieses Gegenmittel und ich bringe es zurück in die Vergangenheit! Dann werden wir ja sehen, was passiert!"

Merlin schüttelte den Kopf. „Du darfst auf keinen Fall zurückgehen! Wir müssen diese Zeitschleife unterbrechen!"

„Aber wenn du mir das Gegenmittel besorgst, können wir die Zeitschleife doch auch unterbrechen!", sagte Akascha beschwörend. „Wir könnten verhindern, dass Michi ..."

In diesem Moment berührte jemand Merlin an der Schulter. Erschrocken fuhr er herum – fast hatte er vergessen, wo er sich gerade befand, so tief war er in die holografische Auseinandersetzung mit Akascha eingetaucht.

„Die Kämpfe kommen immer näher", sagte sein Mann mit leiser Stimme. „Es ist hier nicht mehr sicher."

Merlin nickte. „Ich bin gleich soweit", erwiderte er und wandte sich wieder an Akascha. „Wir haben keine Zeit mehr. Hier draußen wird es langsam ungemütlich. Warum kommst du nicht heraus? Wir nehmen das SHV und ich bringe dich erst mal zu mir. Da bist du in Sicherheit. Dann sehen wir weiter."

„Das geht nicht, Merlin", sagte Akascha. „Ich muss erst diesen Datenkristall finden."

Merlin erstarrte. „Aber wozu?", fragte er.

„Vielleicht ist da ja doch die Formel für das Gegenmittel drauf, wie Dr. Paulus behauptet."

„Akascha!" Jetzt wurde Merlin doch langsam ungeduldig. „Vergiss mal die Vergangenheit! Was geschehen ist, ist geschehen. Hilf mir lieber, hier und jetzt für eine bessere Zukunft zu sorgen!"

Akascha schüttelte entschieden den Kopf. „Bei deinem Aufstand bin ich nicht dabei, Merlin! Es geht doch nicht nur um hier und jetzt, es geht um die ganze beschissene Welt! Ich gehe heute Abend auf jeden Fall zurück in die Vergangenheit. Du willst alles hinter dir lassen, was früher war – okay. Ist ja auch ewig her für dich. Aber nicht für mich! Selbst wenn alles so ist, wie du sagst, selbst falls ich es wirklich war, die diesen Erreger dorthin gebracht habe: Gerade dann muss ich doch zurückgehen und versuchen, es wieder gut zu machen!"

Merlin richtete sich auf und betrachtete Akascha, als sehe er sie zum ersten Mal. War sie schon immer so halsstarrig gewesen? „Du machst einen Fehler, Akascha", sagte er tonlos. „Du wirfst dein Leben völlig umsonst weg! Selbst wenn du das Gegenmittel hättest, könntest du die Vergangenheit nicht ändern!"

Akascha warf den Kopf in den Nacken und band sich die Haare zu einem Zopf zusammen. „Genau das ist wohl die Frage, nicht wahr?", sagte sie. „Keiner von uns beiden weiß, ob das geht. Und darum muss ich es wenigstens versuchen, Merlin, verstehst du das nicht?"

Merlin starrte sie an. „Nein, tue ich nicht. Ich kann das nicht zulassen, Akascha. Wir müssen diese Zeitschleife unterbrechen! Wir müssen verhindern, dass der Erreger oder die Zeitreisetechnik oder was auch immer auf diesem verfluchten Datenkristall drauf ist in die Vergangenheit gelangt!"

Akascha lachte spöttisch und wandte sich ab. „Du kannst das nicht zulassen? Und wie genau willst du mich daran hindern? Du bist ein – Holova-Dingsbums? Ein Phantom!"

Wieder schüttelte der Mann Merlin an der Schulter, dringlicher diesmal: „Kommen Sie!", flüsterte er. "Wir haben keine Zeit mehr!"

„Einen Moment noch!", sagte Merlin mit zusammengebissenen Zähnen, „Akascha...!"

„Mach's gut, Merlin!", sagte Akascha und setzte die ERB ab. Die holografische Umgebung verschwand.

„Kommen Sie! Jetzt!", wiederholte der Mann und zog Merlin hinüber zum wartenden SHV. Schüsse knallten auf der Trasse ganz in der Nähe, keine einzelnen, sondern knatternde Salven. In der Ferne sah Merlin Lichtblitze und geduckt rennende Gestalten.

„Steigen Sie ein. Schnell!", drängte der Mann. Bevor er die

Außenhülle schließen konnte, packte Merlin ihn am Ärmel. „Geh da rein und finde das Mädchen!", befahl er. „Sorg dafür, dass sie drinnen bleibt und das Gebäude bis morgen nicht verlässt. Hörst du? Sie darf auf keinen Fall entwischen! Das hat oberste Priorität!"

Rania

Das Tor in die Vergangenheit

Das also ist der Prophet!, dachte Rania. Neugierig spähte sie hinüber zu dem alten Mann, der neben einem signalroten SHV stand und fokussiert in sein Headset sprach. Den hatte sie sich deutlich jünger vorgestellt! Der Prophet bemerkte Rania nicht, als sie durch das Gitterfenster nach draußen schlüpfte, aber ein junger Mann, ein Fighter, winkte sie eilig zu sich heran. Gerade als sie bei dem Fighter ankam, knallte es laut, ganz in der Nähe. Rania duckte sich unwillkürlich.

„Komm schon!", rief der Mann, „weg hier!"

Rania warf einen schnellen Blick zurück zum Museum, wo Akascha jetzt allein auf die Suche nach dem Kristall gehen musste. Irgendwie fühlte es sich nicht gut an, die Auserwählte einfach so zurückzulassen, nach all dem Shit, den sie gemeinsam durchgemacht hatten. Aber Order war Order. Rania seufzte und folgte dem Fighter. Immerhin schien es Akascha inzwischen besser zu gehen. Und sie hatte ja jetzt den Propheten.

Zwei Straßen weiter stießen sie auf eine Gruppe Sicherheitsrobots, die ihnen mit ausgefahrenen Greifarmen den Weg versperrten. Die Siros fixierten den Fighter und wechselten böse summend in den Alarmmodus. Rania und ihr Begleiter flohen in die entgegengesetzte Richtung. Doch kaum hatten sie die nächste Straßenecke erreicht, da rollte ihnen plötzlich ein weiterer Siro in den Weg. Er packte den Fighter und warf ihn mühelos zu Boden, wo er benommen liegen blieb. Nun kam der Siro auf Rania zu! Sie duckte sich unter seinem Greifarm hindurch und rannte nach links, die nächstbeste Straße entlang. Wieder peitschten Schüsse. Etwas schlug neben ihr in eine Hauswand ein, Steinbrocken und Putzsplitter flogen durch die Luft. Panisch floh Rania durch das Gassengewirr und fand sich auf einmal auf der Rückseite des Museums wieder. Da, dort stand das Fenster immer noch offen! Ohne lange zu überlegen, rannte Rania darauf zu, hangelte sich an den Gitterstäben hoch und quetschte sich hindurch. Drinnen ließ sie sich keuchend auf den Boden fallen. Das war gerade noch einmal gutgegangen!

Als ihr rasender Herzschlag sich etwas beruhigt hatte, hörte Rania erregte Stimmen. Akascha war anscheinend immer noch da hinten in der Eingangshalle. Ob sie noch mit dem Propheten sprach? Neugierig schlich Rania näher.

„... die Vergangenheit nicht ändern!", hörte sie die Stimme des Propheten. Mit verschränkten Armen stand der junge Holovatar vor Akascha und musterte sie missbilligend.

„Genau das ist wohl die Frage, nicht wahr?", entgegnete Akascha kühl und wandte sich ab, um ihre Haare zusammenzubinden.

Rania runzelte die Stirn. Das Gespräch der beiden verlief ja nicht gerade freundschaftlich!

„... verhindern, dass der Erreger oder die Zeitreisetechnik oder was auch immer auf diesem verfluchten Datenkristall ..."

Also darum ging es! Anscheinend stritten sie um den Datenkristall, den Akascha in die Vergangenheit bringen sollte. Dabei hatten sie das Ding doch gar nicht!

Rania sah sich in dem großen, überwiegend leeren Eingangsbereich um. Wenn das Päckchen tatsächlich hier irgendwo zur Abholung bereitlag, konnte es sich eigentlich nur dort drüben hinter dem langen Tresen befinden, da, wo auch die Garderobe für die Besucher war.

Rania überprüfte die Position der Sicherheitskameras und schlich an der Wand entlang, bis sie die Deckung des Tresens erreicht hatte. Geduckt kroch sie weiter vorwärts und durchsuchte die Ablagen. Bis auf einen vergessenen Regenschirm waren die Fächer leer. Aber da, lag da hinten in der Ecke nicht ein kleines Paket?

„... nicht zulassen?", erklang Akaschas spöttische Stimme. Und wie genau willst du mich daran hindern? Du bist ein – Holova-Dingsbums? Ein Phantom!"

Jetzt hatte Rania das Ende des Tresens erreicht. Sie ergriff das Paket. In roter Schrift hatte jemand drei Buchstaben darauf gekritzelt: PTT. Das musste es sein! Rania steckte das Päckchen in ihre Jackentasche.

„Akascha...!"

„Machs gut, Merlin!"

Ein knirschendes Geräusch – dann Stille.

Rania hielt inne und wartete einen Moment. Als sie nichts weiter hörte, siegte ihre Neugier und sie lugte vorsichtig über den Tresen.

Akascha stand mit verschränkten Armen in der Mitte des Raums. Neben ihr auf dem Boden lag die ERB. Wenn die Verbindung noch offen war, konnte der Prophet sie weiterhin hören – vielleicht sogar sehen, falls er die Überwachungskameras angezapft hatte. Direkt über Akascha signalisierte ein rot blinkendes Licht an einer Kamera jedenfalls, dass diese gerade aktiv war.

Rania duckte sich unter den Tresen und überlegte. Der Prophet hatte sie vorhin weggeschickt, aber sie hatte seinen Befehl ignoriert. Zwar nicht mit Absicht, aber es war trotzdem besser, wenn er nicht mitbekam, dass sie hier war. Notfalls konnte sie später immer noch erklären, warum sie wieder da war. Sollte sie Akascha auf sich aufmerksam machen? Und wenn ja, wie konnte sie das anstellen, ohne dass der Prophet es mitbekam?

Die Antwort bot sich von selbst, denn Akaschas Schritte näherten sich. „Irgendwo hier muss das Ding doch sein", hörte Rania sie murmeln. Gleich würde sie um den Tresen rumkommen! Rania legte schon mal vorsorglich einen warnenden Finger auf den Mund.

In diesem Moment erschütterte eine Explosion das Gebäude. Steine prasselten und Akascha schrie erschrocken auf. Ganz dicht war offensichtlich ein Sprengsatz hochgegangen! Schnelle, laute Boots näherten sich. Rania kauerte sich tiefer unter den Tresen.

„Halt", rief eine Männerstimme, „hiergeblieben!"

Rania hörte Keuchen und rangelnde Geräusche, ein Scheppern und dann ein ratschendes Geräusch, das in einem Schnappen endete.

„Lassen Sie mich sofort los!", schrie Akascha.

„Ich hab sie!", hörte Rania den Mann sagen.

„Sie haben kein Recht, mich festzuhalten! Loslassen!", brüllte Akascha wütend.

„Immer mit der Ruhe!", sagte der Mann. „Ist doch nur zu deinem Besten!"

Unendlich vorsichtig spähte Rania wieder über den Tresen.

Der Mann hatte seinen Rücken zu ihr gedreht und hielt sich nickend die Hand ans Ohr. Anscheinend kommunizierte er mit jemandem. Über seiner Schulter hing ein Gewehr – ein Fighter also. Akascha hockte neben ihm auf dem Boden. Eine ihrer Hände war an das Metallgeländer einer Treppe gekettet, die in den ersten Stock ging. Wütend zerrte sie an den Handschellen.

Rania richtete sich ein Stückchen weiter auf und ihre und Akaschas Blicke trafen sich. Akaschas Augen weiteten sich vor Überraschung. Sie starrte Rania an, dann warf sie einen schnellen Blick auf den Fighter und schüttelte unmerklich den Kopf. Rania nickte und legte den Finger auf die Lippen.

„In Ordnung", sagte der Fighter laut, „ich seh nach." Er drehte sich um und Rania konnte gerade noch erkennen, dass er die ERB des Propheten in der Hand hielt, bevor sie wieder unter dem Tresen in Deckung ging.

„Na Mädchen, lass mal sehen. Hast du diesen Kristall vielleicht schon gefunden?", fragte der Mann nicht unfreundlich. „Dann rück ihn lieber raus!"

„Nehmen Sie Ihre dreckigen Finger weg!", zischte Akascha.

„Shit!", rief der Fighter, „spinnst du?" Rania hörte das Klatschen einer Ohrfeige. Kleider raschelten. Akascha begann zu schluchzen.

Ranias Herz pochte heftig. Es war voll klar, was hier abging: Der Mann suchte den Datenkristall, den Kristall, den sie hier in ihrer Tasche hatte! Und wenn er den nicht bei Akascha fand, würde er gleich den ganzen Raum auseinandernehmen und sie erwischen! Sie musste hier schleunigst weg!

So schnell und so leise sie konnte, krabbelte Rania unter dem Tresen zurück zum Ausgang. Sie erreichte ihn just in dem Moment, als der Fighter mit Akascha fertig war und sich aufrichtete. Rania gelang es gerade noch, sich hinter dem geöffneten Türflügel zu verbergen – ein mieses Versteck, das auffliegen würde, sobald er die Tür schloss. Seine Schritte kamen näher. Hatte er sie gesehen? Rania spähte durch den Spalt hinter der Tür. Nein, er wandte sich ab und checkte den Tresen, genau da, wo sie eben noch gehockt hatte. Schließlich legte er wieder die Hand ans Ohr.

„Hier ist nichts", sagte er. „Kein Kristall, kein Paket. Soll ich ... in Ordnung. Nein, sie kann nicht weg ... Hier drinnen ist alles ruhig. Ich denke, im Moment ist sie hier sicherer als draußen." Er hörte zu und nickte. „Verstanden. Bin gleich da."

Der Fighter sah sich suchend im Raum um, ergriff seine Waffe und zielte an die Decke. Zwei schnelle, scharfe Schüsse, die ohrenbetäubend laut hallten, und die Sicherheitskameras fielen zersplittert zu Boden. Er wandte sich wieder zu Akascha. „Musst ja mächtig wichtig sein, dass der Prophet sich so um dich sorgt!", sagte er und spuckte aus. „Also sei brav und rühr dich hier nicht weg. Wir kommen dich holen, sobald die Luft rein ist. Und mach keinen Lärm, verstanden? Draußen wimmelt es von Siros, und die verstehen gerade überhaupt keinen Spaß! FDP!"

Damit verließ der en Raum, wobei er so dicht an Rania hinter ihrer Tür vorbeistiefelte, dass sie seinen Geruch nach Schweiß und Metall in die Nase bekam. Sie hielt den Atem an. Seine Schritte verhallten.

„Rania?", flüsterte Akascha in die Stille, „bist du noch da?"

„Klar!", antwortete Rania ebenso leise, „hier, hinter der Tür!"

„Komm her! Schnell! Du musst mir helfen, diese Dinger loszuwerden!"

Rania huschte durch den Raum zu Akascha und hockte sich neben sie auf den Boden. „Shit!", sagte sie und rüttelte an dem Geländer, während Akascha vergeblich versuchte, die Hand durch den engen Metallring zu quetschen, der ihr Gelenk eisern umschlossen hielt. Rania schüttelte den Kopf. „Das kriegst du so nicht ab. Keine Chance. Wir brauchen den Key. Oder irgendwelche Tools."

„Verdammt noch mal!" Akascha brach plötzlich in Tränen aus. „Scheiße, verfluchte Scheiße!", schluchzte sie. „Alles läuft schief! Wieso bin ich bloß hier! Was für eine bescheuerte Idee! Was soll ich hier überhaupt in dieser beschissenen Zukunft?"

Rania strich ihr schüchtern über den Arm. „Hey", sagte sie, „du musstest doch herkommen! Das war vorherbestimmt! Du bist die Auserwählte! Wegen dir sind wir doch jetzt hier in der City!"

„Pff!", machte Akascha. Sie schniefte und wischte sich die Tränen aus den Augen, „eine schöne Auserwählte, angekettet wie eine Verbrecherin!" Wieder zerrte sie an den Handschellen. „Was bildet der sich eigentlich ein!", zischte sie, „einfach so über mich zu bestimmen! Das lass ich mir nicht gefallen! Es muss doch eine Lösung geben, wie ich hier wegkomme!"

„Ich könnt 'ne Metallsäge besorgen", schlug Rania vor. „Wird aber dauern, weil ich erst aus der City rausmuss."

„Eine Metallsäge?" Akascha überlegte, dann schüttelte sie langsam den Kopf und ihre Augen weiteten sich. „Ich weiß was Besseres!", flüsterte sie aufgeregt und ergriff Ranias Hand.

„Jochanan hat ein Lasermesser! Das ist es! Damit kriegen wir diese Scheißdinger problemlos ab. Du warst doch vorhin bei ihm, oder? Kannst du ihn herholen?"

„Ohne ERB? Aus seinem Condo? Hmm…" Rania kratzte sich am Kopf. Wenn sie sich nicht täuschte, war man von hier etwa eine Stunde unterwegs zu Jochanans Condo. Sie konnte durch den kleinen Friedhof gehen, in den Parks traf man selten auf Siros. Und dann die alten Gleise entlang. Solange sie in Bewegung blieb, standen die Chancen durchzuschlüpfen nicht schlecht. Zumal die Siros, wenn der Aufstand wirklich in vollem Gang war, momentan sicher anderes zu tun hatten.

„Also, bis zum Condo sollte kein großes Ding sein, denk ich!", meinte Rania. „Solange draußen kein Siro mehr rumlungert jedenfalls. Aber da reinkommen?" Sie zuckte mit den Schultern. „Keine Ahnung. Ich kann's versuchen. Wird aber auch dauern. Ne Stunde hin, wenn alles smooth läuft, und genauso lang zurück."

„Das Zeittor ist ja erst heute Abend", sagte Akascha. „Wie lange brauchen wir von hier bis zum Engelbecken?"

„Das ist nicht weit. Wir müssen nur über die alte Spreebrücke. Ne halbe Stunde zu Fuß, wenn uns keiner den Weg versperrt."

Akascha nickte entschlossen. „Gut. Holst du Jochanan her?"

„Ich versuch's!"

„Du schaffst das, bestimmt! Beeil dich, ok? Ich versuch inzwischen ein bisschen zu pennen. Sonst kann ich ja gerade nicht viel machen." Akascha gähnte. „Ist zwar nicht sehr gemütlich hier drinnen, aber was soll's. Ich bin hundemüde."

„Und wenn wer kommt?"

„Dann lasse ich mir was einfallen. Ich werde auf jeden Fall heute Abend bei dieser Kirche sein. So viel ist sicher – wenn Dr. Paulus recht hat!"

Rania stand auf. „Okay! Also wenn wir dich hier nicht mehr

finden..."

„...kommt ihr direkt zum Engelbecken, genau." Akascha zerrte noch einmal an den Handschellen. „Ohne diese Scheißdinger könnte ich in der Zwischenzeit schon mal nach dem Kristall suchen", sagte sie ärgerlich. „Aber wahrscheinlich ist das Ding sowieso nicht mehr hier. Sonst hätte es dieser Blödmann sicher gefunden."

Der Datenkristall! Den hatte Rania ja ganz vergessen. Sie schob die Hand in die Tasche und zögerte. Der Prophet wollte verhindern, dass Akascha das Ding mit in die Vergangenheit nahm. Aber der Prophet war anscheinend nicht unfehlbar – und wie er gerade mit Akascha umging, gefiel Rania überhaupt nicht. Immerhin war sie die Auserwählte! Sollte Rania ihr den Kristall geben? Aber falls der Fighter zurückkam, würde er Akascha den sofort abnehmen. Rania zog die Hand wieder aus der Tasche. Es war wohl besser, das Teil erst mal bei sich zu behalten.

„Wir können ja später noch danach suchen!", sagte sie und wandte sich zum Exit. „Okay, dann mach ich mich mal auf den Weg."

„Viel Glück!", erwiderte Akascha, „du schaffst das!"

Zu Ranias großem Erstaunen war es kinderleicht, Jochanans Condo unbemerkt zu erreichen. Die Kämpfe hatten sich anscheinend Richtung Innenstadt verlagert und die Straßen waren jetzt menschen- und, was viel besser war, siro-leer. Niemand hielt sie auf, weder beim alten Friedhof noch an der stillgelegten Bahntrasse. Sogar die Checkpoints zwischen den einzelnen Condos waren anscheinend deaktiviert: Rania sah keine einzige der Lichtschranken, die sich sonst quer über Mobiltrassen und Velorouten zogen und in denen die Identichips ausgelesen wurden. Die ganze Stadt schien den Atem anzuhalten. Nur ganz in der

Ferne knatterten immer wieder Gewehrsalven, und einmal brauste mit lautem Pfeifen ein losgerissener – oder abgeschnittener? – Winddrachen über sie hinweg. Rania duckte sich und sah dem großen, dunklen Flugkörper hinterher, bis er in einem steil abfallenden Bogen hinter den Häusern verschwand und mit dumpfem Grollen irgendwo aufschlug.

Es dämmerte bereits, als Rania die mehrspurige SHV-Trasse erreichte, hinter der Jochanans Condo lag. Als sie vorhin hier gewesen war, hatte sie sich einen Überblick verschafft und war einmal um den ganzen Block herumgelaufen. Er bestand aus zwei mehrstöckigen, U-förmigen Bauten, die genau wie das Haus in Blumberg bestimmt noch aus dem vorigen Jahrhundert stammten, aber modernisiert worden waren: Anstelle der Fenster wölbten sich halbrunde, transparente Solarwände nach außen, die je nach Einstellung mehr oder weniger gebündeltes Licht in das Gebäude leiteten.

Um das gesamte Condo herum zog sich eine verwitterte, oben mit einem Elektrozaun gesicherte Mauer. Hier hinüberzuklettern wäre lebensgefährlich. Es blieben also nur die Eingangstore, dort, wo die Flügel der beiden U-förmigen Gebäude aufeinanderstießen. Auf der Vorderseite befand sich ein hohes, mit Sicherheitskameras überwachtes Metalltor. Heute Morgen hatte Rania einen kurzen Blick auf den dahinter liegenden Innenhof mit dem parkähnlichen Garten erhaschen können. Jetzt war das Tor verschlossen.

Rania überquerte die Trasse und bog zweimal links ab, bis sie die Rückseite des Wohnkomplexes erreicht hatte. Hier gab es ein weiteres, kleineres Tor, offensichtlich ein Nebeneingang. Auch dieses Tor war mit einer Kamera gesichert, die allerdings in einem so steilen Winkel nach unten zeigte, dass sie unmöglich irgendetwas aufnehmen konnte.

Dieses kleinere Tor war die einzige Schwachstelle, die Rania am Morgen aufgefallen war. Wenn überhaupt, dann konnte man nur hier heimlich ins Condo eindringen. Unauffällig lehnte Rania sich gegen das Tor, aber natürlich war es abgeschlossen. Es gab weder Knauf noch Klinke und auch keinen Scanner, nicht einmal ein Tastenfeld für einen Code. Sie blickte nach oben, wo alte Bäume die Mauer überragten, doch die Äste waren viel zu hoch, um sie zu erreichen.

Rania überquerte die Gasse, lehnte sich auf der gegenüber liegenden Straßenseite an eine Hauswand und musterte prüfend die Umgebung. Eine Lieferdrohne surrte vorüber, verharrte kurz in der Luft und überflog das Tor. Kurz darauf folgte eine zweite. Vielleicht konnte sie eines dieser Dinger mit einem Stein abwerfen und dann vorn beim Haupteingang klingeln und so tun, als würde sie danach suchen?

Sie wollte gerade nach einem passenden Stein Ausschau halten, als sich das kleine Tor plötzlich öffnete. Zwei schlaksige Gestalten erschienen und ein süßlicher Geruch waberte zu Rania herüber. Sie hörte leises Lachen. Die beiden fummelten kurz am Schloss herum. Dann schlenderten sie davon und das Tor fiel hinter ihnen zu. Das Geräusch klang irgendwie komisch. Ob das Schloss nicht richtig eingerastet war?

Rania lief über die Straße und drückte vorsichtig gegen das Tor. Tatsächlich, es gab nach! Sie sah sich noch einmal um und vergewisserte sich, dass niemand sie sah. Dann schlüpfte sie durch das Tor.

Hier im dicht bewachsenen Innenhof des Condo war es kühler und dunkler als draußen auf der Straße. Totes Laub raschelte unter Ranias Füßen. Ringsum konnte sie in die erleuchteten Wohnungen blicken, die sich über mehrere Stockwerke stapelten. Holowände flackerten grünlich zwischen den Ranken der hängenden Gärten. Von irgendwoher erklang leise Musik. Ranias Mut sank. Das waren mindestens zwanzig Wohneinheiten! Wie sollte sie

189

herausfinden, in welcher dieser vielen Wohnungen Jochanan lebte?

Vorsichtig folgte sie einem kleinen Pfad, der sich durch das Gebüsch wand, vorbei an beweglichen metallischen Gestellen und einem großen, runden Tisch. Schließlich erreichte sie eine offene, grasbewachsene Fläche in der Nähe des Haupteingangs. Und nun? Wenn sie weiter ging, würden die Sicherheitskameras sie erfassen.

Ratlos ließ Rania sich auf eine Bank unter einem großen Baum sinken. Da hörte sie Schritte. Hastig sprang Rania auf und verbarg sich hinter dem Stamm. Die beiden Typen kehrten zurück, zwei Kids, immer noch umschwebt von diesem süßlichen Geruch. Bei der Bank hielten sie an und hockten sich hin.

„Ganz schönes Theater heute Mittag, was?", bemerkte der eine.

„Aber wirklich! Wie viele Siros waren da? Fünf? Voll unnötig!"

„Die dachten wohl, ihr Kleener sei entführt worden."

„Echt? Wer denn?"

Rania spitzte die Ohren.

„Na der Blonde, der da drüben im Erdgeschoss wohnt", sagte der erste und zeigte auf eine der erleuchteten Eingangsschleusen.

„Der immer hier auf dem Trampolin rumhopst? Mit den langen Haaren?"

„Genau der. Hat sich aber auch einen blöden Tag ausgesucht, um draußen spazieren zu gehen!"

Die beiden lachten leise.

„Was meinst du, hat er sich den Trick mit dem Tor von uns abgeguckt?"

„Schon möglich. Hoffen wir mal, dass der Concierge den Hinterausgang jetzt nicht dicht macht!"

„Kann schon sein, aber eher wegen der Straßenkämpfe heute!"

„Hast du die Explosionen gehört? Und die Schüsse?"

„Mhmh."

Beide schwiegen. Schließlich stand der eine auf. „Okay Mann, ich muss los. Wir sehen uns morgen! Hoffen wir mal, dass das Pack dann wieder Ruhe gibt!"

„Sicher. Bis morgen."

Rania konnte es kaum fassen. Jetzt wusste sie, wo Jochanan wohnte! Was für ein Zufall! Oder war es mehr als das? War es vielleicht Schicksal? Immerhin ging's hier um die Auserwählte, die der Prophezeiung nach gestern und heute zusammenbringen würde! Und dazu musste sie ja wohl in der Zeit hin und her reisen. Der Dr. Paulus war sich ja sicher gewesen, dass das klappen würde – so sicher, dass er sie beide vorhin sogar allein ins Museum geschickt hatte! Also konnte ja gar nichts schief gehen. Egal was Rania machte, sie würde safe Jochanan finden und Akascha befreien!

Diese Gewissheit machte Rania fast übermütig. Schnell lief sie auf die erleuchtete Eingangsschleuse zu, hinter der Jochanan wohnte. Sie hob die Hand, um sie auf den Scanner zu legen – und ließ sie wieder sinken. Ihre in langen Jahren als Kinderkurier antrainierten Instinkte mahnten sie zur Vorsicht. Vielleicht sollte sie das Schicksal doch nicht so krass herausfordern? Sie machte ein paar Schritte zurück, weg von der grell erleuchteten Tür.

Aber das Haus hatte ihre Anwesenheit längst registriert. Die Türkamera rotierte in ihre Richtung und eine melodische Stimme fragte: „Hallo Besucher! Was wünschen Sie?"

Rania machte sich so groß, wie sie konnte, und trat wieder vor. „Ich will zu Jochanan!", sagte sie mit fester Stimme.

„Identichip wird ausgelesen", informierte sie das Haus, und dann, etwas weniger melodisch: „Zugang verweigert."

„Verweigert? Wieso?" Ihr Identichip war zwar gelistet, aber immer noch aktiv, das wusste Rania. Hatte das Haus etwa Zugriff auf ihre Sicherheitsdaten?

„Jochanan hat Hausarrest!"

Das war es also! „Weiß ich!", erwiderte Rania erleichtert. „Ich muss ihn aber trotzdem kurz sprechen! Ist 'n Notfall!"

Etwas Besseres fiel ihr auf die Schnelle nicht ein. Notfall war ein Triggerwort, das hatte sie in der Ausbildung gelernt. Jede KI war programmiert, darauf abzufahren. Jetzt würde das Haus die Sache wahrscheinlich mit den Bewohnern abchecken. Rania hoffte nur, dass es eine Verbindung zu Jochanan herstellte und nicht seine Eltern alarmierte!

Leider hatte sie sich da aber getäuscht. Eine kühle Frauenstimme meldete sich. „Was denn für ein Notfall? Wer bist du überhaupt?"

Rania improvisierte wild: „Ich wohn gegenüber. Hier draußen im Hof hat sich jemand wehgetan! Da hinten, bei der Bank! Meine Eltern sind grad nicht da!"

Eine kurze Pause. „Warte, ich komm raus", sagte die Frau.

Ranias Herz schlug ihr bis zum Hals. Das war ihre Chance! Wenn der Eingang geöffnet wurde ...

Die Schleuse glitt auf. Ohne zu zögern sprang Rania vorwärts, schubste die Frau zur Seite und rannte ins Haus hinein. „Jochanan!", brüllte sie, so laut sie konnte, während sie in das nächstbeste Zimmer stürmte, „Jochanan, bist du da? Akascha schickt mich!"

„Was bildest du dir ein!" Die Frau war hinter ihr hergelaufen und ergriff sie am Arm.

Rania riss sich los und rannte weiter, einen Flur entlang, hinein in das nächste Zimmer, wo ein großes Holo voller mathematischer Formeln in der Luft schwebte.

„Jochanan! Akascha braucht deine Hilfe! Wo bist du?"

Ein eiserner Griff packte Rania am Knöchel und brachte sie zu Fall. Als sie sich aufrappeln wollte, blickte sie in zwei flackernde orangefarbene Diodenaugen. Ein kleiner, kompakter Roboter hatte seinen Greifarm ausgefahren und hielt sie unerbittlich fest.

„Lass sie los, Meg!", befahl da plötzlich eine Jungenstimme. Rania fuhr herum, so gut es in ihrer misslichen Lage ging. Über ihr in der Türöffnung stand Jochanan.

„Sofort, Meg! Hast du verstanden? Lass sie sofort los!", wiederholte er drohend.

„Von wegen!", hörte Rania hinter sich die aufgebrachte Stimme der Frau, „du wirst sie gut festhalten, Meg!"

Jochanans Mutter kam ins Zimmer. „Haus? Benachrichtige augenblicklich den Sicherheitsdienst!"

„Mama, nein!", schrie Jochanan. „Sie kennt Akascha! Wir müssen ihr helfen!"

Jochanans Mutter lachte schrill. „Bist du verrückt? Hast du nicht mitbekommen, was in der City los ist? Das Pack ist eingedrungen! Überall wird gekämpft! Wer weiß, ob sie dazugehört!"

„Na und?", rief Jochanan, „Die haben doch auch ein Recht zu leben! Wieso habt ihr mir nie erzählt, wo das Pack herkommt? Wieso habt ihr diese Mauer gebaut? Und die Leute da draußen verrecken lassen?"

„Das verstehst du nicht!" Die Stimme von Jochanans Mutter überschlug sich fast. „Du bist noch ein Kind!"

„Akascha ist auch ein Kind! Und sie ist meine Freundin! Und darum helfe ich ihr!", brüllte Jochanan und zog etwas aus seiner Tasche. Eine bläuliche Lichtklinge flammte auf. Er hockte sich neben Rania direkt vor den Roboter und hielt das Lasermesser hoch. „Lass sie los, Meg!", sagte er wieder und starrte seine Mutter feindselig an.

„Jochanan…!", flüsterte die Frau erschrocken.

„Zum letzten Mal, lass sie los, sonst…!"

„Also gut!" Jochanans Mutter hob beschwichtigend die Arme. „Ist gut. Haus, es ist alles okay. Lass das Mädchen los."

Die Diodenaugen funkelten, dann löste sich der eiserne Griff um Ranias Knöchel. Erleichtert sprang sie auf.

„Komm mit!", rief Jochanan und ergriff Ranias Hand. Er verpasste dem kleinen Roboter einen Tritt, dass dieser durch den halben Raum schlitterte und umfiel, und zog Rania hinter sich her zur Türschleuse.

„Jochanan!", rief seine Mutter, „komm sofort zurück! Ich verbiete dir ... "

Jochanan beachtete sie nicht.

„Haus, verriegele die Türen!", schrie seine Mutter.

Doch Jochanan und Rania waren schon draußen im Hof. Hals über Kopf rannten sie durch den Garten zu dem kleinen Tor, stießen es auf und liefen die Straße entlang. Sie überquerten die SHV-Trasse und verschwanden in dem Gewirr kleiner Condos, das an den alten Bahndamm grenzte.

Erst als sie den Friedhof erreichten, wagten Rania und Jochanan es endlich, langsamer zu gehen. Unter den Bäumen war es stockdunkel, doch rechts vor ihnen, in Richtung der inneren City, leuchtete der Horizont in einem bedrohlichen Orange. Immer wieder hörten sie in der Ferne Gewehrsalven und einzelne Explosionen. Sie folgten dem Hauptweg, der sich hell zwischen den Büschen abzeichnete.

„Wo genau ist Akascha denn jetzt?", fragte Jochanan, als er wieder zu Atem gekommen war. „Und was ist passiert?"

Rania berichtete ihm, was im Laufe des Nachmittags geschehen war.

„Also ist Merlin dieser Prophet, der euren Aufstand organisiert hat?", fragte Jochanan ungläubig.

„Sieht ganz so aus", entgegnete Rania. „Der Prophet kennt Akascha jedenfalls von früher. Als er jung war."

„Und Akascha will einen Datenkristall in die Vergangenheit bringen? Für Dr. Paulus?"

„Genau."

„Aber wieso vertraut sie dem? Ich verstehe das nicht! Merlin ist doch ihr Freund! Er will ihr bestimmt helfen!"

„Keine Ahnung", sagte Rania. „Am besten fragst du sie selbst! Wir sind eh gleich da."

Vor ihnen endete der Weg an einem vergitterten Ausgang. Dahinter ragte das Museumsgebäude in die Höhe. Kaum eine Fensterwölbung in den umliegenden Häusern war erleuchtet, obwohl es noch früh am Abend war. Die Büsche und Bäume im Park rings um sie herum raschelten leise im Wind. Rania wollte eben über die Mauer neben dem Tor klettern, als ein sirenenartiges Geheul die Stille zerriss.

Sie erstarrte. „Wölfe!", flüsterte sie. „Was machen die hier in der City?"

„Wölfe?", fragte Jochanan erschrocken und lauschte angespannt in die Dunkelheit. „Aber die gibt's doch gar nicht mehr!"

„Klar gibt's die. Roboterwölfe. Die passen auf die Agrafas auf. Kann sein, dass sie durch die offenen Tore gekommen sind", sagte Rania. „Oder die City-KI hat sie gerufen. Wegen unserem Aufstand."

Wieder hörten sie das Geheul, näher diesmal. Es kam aus den Tiefen des alten Friedhofs, den sie eben durchquert hatten. Rania kraxelte hastig auf die Mauer und winkte Jochanan, ihr zu folgen. „So oder so, wir verschwinden hier besser, bevor die Dinger Wind von uns kriegen! Da vorn, siehst du das offene Fenster? Da müssen wir rein!"

Drinnen legte Rania den Zeigefinger auf den Mund und bedeutete Jochanan, ihr zu folgen. Auf Zehenspitzen schlichen sie den dunklen Flur entlang, bis sie die Eingangshalle erreichten. Dort hinten hatte Rania Akascha zurückgelassen! Doch alles war still und finster.

„Akascha?", flüsterte Rania und spähte in die Dunkelheit.

Nichts rührte sich. War Akascha etwa nicht mehr da? Rania riss die Augen auf und versuchte, in dem unbeleuchteten Raum etwas zu erkennen.

„Wo ist sie?", flüsterte Jochanan.

„Da vorn bei der Treppe muss sie sein. Siehst du was?"

„Ne, ist zu dunkel. Aber warte mal ...!"

Unvermittelt flammte Jochanans Laserklinge auf. Das dünne, bläuliche Licht durchdrang die Dunkelheit. Dort, neben der Treppe, lag Akascha mit geöffnetem Mund auf dem Boden. Ihr Gesicht schimmerte blass im Laserlicht.

„Akascha?"

Zögernd näherten sich Rania und Jochanan der reglosen Gestalt und knieten neben ihr nieder.

„Akascha!", flüsterte Jochanan besorgt und berührte sie sanft am Arm. „Alles okay?"

Akascha grunzte unwillig und drehte sich auf den Rücken.

„Sie schläft nur!", sagte Rania erleichtert.

„Akascha, wach auf!", sagte Jochanan und schüttelte sie leicht.

Akascha fuhr hoch und blinzelte verschlafen. „Rania! Oh Mann. Ich hab grad so schön geträumt ...!"

„Schlafmütze! Jochanan ist hier!", sagte Rania.

„Jochanan!", flüsterte Akascha, „endlich!" Sie rappelte sich auf und sah ihn mit weit aufgerissenen, dunklen Augen an. „Endlich!", wiederholte sie und seufzte, und ein erleichtertes Lächeln kräuselte ihre Mundwinkel. „War wirklich nicht so leicht, dich zu finden!"

Sie hob die Hand, um Jochanan zu berühren, doch die Bewegung endete abrupt. Metall klirrte, und Akascha stöhnte kurz auf. „Autsch!"

„Was ist?", fragte Jochanan.

„Mein Arm tut scheißweh, wenn ich ihn bewege." Sie rieb sich mit der freien Hand die Stirn. „Außerdem hab ich wieder Kopfschmerzen." Akascha sah Jochanan an und grinste schief. „Ging dir das auch so? Nach der Zeitreise? Dass dir alles wehgetan hat?"

Jochanan schüttelte den Kopf. „Ne", sagte er, „kann ich nicht sagen. Ich war nur ziemlich müde."

„Na, dann kommt das wahrscheinlich noch von dem Treppensturz. Vielleicht hab ich ja 'ne Gehirnerschütterung."

Jochanan nickte. „Kann gut sein! Du warst da ja sogar kurz ohnmächtig!" Er hob die Laserklinge etwas höher und deutete auf die Handschellen. „Soll ich...?"

Akascha nickte. „Aber vorsichtig! Nicht meine Finger anbrutzeln!"

„Keine Sorge, ich pass auf!"

Jochanan setzte das Lasermesser an und durchtrennte die Handschellen dort, wo sie an der Treppe befestigt waren. Die Klinge glühte weiß auf, als sie mit dem Metall in Berührung kam, ein paar Funken sprühten, und dann war Akascha frei. Sie sprang auf und umarmte Jochanan. „Danke!", flüsterte sie, „jetzt geht's mir schon viel besser!"

Jochanan klopfte ihr verlegen auf die Schulter. „Jetzt hast du zwar noch ein schönes Armband, aber da schneide ich lieber nicht rein!", sagte er, als sie ihn endlich losließ, und ließ die Klinge verschwinden. Schlagartig war es wieder finster.

Alle drei schwiegen einen Moment, während ihre Augen sich langsam an die Dunkelheit gewöhnten.

„Und jetzt?", fragte Jochanan schließlich.

„Also", sagte Akascha. „Ich hab ein bisschen nachgedacht,

Zeit genug hatte ich ja. Als erstes müssen wir den Datenkristall suchen." Sie unterbrach sich. „Hat Rania dir überhaupt erzählt, worum es geht?"

„Hat sie", erwiderte Jochanan, „Stimmt das denn mit dir und Dr. Paulus?"

„Stimmt was?"

„Du sollst diesen Kristall für ihn in die Vergangenheit bringen?"

„Das stimmt", sagte Akascha.

„Aber das geht doch nicht! Du darfst auf keinen Fall zurückgehen! Merlin sagt..."

„Merlin? Hast du ihn getroffen? Wann?"

„Ich war gestern bei ihm, den ganzen Tag. Wir haben dich gesucht! Stell dir vor, dieser alte Mann, der mir vor unserer Reise das Lasermesser gegeben hat – das ist er!"

Akascha lachte leise. „Hab ich schon gehört! Der alte Mann... der Prophet... Merlin hat anscheinend viele Gesichter. Und überall seine Finger im Spiel!"

„Aber das ist doch gut! Dass er sich kümmert, meine ich! Er hat sein Leben lang darauf gewartet, dass du hier auftauchst!"

„Du weißt aber schon, dass es Merlin war, der dafür gesorgt hat, dass ich hier angekettet wurde?" Sie schüttelte den Kopf, eine kaum merkliche Bewegung in der Dunkelheit. „Das ist nicht mehr der Merlin, den ich kenne!"

„Er will dir doch nur helfen! Wenn du zurückgehst, dann...", Jochanans Stimme stockte, „dann passiert etwas ganz Schlimmes!"

„Sagt Merlin!"

„Genau! Wieso sollte er dich anlügen?"

„Jochanan..."

„Im Ernst, Akascha, du glaubst diesem Fiesling Dr. Paulus mehr als Merlin?"

Akascha seufzte. „Ich glaube Merlin ja. Wahrscheinlich meint er es sogar gut. Ich glaube nur nicht, dass er recht hat!"

Rania verstand langsam gar nichts mehr. „Recht hat womit?", fragte sie.

„Also gut, ich erklär's euch", sagte Akascha. „Ganz von vorn: Dass ich im Jahr 2040 wieder in der Vergangenheit aufgetaucht bin, stimmt schon mal. Merlin hat mich damals nämlich getroffen. Und Dr. Paulus hat mir ein Foto gezeigt, wo ich drauf zu sehen bin. Also war ich definitiv da – und zwar kurz bevor so eine schreckliche Seuche ausgebrochen ist."

„Ich weiß", warf Jochanan ein, „das hat Merlin mir auch erzählt. Sein kleiner Bruder ist damals krank geworden und ...", er zögerte und fuhr leiser fort, „und gestorben. Und du ..."

„Genau", unterbrach ihn Akascha. „Also. Dr. Paulus will jetzt, dass ich ein Gegenmittel in die Vergangenheit bringe. Deswegen ist er hier, sagt er. Und wenn das klappt, kann ich vielleicht die Vergangenheit verändern. Dann muss Michi nicht sterben. Und wer weiß ...", sie machte eine kurze Pause und schluckte, bevor sie trotzig den Kopf hob und entschlossen fortfuhr: „Ich vielleicht auch nicht. Und darum muss ich das versuchen!"

„Und Merlin ...?"

„Merlin sagt, das ist unmöglich. Aber woher will er das wissen? Er weiß nur, was damals passiert ist. Nicht dass, was vielleicht passieren könnte." Akascha schwieg einen Moment, bevor sie weiter sprach: „Aber da ist noch etwas. Merlin glaubt, dass auf dem Datenkristall von Dr. Paulus gar nicht die Formel für das Gegenmittel gespeichert ist. Und damit hat er vielleicht sogar recht."

„Sondern?", fragte Jochanan erstaunt.

„Sondern die Formel für die Zeitreisetechnik. Sieht so aus, als hätte Dr. Paulus das Zeitreisen kurz nach meiner Ankunft erfunden. Darum vermutet Merlin, dass ich in Wirklichkeit Dr. Paulus den Schlüssel dafür in die Vergangenheit bringe. Und dass wir deswegen jetzt in einer Zeitschleife stecken, wo alles sich immerzu wiederholt."

„Die Wandlerin zwischen den Welten!", murmelte Rania ehrfürchtig. Natürlich! Es passte alles zusammen!

„Moment mal!", sagte Jochanan. „Nur, damit ich das kapiere. Die Frage ist also, ob alles genau so passiert wie damals, wenn du heute zurück gehst – oder ob du es schaffst, irgendetwas zu verändern?"

„Genau. Die Frage ist, ob es möglich ist, in der Vergangenheit etwas zu verändern und Michis Leben zu retten! Und wenn ja, wie?"

„Du musst auf jeden Fall zurück", platzte Rania plötzlich heraus. „Das ist doch ganz klar! Wenn der Doktor wirklich diesen Kristall braucht, um das Zeitreisen zu erfinden, dann muss er ihn auch kriegen! Sonst könntest du ja gar nicht hier sein!"

„Stimmt", sagte Jochanan. „Und ich hätte nie in die Vergangenheit reisen können. Und wir wären uns überhaupt nie begegnet!"

„Eben", sagte Akascha. „Das hängt alles irgendwie zusammen. Deswegen will ich ja heute Abend auch das Zeittor benutzen. Aber ich muss unbedingt das Gegenmittel mitnehmen, versteht ihr? Damit ich die Zeitschleife in der Vergangenheit unterbrechen kann. Sonst könnte es sein, dass sich wirklich alles einfach nur immer wiederholt!" Sie seufzte. „Das Problem ist bloß, dass ich das Gegenmittel nicht habe. Merlin ist so ein Idiot! Er ist Arzt, er hätte es mir einfach geben können, aber er will es ja nicht rausrücken, weil er unbedingt will, dass ich hierbleibe!" Akascha rieb sich die Stirn. „Vielleicht hat Dr. Paulus ja gar nicht gelogen und die Formel für das Gegenmittel ist wirklich auf dem Datenkristall gespeichert. Den müssen wir jetzt jedenfalls zuerst suchen, sonst ist sowieso alles egal."

„Der Kristall ist hier!", sagte Rania und zog das kleine Paket aus der Tasche. „Glaub ich jedenfalls. Das hier hab ich vorhin eingesteckt, bevor der Mann es nehmen konnte!"

„Echt jetzt?", rief Akascha erstaunt, „Genial! Gib mal her!" Sie riss das Päckchen auf, während Jochanan sein Lasermesser leuchten ließ. Im Schein des Laserlichts kam ein kleines Etui zum Vorschein. Vorsichtig klappte Akascha den Deckel auf. Eingebettet in dunklen Samt lag darin eine daumengroße, durchsichtige, runde Scheibe aus Quarzglas. Drei Buchstaben waren darauf eingraviert: „PTT".

„Das ist er!", sagte Akascha ehrfürchtig. „Der Datenkristall! Genial, dass du das Ding gefunden hast! Aber ..." Sie warf Rania einen forschenden Blick zu. „Wieso hast du vorhin nichts gesagt, als wir darüber geredet haben?"

Rania schaute auf den Boden. „Erstmal hab ich gar nicht dran gedacht", antwortete sie. „Und dann ..." Es war wohl am besten, wenn sie ehrlich war. Sie sah Akascha an. „Ich war mir nicht sicher, ob ich ihn dir geben sollte. Der Prophet wollte ja nicht, dass du den Kristall kriegst. Aber jetzt denk ich, dass er falsch liegt."

„Hm", machte Akascha, „verstehe." Ihre Augen wurden schmaler, als sie Rania musterte. „Was genau hast du eigentlich mit Merlin zu tun? Du hattest doch seine Computerbrille auf, vorhin?"

Rania hob stolz den Kopf. „Der Prophet ist unser Leader. Wir haben ihm echt viel zu verdanken! Und ich jobbe für ihn! Aber ich wollte nicht, dass er das Teil bei dir findet, falls er zurückkommt. Darum dachte ich, ist besser, wenn ich's erst mal safe bei mir behalte."

Einen Moment lang funkelten die beiden Mädchen sich an. Schließlich seufzte Akascha. „Na gut", sagte sie, „ist ja jetzt auch egal. Hauptsache, wir haben den Kristall!"

Rania nickte zustimmend, und Jochanan stieß erleichtert die Luft aus.

„Wobei uns das auch nicht viel weiter bringt", fuhr Akascha fort. Sie hielt die dünne Kristallscheibe ins Laserlicht und drehte sie hin und her. „PTT... Paulus Time Travel. Spricht ja dafür, dass hier tatsächlich die Zeitreiseformel drauf ist."

„Was ist denn das da?", fragte auf einmal Jochanan.

„Was denn?"

„Na da, guck mal. Unter dem Deckel!"

Tatsächlich lugte ein Stück Papier unter dem Samt hervor. Akascha zog es heraus, entfaltete es und las vor:

„Dies ist eine Botschaft von mir, Dr. Hubert Paulus, an mich selbst."

„Aha!", sagte Jochanan.

„Mit Hilfe der Informationen auf dem beigefügten Daten-kristall werde ich das Zeitreisen erfinden ...

„Also hatte Merlin recht!", rief Jochanan.

Akascha nickte. „Wir brauchen also wirklich noch das Gegenmittel!" Sie schüttelte ärgerlich den Kopf. „Wieso ist Merlin nur so bescheuert! Stur und bescheuert!"

„Warte mal ... ", sagte Jochanan. „Du meintest eben, Merlin hat das Gegenmittel?"

„Hat er zumindest gesagt. Er ist ja wohl Arzt."

„Könnten wir es nicht bei ihm rausholen? Du weißt schon ... klauen? Ich weiß ja, wo er wohnt, ich war gestern da. Und ich kenne den Besuchercode!"

„Echt?" Akaschas Augen glänzten.

„Wo wohnt er denn?", fragte Rania.

„Prenzlauer Berg", erwiderte Jochanan. „Hinter dem gro-ßen Park mit den zwei Hügeln."

Rania schüttelte den Kopf. „Das ist nicht um die Ecke. Wird knapp, wenn Akascha rechtzeitig beim Engelbecken sein will!"

Jochanan überprüfte sein Zeit-Tattoo. „Wir haben zwei Stunden!"

„Das packt ihr nicht!", sagte Rania. „Akascha ist nicht fit. Außerdem laufen da draußen auch noch die Wölfe rum! Denen muss man aus'm Weg gehen!"

Akascha biss sich auf die Lippen. „Es muss aber eine Möglichkeit geben! Wir brauchen unbedingt das Gegenmittel!"

Rania zögerte kurz. „Vielleicht könnt ich gehen", sagte sie schließlich. „Wenn Jochanan mir sagt, wo genau. Ich besorg das Gegenmittel und wir sehn uns dann beim Engelbecken."

Jochanan sah sie skeptisch an. „Du bist allein doch auch nicht schneller!"

„Bin ich doch. Ich war schon oft als Kinderkurier in der City unterwegs. Ich kenn mich aus. Außerdem bin ich allein unauffälliger als wir zu dritt."

Jochanan schüttelte den Kopf, doch Akascha nickte. „Vielleicht ist das wirklich eine gute Idee. Vor allem, weil wir ja gar nicht wissen, ob Merlin zuhause ist! Stell dir vor, wir gehen da hin und er erwischt uns?"

„Genau!", sagte Rania. „Dann hält er euch sicher auf. Du solltest lieber direkt zum Engelbecken gehen. Dann bist du auf jeden Fall rechtzeitig da."

„Und ich?", fragte Jochanan, „was soll ich machen?"

„Geh mit Akascha!", sagte Rania. „Sie kennt sich hier nicht aus." Sie überlegte kurz. „Aber du könntest mir dein Lasermesser leihen. Zur Sicherheit."

Rania war froh, als sie den alten Friedhof hinter sich hatte. Das Wolfsgeheul war zum Glück nicht mehr zu hören, aber so ganz wohl war ihr trotzdem nicht bei dem Gedanken, im Park allein im Dunkeln unterwegs zu sein. Und dann noch ohne ERB! Zum Glück hatte sie wenigstens das Lasermesser. Sie umklammerte den Griff in ihrer Jackentasche, als sie mit schnellen Schritten an der Friedhofsmauer entlang lief. Vor ihr ragte finster ein halb verfallener Kirchturm in die Höhe, überragt von hohen Bäumen. Hier in der City gab es viel mehr Bäume als draußen hinter der Zehnermauer, wo jeder Quadratmeter Land, der nicht verdorrt war, hinterm Zaun einer Agrafa lag und mit Gewächshäusern vollgestellt war.

Rania überquerte eine Kreuzung und trabte weiter. Die SHV-Trasse, der sie jetzt folgte, war eine der Hauptverkehrsadern der City und führte schnurgeradeaus bis zum Prenzlauer Berg. Normalerweise war hier immer viel Traffic, doch heute Abend waren nur wenige Sphären unterwegs. Auch die Bikeroad neben der SHV-Trasse war verwaist, und die Condos rechts und links schienen allesamt wie ausgestorben: Fensterwölbungen dunkel, Eingänge verschlossen.

Ranias Gedanken wirbelten in ihrem Kopf herum. Nun joggte sie heute schon zum zweiten Mal für Akascha durch die City. Wieso hatte sie eigentlich angeboten, das Gegenmittel für sie zu klauen? Die Idee war ihr spontan gekommen, es hatte sich einfach richtig angefühlt. Wenn Caro wüsste, dass sie plante, beim Propheten einzubrechen! All die Jahre, seit ihre Mutter nicht mehr lebte, hatte er seine schützende Hand über sie und ihre Geschwister gehalten. Er hatte ihnen Essen und Medizin besorgt und auch die ERB, mit der sie Zugang zur City hatten. Er hatte sogar dafür gesorgt, dass sie lesen lernten! Rania hatte ihn zwar nie zu Gesicht bekommen, durfte ja niemand wissen, wer der Prophet wirklich war. Bis heute jedenfalls. Doch sie wusste schon lange, dass er Caro manchmal besuchte. „Wenn ihr brav seid", sagte Caro den Kleinen immer, „kriegt ihr irgendwann 'nen Identichip. Damit könnt ihr Fast Food essen! Und Shoppen gehen! Der Prophet hat es versprochen!"

Und jetzt war Rania dabei, die Pläne des Propheten zu

durchkreuzen – just an dem Tag, als sie ihn das erste Mal gesehen hatte. Warum tat sie das? Sie horchte in sich hinein und fand die Antwort: weil niemand, auch nicht der Prophet, das Recht hat, die Auserwählte so zu behandeln, wie er das heute getan hat. Oder überhaupt ein Kind. Niemand durfte sie festhalten oder zwingen, irgendwas zu machen, was sie nicht wollten. Die Erwachsenen dachten immer, sie wüssten, was am Besten ist. Aber das stimmte gar nicht. Man brauchte sich ja nur anzusehen, wie es in der Welt zuging! Ob es nun möglich war, die Vergangenheit zu verändern oder nicht: Akascha hatte das Recht, es zu versuchen. Es war ihr Leben, und nur sie konnte darüber bestimmen!

Wieder kam Rania an eine Kreuzung. Dahinter begann auf der rechten Seite der große Park mit den zwei Hügeln. Sie überlegte kurz. Wenn sie durch die Grünanlagen lief, konnte sie die Strecke zum Prenzlauer Berg abkürzen. Aber in der Stadt waren Wölfe unterwegs... Rania horchte in die Nacht. Alles war still, nur die vielen Bäume jenseits der Kreuzung raschelten leise im Wind. Unter den Bäumen war es viel finsterer als hier draußen auf der Mobiltrasse. Rania beschloss, doch lieber den Umweg um den Park herum zu machen.

Sie hatte gerade die Straße überquert, als sie in der Ferne ein rhythmisches, trampelndes Geräusch hörte. Rania erstarrte. Was konnte das sein? Sie spähte die Mobilroute entlang. Langsam wurde das Trampeln lauter, und plötzlich begriff sie, was es war – das Geräusch vieler schwerer, gleichförmiger Schritte. Lauter und näher trampelten die Schritte, und nun hörte sie auch ein gleichmäßiges Scheppern und Schlurfen: Siros!

Rasch schlüpfte Rania durch das Parktor und ging hinter einem Busch in Deckung – gerade noch rechtzeitig, denn nun kam eine dunkle Masse in Sicht, die sich die Mobilroute entlang wälzte. Darin leuchteten unzählige rote Punkte: Sicherheitsrobots, eine ganze Armee von Siros, die sich im Gleichschritt auf sie zubewegte!

Noch hatten sie nicht auf Ranias Identichip reagiert. Also doch die Route durch den Park! Rania drehte sich um und floh in die Schatten unter den Bäumen.

Nach kurzer Zeit hatten ihre Augen sich an die Dunkelheit gewöhnt. Problemlos fand sie den hellen, sandigen Weg, der sich durch den Park wand, und folgte ihm. Bald ragte links der erste der beiden Hügel empor, eine schwarze Masse vor dem orange leuchtenden Himmel der City.

Doch was war das? Rania sah genauer hin. Die Silhouette des Hügels schien sich zu bewegen!

Rania blieb stehen und starrte gebannt hinauf in die Dunkelheit. Irgendwas war dort oben. Da, glühten da nicht zwei gelbe Lichter? Ihre Hand tastete nach dem Lasermesser. Ein Ast brach mit lautem Knacken.

Immer noch stand Rania wie erstarrt.

Und dann hörte sie das Geräusch, vor dem sie sich gefürchtet hatte, so nah und so laut, dass ihre Haare sich sträubten: das sirenenartige Heulen eines Roboterwolfs!

Rania schrie auf und floh. Hinter ihr krachte es im Gebüsch, und die Metallpfoten des Wolfes landeten mit einem dumpfen Schlag auf dem sandigen Boden. Ohne sich umzusehen rannte Rania den Weg entlang. Ihr Vorsprung würde nicht lange reichen! Wie sollte sie diesem Wolf nur entkommen? Hier gab's nirgends eine Deckung!

Vor ihr machte der Weg eine scharfe Biegung nach rechts, sie schlitterte und wäre fast gefallen, und für einen Moment wurde es heller, als hinter den Büschen ein rosa leuchtendes SHV vorbeirollte. Die Mobilroute! Sie war beinahe am Rand des Parks!

Plötzlich ragte neben ihr ein Gitterzaun in die Höhe, ein abgetrennter Bereich, wozu auch immer. Es gab eine Tür – und die war offen! Rania stürzte hindurch und knallte die Tür hinter sich zu. Schwer atmend fuhr sie herum, stemmte einen Fuß gegen den Rahmen und ließ das Lasermesser aufflammen.

Direkt hinter dem Gitter stand der Roboterwolf und fixierte sie. Seine LED-Augen glühten gelb. Darunter hing seltsam starr und unbeweglich ein weit geöffnetes Maul mit großen Zähnen. Noch nie hatte sie einen Roboterwolf so aus der Nähe gesehen. Er sah ziemlich künstlich aus.

„Verpiss dich!", zischte Rania und fuchtelte mit dem Lasermesser. „Sonst kannst du was erleben!"

Der Roboterwolf bewegte den Kopf mechanisch hin und her und knurrte grollend.

Rania stieß die Klinge mit einer schnellen Bewegung durchs Gitter. Es knisterte, und der Wolf wich zurück. Aber jetzt war da ein Loch im Zaun! Ohne zu zögern steckte der Wolf seine Schnauze hindurch. Wieder stieß Rania mit dem Lasermesser zu, und diesmal flogen Funken. Mit einem ohrenbetäubenden Jaulen sprang der Wolf rückwärts und begann, sich im Kreis zu drehen. Eines seiner LED-Augen war erloschen!

Einen Moment lang stand Rania still und beobachtete den Wolf, der sich im Kreis drehte, schneller und immer schneller. Hatte sie zufällig einen wichtigen Schaltkreis getroffen? Sie machte einen Schritt zur Seite. Der Wolf beachtete sie nicht, sondern drehte sich weiter wie verrückt um sich selbst. Ohne ihn aus den Augen zu lassen, tastete Rania sich rückwärts den Zaun entlang. Wieder rollte eine Sphäre vorbei, ganz nah diesmal: Das Gitter grenzte direkt an die Mobiltrasse!

Plötzlich begann der Wolf zu heulen, genau wie eine Alarmanlage, und in der Ferne hörte Rania ein antwortendes Heulen aus mehreren mechanischen Kehlen. Sie hatte keine Zeit zu verlieren! Mit allen Fingern krallte sie sich in das Gitter und zog sich hoch. Doch ihre Füße rutschten ab, als sie Halt suchte. Rania ließ sich auf den Boden fallen und streifte in fliegender Hast

Schuhe und Socken ab. Erneut sprang sie am Gitter hoch, und diesmal schaffte sie es hinaufzuklettern. Sie schmiss sich über die Kante, rutschte auf der anderen Seite runter und stolperte unversehens mitten auf die Mobiltrasse, so dass ein SHV, das gerade vorbeirollte, eine abrupte Kursänderung vollzog und dabei mehrere andere Sphären aus der Bahn kickte. Eine davon landete mit bedrohlichem Knirschen außerhalb der Trasse und begann im Warnmodus zu blinken. Die Passagiere fluchten, als sie aus der schiefen Kugel krabbelten.

Rania aber kümmerte sich nicht um das Chaos, das sie verursacht hatte. Sie überquerte die Trasse und rannte barfuß davon. Bloß weg hier, bevor die Wölfe ihre Spur aufnahmen! Sie nahm die nächstbeste Gasse, bog einmal rechts und zwei mal links ab und durchquerte eine kleine, vernachlässigte Grünanlage. Bei einem Brunnen hielt sie endlich an, um wieder zu Atem zu kommen. Keuchend stützte sie sich auf den Zaun, der den Brunnen umgab. Jetzt erst spürte sie den beißenden Schmerz in ihren aufgeschürften Fingerspitzen und den kalten Boden unter ihren bloßen Füßen. Aber egal – 'n bisschen aufgeschürfte Haut und ein Paar Schuhe waren ein kleiner Preis dafür, dass sie einen Roboterwolf besiegt hatte!

Als sie wieder Luft bekam, richtete sie sich auf und sah sich um. Wo genau war sie hier? Vor ihr am Zaun hing ein Schild, auf dem ein großes, ruhendes Tier abgebildet war. Rania entzifferte die Inschrift darunter, und ein breites Grinsen zog sich über ihr Gesicht.

Die Seniorenresidenz Löwenruh war ein vierstöckiges, sandfarbenes Haus gleich neben dem Park mit dem Brunnen. Rania ließ den gläsernen, hell erleuchteten Haupteingang links liegen und umrundete das Gebäude, bis sie zu dem Service-Eingang kam, den Jochanan ihr beschrieben hatte. Eine Rampe führte abwärts zu einer breiten Metalltür. Kurz davor befand sich die Lichtschranke. Mit zitternden Fingern, die kleine, blutige Stellen hinterließen, tippte Rania den Besuchercode in das Tastenfeld, den Jochanan ihr genannt hatte: ÖLEIU-3t348. Hoffentlich stimmte der noch! Vorsichtig durchbrach sie mit der Hand die Lichtschranke, gefasst darauf, dass gleich ein Alarm losschrillen würde. Stattdessen öffnete sich lautlos das Tor. Rania schlüpfte hindurch.

Im kalten Licht der Kellerbeleuchtung sah sie vor sich einen Aufzug. Links ging's zur Garage, rechts war das Treppenhaus. Rania nahm die Treppe und schlich hinauf bis zum dritten Stock. Einmal hörte sie Schritte im angrenzenden Flur und huschte atemlos ein Stockwerk tiefer, doch die Schritte entfernten sich wieder. Zum Glück hatte niemand sie gehört! Es hatte seine Vorteile, wenn man ohne Schuhe unterwegs war.

Am Ende eines langen Korridors im dritten Stock stand Rania schließlich vor der Tür des Propheten. Jochanan hatte sie genau beschrieben: dunkelrot, glänzend, die letzte Tür auf der linken Seite. Unruhig sah Rania sich um: Hier war eine Sackgasse. Wenn jetzt irgendwer auftauchte, war sie im Arsch. Doch nichts regte sich. Neben der Tür war ein altes Tastenfeld in die Wand eingelassen. Der Code war 682020 – laut Jochanan der Geburtstag des Propheten. Wenn das stimmte, dann war er im Sommer 2020 geboren, vor mehr als hundert Jahren!

Kein Wunder, dass der so alt aussieht, dachte Rania und klopfte sicherheitshalber zwei Mal an die Tür. Alles blieb ruhig. Sie holte tief Luft, tippte den Code ein und drückte leise die Wohnungstür auf. Hoffentlich war niemand da! Dann konnte sie schnell das Gegenmittel suchen und ...

„Besuch!", flötete eine helle, fröhliche Frauenstimme. Licht erhellte plötzlich den Raum, in dem sie stand. Rania erstarrte.

Damit hatte sie nicht gerechnet!

„Bitte nehmen Sie Platz!", flötete die Frauenstimme, und ein Spotlight fiel auf ein kleines, rotes Sofa. „Der Wohnungsinhaber wird gleich bei Ihnen sein!"

Rania dachte gar nicht daran, dieser Aufforderung Folge zu leisten. Wenn es stimmte, was die Stimme sagte, dann musste sie sich beeilen! Jochanan hatte ihr geraten, zuerst im Bad nachzusehen – dort lagen Medikamente rum. Rania öffnete die Türe und sah sich suchend in dem kleinen, grau gekachelten Raum um. ‚Das liegt bei mir im Schrank', hatte der Prophet zu Akascha gesagt. Meinte er diesen großen Hängeschrank an der Wand? Sie riss die Türen auf. Ja! Verbandsmaterial, Pillendosen, Plastiktüten mit Nadeln und Handschuhen fielen zu Boden, als sie in fliegender Hast die Fächer durchwühlte. Wie sollte sie nur das richtige Zeug finden? Darüber hatten sie gar nicht gesprochen! Spritzen, es musste gespritzt werden! Also irgendwas Flüssiges. In einem Fach fand sie Packungen mit kleinen Glasbehältern in verschiedenen Farben. Kurz entschlossen kippte Rania eine Packung aus und legte zwei Fläschchen von jeder Farbe hinein, dazu ein paar Spritzen und Nadeln. Sie verschloss das Päckchen und band es sich mit einer Mullbinde unter ihrer Jacke am Rücken fest. So würde es nicht auffallen – jedenfalls solange sie sich nicht ausziehen musste. Sie warf einen flüchtigen Blick in den Spiegel. Ihr Gesicht war fahl unter den pinkfarbenen, wirren Haaren, die Pupillen vor Anspannung geweitet.

Cool bleiben!, ermahnte Rania sich. Das ist nicht das erste Mal, dass du so was machst! Schnell stopfte sie die verstreuten Medikamente zurück in den Schrank. Sie lauschte: Alles war ruhig. Durchatmen und raus aus dem Bad.

„Der Wohnungsinhaber bittet noch um ein wenig Geduld!", flötete die Frauenstimme. „Bitte bedienen Sie ..."

„Hat sich erledigt!", antwortete Rania, „ich war nur kurz

auf Klo. Grüß mal schön!"

Der Flur draußen war immer noch verlassen. Sacht zog Rania die Tür hinter sich ins Schloss und atmete auf. Soweit alles easy! Jetzt aber nix wie weg.

Sie wollte eben das Treppenhaus betreten, als sie im Geschoss unter sich Schritte hörte. Erschrocken sah sie sich um. Nirgends 'ne Möglichkeit, sich zu verstecken! Es blieb nur der Aufzug. Das Ding war ihr zwar unheimlich, doch sie hatte keine andere Option. Entschlossen drückte sie den Knopf. Der Aufzug kam mit einem leisen Ping und die Türen glitten auf. Leer! Rania sprang hinein und hämmerte zwei, dreimal auf den Knopf mit dem „P"-Symbol. Das sollte sie in die Garage bringen, meinte Jochanan, und dann zum Ausgang. Die Aufzugtüren schlossen sich, und jetzt war sie gefangen in diesem kleinen Raum, genauso wie damals ... Ihr Herz raste wie verrückt. Wenn sie nur erst aus diesem Gebäude raus war!

Erneut pingte es und der Aufzug hielt. Die Türen öffneten sich – und ihr Herz setzte einen Schlag aus. Vor ihr stand ein krummer, alter Mann, der sich mit beiden Händen auf seinen Stock stütze: der Prophet! Gleichgültig glitten seine bebrillten Augen über sie hinweg. Dann verengten sie sich plötzlich.

„Rania?", krächzte er überrascht. „Was machst du denn hier?"

Einen kurzen Moment lang stand Rania bewegungslos da. Der Prophet war wirklich sehr alt und wacklig auf den Beinen. Sollte sie sich einfach an ihm vorbeidrängen und abhauen? Aber dann würde er Verdacht schöpfen.

„Rania?", fragte der Prophet erneut.

Mit einem Schlag kehrte Ranias Kaltblütigkeit zurück.

„Ich suche den Propheten. Bist du das?", fragte sie und sah dem alten Mann in die Augen.

Er zog eine Augenbraue hoch. „Das bin ich in der Tat", erwiderte er. „Hatte ich dich nicht nach Hause geschickt? Wieso bist du hier?"

„Wir wurden von Siros erwischt", erwiderte Rania wahrheitsgemäß. „Ich konnte zurück ins Museum flüchten."

Der Blick des alten Mannes wurde wachsam. „Und?", fragte er knapp.

„Akascha war noch da drin. Jemand hatte sie angekettet", sagte Rania und wartete gespannt auf seine Reaktion. Doch der Prophet blickte sie nur weiter mit fragend hochgezogener Augenbraue an.

Rania improvisierte: „Ich konnte sie nicht losmachen. Und dann tauchte plötzlich der Doktor wieder auf, zusammen mit dem Jungen."

„Mit Jochanan?" Diese Neuigkeit schien den Propheten zu beunruhigen. „Ich dachte, der wäre zuhause in Sicherheit!"

Rania zuckte die Achseln. „Keine Ahnung."

„Und weiter?"

„Die beiden haben Akascha befreit. Und jetzt sind sie unterwegs zum Zeittor."

Das hatte den gewünschten Effekt. „Was!?", rief der Prophet erschrocken. Nun musste er handeln und würde nicht auf die Idee kommen, seinen Medizinschrank zu kontrollieren! Mit etwas Glück würde er sie jetzt einfach fortschicken.

„Ja", sagte Rania eifrig, „das Zeittor am Engelbecken, von dem sie vorhin geredet haben!" Dummerweise kannte der Prophet ja Ort und Zeit schon, sonst hätte sie ihn in die Irre schicken können. Aber selbst wenn er dort auftauchte – was konnte ein so alter Mann schon ausrichten?

„Und du?", fragte der Prophet auf einmal scharf. Er stand immer noch vor der Tür des Fahrstuhls und versperrte ihr den Weg.

„Ich?", stammelte Rania.

„Ja, du. Was machst du hier?"

„Ich ... ich dachte, das solltest du wissen! Darum bin ich hergekommen!"

„Und woher weißt du, wo ich wohne?"

Rania sah ihn mit großen Augen an. „Das hat der Junge erzählt! Ich hab mich versteckt und gelauscht! Er hat gesagt, er war schon mal hier!"

„Weiß Dr. Paulus, dass du hier bist?"

Rania schüttelte den Kopf.

„Und Akascha?"

„Nein!", log Rania.

Der Prophet schwieg einen Moment lang. Dann zog er ein Headset aus seiner Tasche und setzte es auf. Er strich seitlich über den Bügel und schloss kurz die Augen. „Hier spricht der Prophet", sagte er leise und wartete. Dann: „Lagebericht?"

Diesmal lauschte er längere Zeit in sein Headset.

„Gut", sagte er schließlich. „Ich habe ebenfalls Neuigkeiten. Die Auserwählte ist in Gefahr. Sie wurde entführt und wird zur alten Michaeliskirche beim Engelbecken gebracht. Wir brauchen Verstärkung. Sie muss befreit werden!"

Rania zupfte den Propheten am Ärmel. „Da sind ganz viele Siros unterwegs!", flüsterte sie eindringlich. „Die hab ich unterwegs gesehn. Und Wölfe!" Er hatte zwar nicht das Recht, Akascha festzuhalten, aber er und die Fighter waren allemal besser als die Sicherheitsrobots!

Der Prophet nickte ihr zu, zum Zeichen, dass er verstanden hatte. „Die City-KI zieht in der Gegend anscheinend ihre Kräfte zusammen", sagte er in sein Headset. „Wir brauchen Kämpfer dort!"

Wieder schwieg er kurz, während sein Kontakt sprach.

„Ja", erwiderte er darauf, „ich bin unterwegs." Er nahm das Headset ab und steckte es ein. „Komm mit", sagte er zu Rania

213

und packte ihre Schulter mit seiner knochigen Hand, „du begleitest mich!"

Erneut fand Rania sich in einem SHV wieder, diesmal zusammen mit dem Propheten. Die Sphäre rollte in atemberaubender Geschwindigkeit auf der schnurgeraden, sechsspurigen Trasse Richtung Stadtzentrum. Schräg vor ihnen stach hell erleuchtet das alte Berliner Wahrzeichen in den wolkendunklen Himmel, der Turm am Alex, in dessen silbriger Kugel die City-KI residierte.

Die Mobilroute hingegen war dunkel, ebenso wie die meisten Gebäude. Allerdings loderten an vielen Straßenecken Feuer. Das SHV bahnte sich den Weg durch plötzliche Rauchschwaden, die manchmal so dicht waren wie Nebel und nach künstlichen Stoffen stanken. Die üblichen Holos waren verschwunden, so, als wage niemand es, die Aufmerksamkeit der vielen Leute auf sich zu ziehen, die jetzt in der City rumliefen. Immer wieder sah Rania kleinere und größere Gruppen, die laut singend und „FDP!"-rufend durch die Straßen zogen. Einmal blockierte ein Trupp vor ihnen die Mobilroute, und die Sphäre machte einen schwindelerregenden Seitwärtsschwenk, um ihnen auszuweichen.

Wieder kam der Alex in Sicht, doch diesmal sah die Silhouette des Turms seltsam aus: Seitlich schien er eine fette Beule zu haben. Als sie näherkamen, erkannte Rania einen Winddrachen, der sich unterhalb der Kugel verheddert hatte. Das war schon der zweite losgerissene Drachen, den sie heute sah! Wahrscheinlich hatten die Fighter die Kabel gekappt, um die Energieversorgung der Stadt zu sabotieren. Ohne Strom funktionierten die Siros nicht lange und auch die City-KI würde Probleme kriegen.

Noch schien diese Strategie aber nicht zu wirken: Vor ihnen zischte es und eine feurige Kugel explodierte in zwanzig oder dreißig Metern Höhe über einer Kreuzung. Leute rannten panisch in alle Richtungen, als eine Truppe Siros um die Ecke kam. Rania sah die Lichtblitze ihrer Stunner-Waffen, bevor das SHV abbog und sie in die Dunkelheit davontrug.

Erneut folgten sie einer breiten Mobiltrasse und erreichten bald einen großen Platz mit zwei auffällig gezackten Hochhäusern. Hier hatte sich eine Ansammlung von Menschen gebildet, die jedes Durchkommen unmöglich machte. Laute Rufe nach „Freiheit! Freiheit für das Pack!" hallten. Vergeblich blaffte der Prophet in sein Headset, vergeblich versuchte er, sich mit der Parole „FDP!" Gehör zu verschaffen und den Weg freizumachen — sie mussten umkehren und einen Umweg durch kleine Gassen rollen. Wie spät mochte es inzwischen sein?

Zwei Kreuzungen weiter gelangen sie zurück auf die Mobiltrasse und das SHV nahm wieder Fahrt auf. Als sie die Spree-Brücke überquerten, blickte Rania über den Fluss. Links war alles dunkel, doch rechts, über der City, erleuchtete Feuerschein die Wolkendecke und spiegelte sich flackernd im schwarzen Wasser.

„Da!", sagte der Prophet. „Da hinten ist die Michaeliskirche!"

Vor ihnen am Ende der Trasse thronte eine helle Kuppel hoch über den umliegenden Häusern. Sie rollten direkt darauf zu.

„Ist da das Zeittor?", fragte Rania.

„Auf der anderen Seite, beim Engelbecken. Diese Kirche wurde vor langer Zeit in einem Krieg zerstört. Seither steht vorn nur noch das Eingangsportal, mit einem großen Loch darin, durch das man den Himmel sieht. Dort wird das Zeittor sein."

Sie hielten an einem baumbewachsenen Platz. Massig erhob sich vor ihnen das alte, verfallene Kirchengemäuer. Die Türen der Sphäre glitten auf.

„Hilf mir auszusteigen!", befahl der Prophet. „Schnell! Es ist kurz vor neun!"

Rania gehorchte, und der Prophet kletterte ächzend aus dem

SHV. Er umklammerte wieder ihre Schulter, ergriff mit der anderen Hand seinen Stock und eine Tasche und steuerte Rania auf die Kirche zu. Laub raschelte unter ihren Füßen. Sie folgten einem schmalen Weg links um das Gemäuer herum. Ein Stück weiter endete die meterhohe, efeubewachsene Backsteinmauer an einer Ecke. Dahinter erahnte man eine große, freie Fläche.

„Warte!", sagte der Prophet leise, als sie die Ecke erreichten. „Meine Männer müssten gleich da sein!"

Rania hörte Stimmen, die leise redeten. Sie drückte sich an die Mauer und lauschte.

„Alles ist vorbereitet!", sagte eine tiefe Männerstimme. „Das Tor wird drei Stunden lang aktiv sein. Lang genug, damit du zurückkehren kannst. Falls du das dann wirklich willst!"

„Dr. Paulus!", knurrte der Prophet neben ihr. „Ich frage mich immer noch, wie es ihm gelungen ist, Akascha zu finden!"

„Wo ist das Somniavero?", hörte Rania Akascha fragen. Vorsichtig schob sie sich vorwärts und lugte um die Ecke. Akascha und Dr. Paulus, wieder mit ERB auf der Nase, standen vor dem Kirchenportal. Jochanan war nirgends zu sehen.

„Hier drin!" Dr. Paulus klopfte auf eine rote Tasche, die er über der Schulter trug. „Genug für uns beide!"

„Auch für die Rückkehr in die Zukunft?"

„Auch dafür. Drei Fläschchen Somniavero."

„Und dieser Chip?", fragte Akascha. „Sie haben mir einen Identichip versprochen, wenn ich den Kristall in die Vergangenheit bringe!"

Dr. Paulus lachte – ein derartig unerwartetes Geräusch in dieser Nacht, dass Rania unwillkürlich die Haare zu Berge standen.

„Tatsächlich bist du längst gechipt!", sagte Dr. Paulus gut gelaunt. „Fühl mal an deinem Hals. Da müsste so ein kleiner Knubbel sein. Wie hätte ich dich denn sonst finden sollen?" Er trat ein paar Schritte zurück und besah sich mit gespitzten Lippen das Kirchenportal. „Der Chip müsste allerdings noch aktiviert werden. Wenn du wieder da bist! Also los. Es ist neun Uhr. Gehen wir!"

„Einen Moment noch", sagte Akascha.

„Wartest du auf jemanden? Vielleicht auf deinen kleinen Freund?", fragte Dr. Paulus. Immer noch klang seine Stimme merkwürdig heiter. Er näherte sich Akascha und sagte so leise, dass Rania ihn gerade noch verstehen konnte: „Der steht die ganze Zeit da hinten im Busch und beobachtet uns!"

Akascha warf ihren langen Zopf über die Schulter und sah Dr. Paulus an. „Tatsächlich!", erwiderte sie spöttisch und hob die Augenbrauen. „Zu Ihrer Information: Jochanan hält Wache. Falls jemand kommt. Ist ja nicht so unwahrscheinlich heute, bei dem Aufruhr in der Stadt. Oder was meinen Sie?"

Just in diesem Moment knallte nicht weit weg ein einzelner Schuss durch die Nacht. Dr. Paulus grunzte.

Akascha trat einen Schritt zurück. „Was ich noch wissen will, bevor wir gehen", fuhr sie fort, „ist, was genau auf diesem Datenkristall drauf ist." Sie zog etwas aus der Tasche und hielt es zwischen ihren Fingern in die Höhe. „Da steht ‚PTT' drauf. Wieso?"

„Natürlich steht das da drauf. Der Datenkristall wurde schließlich bei uns in der Firma hergestellt!", sagte Dr. Paulus unwillig.

„Und was ist da drauf gespeichert?"

„Das habe ich dir doch schon gesagt! Die Formel für das Gegenmittel!"

Rania spürte auf einmal, wie die Hand des Propheten sich um ihre Schulter krampfte. „Das ist eine Lüge!", stieß der Prophet plötzlich hervor. Er ließ Ranias Schulter los und trat ins Freie. „Eine freche Lüge!", wiederholte er mit lauter Stimme.

Dr. Paulus und Akascha fuhren herum.

„Das Gegenmittel, dass ich nicht lache!", fuhr der Prophet erregt fort, während er sich den beiden näherte, wobei er bei jedem Schritt seinen Stock in den Boden rammte. „Du lügst! Wann hast du dich aus der Vergangenheit verabschiedet? 2043, ja? Da war das Gegenmittel noch in der klinischen Erprobung!"

Dr. Paulus musterte den Propheten durch seine dunkle Brille. Er sah unheimlich aus, so, als hätte er anstelle der Augen Löcher im Kopf, durch die man die schwarze Nacht sehen konnte. „Und wer sind Sie, bitteschön?", fragte er langsam. „Lassen Sie mich raten. Der Vater des kleinen Zeitreisenden?" Er besah sich den Propheten von oben bis unten und schnaubte. „Wohl eher sein Urgroßvater!"

Akascha sagte nichts, sondern schaute nur verwirrt von einem der beiden alten Männer zum anderen. Offensichtlich hatte auch sie den Propheten nicht erkannt. Kein Wunder − sie war ja bisher immer nur seinem jugendlichen Holovatar begegnet!

Der Prophet stand nun dicht vor Dr. Paulus und stützte sich auf seinen Stock. „Wir wissen beide, was wirklich auf diesem Kristall gespeichert ist, nicht wahr?", zischte er mit vor Erregung zitternder Stimme. „Das Geheimnis der Zeittore! Darum willst du Akascha zurückschicken! Sie soll es dir in die Vergangenheit bringen!"

Nun dämmerte in Akaschas Miene auf einmal Erkenntnis, und sie starrte den Propheten ungläubig an. Stumm formten ihre Lippen ein Wort: Merlin ...?

„Um deinen Ehrgeiz zu befriedigen! Alles dreht sich nur um dich und deinen Ruhm! Genauso wie damals, als du ... "

Aus dem Augenwinkel sah Rania eine Bewegung. Sie fuhr herum und erblickte Jochanan, der im Schutz der Bäume herangeschlichen war.

„Da kommt wer!", flüsterte Jochanan atemlos und zeigte in

die Dunkelheit, „da hinten!"

„ … bereit zu riskieren, dass dieses Mädchen die Seuche in die Vergangenheit bringt!", ereiferte sich der Prophet. „Du weißt, dass Akascha draußen beim Pack war. Die Leute dort sind nicht geimpft! Sie tragen den Erreger in sich!"

Jochanan zupfte Rania am Ärmel.

„Schhht", machte Rania, „ich will hören, was sie sagen!"

Doch das Gespräch war verstummt. Akascha und die beiden alten Männer hatten sich umgedreht und schauten hinaus auf die offene Fläche jenseits der Kirche, wo in der Ferne rote Punkte aufleuchteten.

„Siros!", flüsterte Rania.

„Nein!", sagte Jochanan hastig, „die meine ich nicht. Die sind noch weit weg. Aber deine Leute sind hier!"

Tatsächlich hörte Rania nun das Rascheln und Scharren vieler Schritte im Herbstlaub, als hinter ihr und neben ihr wie aus dem Nichts Gestalten auftauchten. Ihre Leute! Die Fighter! Einige hielten Fackeln in den Händen, andere Stöcke und manche auch richtige Waffen. Sie kamen von allen Seiten, liefen um das Kirchengemäuer herum und umringten den Propheten, Akascha und Dr. Paulus in einem großen Halbkreis. Immer mehr kamen hinzu, bis sich eine dichte Mauer aus Menschen gebildet hatte.

Der Doktor sah jetzt verwirrt und irritiert in die Runde. Der Prophet hingegen hatte sein Headset aufgesetzt und hob triumphierend die Hand. Ein leises Gemurmel fuhr durch die Reihen und verstummte, als er das Wort ergriff.

„Freunde!", rief er heiser und schob die widerstrebende Akascha die Stufen zum Kirchenportal hoch, so dass alle sie sehen konnten, „Freunde, hier ist Akascha, die Himmlische, Wandlerin zwischen den Welten!"

Beifall brandete auf.

„Sie kommt von weit her, um uns anzuführen! Ihre Anwesenheit ist ein Zeichen!"

Begeistertes Klatschen und einzelne Rufe: „Akascha! Die Auserwählte! Akascha!"

„Ein Zeichen dafür, dass die Zeit der Ungleichheit und der Unterdrückung vorbei ist!"

Lauter Beifall. Die Menge schob sich näher, eine kompakte Wand aus dicht aneinandergedrängten Körpern.

„Wir sind hier! Hier in der City! Und wir sind viele! Wir sind wie das Meer, das den Strand überrollt! Nichts kann uns aufhalten!"

Bei diesen Worten gab es kein Halten mehr. Alles drängte ungestüm nach vorn und umringte Akascha. Jeder wollte ihre Aufmerksamkeit, sie berühren oder beglückwünschen. Menschen schoben sich zwischen Akascha und ihre Begleiter. Vergeblich mühte sich der Prophet, die Menge zurückzuhalten – langsam aber sicher wurde Akascha davongetragen, weg vom Portal, hin zu der Mauer, hinter der sich die große dunkle Wasserfläche des Engelbeckens erstreckte.

In dem ganzen Trubel schien niemand zu bemerken, dass der riesige Rundtorbogen, vor dem sich das Geschehen abspielte wie auf einer Bühne, inzwischen schwach zu leuchten begonnen hatte. Niemand außer Rania – und Dr. Paulus. Gebannt starrte er nach oben auf das schimmernde Portal. Plötzlich gab er sich einen sichtlichen Ruck. Er hob den Kopf, suchte Akascha in der Menge und begann, sich zu ihr durchzudrängeln. Ohne sich um den wütend zischenden Protest zu kümmern, den er auslöste, pflügte er durch die dicht gepackten Leute, erreichte Akascha und packte sie am Arm.

Rania und Jochanan sahen sich an. „Wir müssen näher ran", stieß Rania hervor.

„Ja!", gab Jochanan zurück. „Gib mir deine Hand! Sonst verlieren wir uns!"

Gemeinsam stürzten auch sie sich ins Getümmel. Vor ihnen versuchte Dr. Paulus offensichtlich, Akascha zurück zum Zeittor zu zerren. Andere Hände packten sie und zogen in die entgegengesetzte Richtung, die breiten Treppen hinab, die zum Rand des Engelbeckens führten. Der Prophet hatte die Arme erhoben und rief und gestikulierte wild, doch seine Worte gingen im Tumult unter.

Und dann ging alles ganz schnell. „Loslassen!", brüllte Akascha, ohne dass klar war, wen sie eigentlich meinte. Eine dunkle Gestalt tauchte hinter Dr. Paulus auf, hob die Faust und schlug zu. Dr. Paulus taumelte. Im Gedränge kam er nicht gleich zu Fall, sondern wurde hin und her gestoßen. Die Menschenmasse wogte und beförderte ihn zum Rand des Engelbeckens. Einen Moment lang schien Dr. Paulus in der Luft zu schweben, ganz so, als würde er fliegen – dann stürzte er mit einem lauten Platsch ins dunkle Wasser.

Im selben Moment hörte Rania, die sich zusammen mit Jochanan bis zur Mauer vorgekämpft hatte und eben dabei war, hinaufzuklettern, ein tiefes Knurren – gefolgt von einem spitzen Schrei und einem Geheul in nächster Nähe, das sie nur zu gut kannte. Erschrocken fuhr sie zusammen. Überall in der Menge waren plötzlich rote Lichtpunkte zu erkennen. Die Siros waren da – und sie hatten die Wölfe mitgebracht! Die Menschen stoben schreiend auseinander.

Rania hielt Jochanan am Ärmel fest. „Wo ist Akascha?", rief sie ihm ins Ohr.

„Da unten am Wasser!", schrie er zurück.

Tatsächlich stand Akascha am Rand des Engelbeckens. Sie bückte sich, offensichtlich um sich die Schuhe auszuziehen!

„Was macht sie denn da?"

Rania kletterte über die Mauer und lief los, stolperte über irgendetwas, das sich um ihren Fuß wickelte, und fiel der Länge nach hin. „Autsch", jammerte sie und hielt sich das schmerzende Knie. Als sie sich aufrappelte, fiel ihr Blick auf den Gegenstand, der sie zu Fall gebracht hatte: eine Tasche, die zerknüllt auf dem Boden lag. Aber nicht irgendeine Tasche! Es war die rote Tasche von Dr. Paulus – die Tasche, in der sich das Zeitreisemittel befand! Hastig ergriff Rania die Tasche, tastete, ob sich die Fläschchen noch darin befanden, und kam wieder auf die Beine – gerade rechtzeitig, um zu sehen, wie Akascha mit einem weiten Satz zu Dr. Paulus ins Becken sprang!

„Ist die verrückt geworden?", keuchte Rania und stürzte die Treppen hinab zum Wasserrand, wobei sie einem defekten Wolf ausweichen musste, der mit unkoordiniert zuckenden Beinen auf dem Rücken lag. Akascha hatte mittlerweile Dr. Paulus erreicht, der kopfunter im schwarzen Wasser trieb, und versuchte ihn umzudrehen. Offensichtlich hatte sie aber Schwierigkeiten, sich selbst an der Wasseroberfläche zu halten. Sie benutzte nur einen Arm, trat Wasser und tauchte immer wieder kurz unter. Natürlich – ihr anderer Arm war ja verletzt!

„Sie wird ertrinken!" schrie Rania und lief hilflos am Rand des Beckens auf und ab. Wenn sie doch nur schwimmen könnte! „Hilfe! Dies ist ein Notfall! Hilfe!"

Doch niemand kümmerte sich um Akascha und Dr. Paulus im Wasser. Verzweifelt blickte Rania umher. Tatsächlich war kaum noch jemand in der Nähe! Die Siros hatten laut schrillend eine Kette gebildet und waren dabei, die Aufständischen hinter die Kirche abzudrängen. Auch die Wölfe hatten sich verzogen – wahrscheinlich verfolgten sie die Fliehenden. Der Platz vor der Kirche war fast leer – nur die hagere, gebeugte Silhouette des Propheten stand immer noch auf den Stufen vor dem hohen, inzwischen hell strahlenden Kirchenportal.

War denn niemand da, der ihr half?

Da klatschte es noch einmal, direkt hinter ihr! Rania fuhr

herum und erkannte eine dritte Person im Wasser: Jochanan! Auch er war ins Becken gesprungen! Mit einem Arm klammerte er sich an einen orangefarbenen Rettungsring, mit dem anderen paddelte er unbeholfen zu Akascha und Dr. Paulus hinüber. Seine Augen waren weit aufgerissen und er hielt den Kopf krampfhaft hochgereckt, um ja nicht unterzutauchen. Als er die beiden erreicht hatte, packte er Dr. Paulus an den Haaren und zog seinen Kopf über Wasser. Nun bekam auch Akascha den Rettungsring zu fassen. Doch unter dem Gewicht der drei Körper ging dieser unter! Jochanan verlor kurz den Halt und griff sich an den Hals.

Da schimmerte auf einmal etwas vor ihm auf der Wasserfläche: eine winzige, durchsichtige, leuchtende Figur, die sich zierlich auf der Stelle drehte.

In diesem Moment erhielt Rania einen Stoß, der sie beinahe zu Boden geworfen hätte. Um ein Haar wäre sie auch noch ins Becken gefallen! Sie sah wild um sich – und blickte in die roten Diodenaugen eines Siro! Doch anstatt sie zu packen, schob der Robot sie zur Seite und bewegte sich zielstrebig zum Wasser. Dort angekommen, klappte er seinen Greifarm auf volle Länge aus, schwenkte ihn über die Oberfläche und ergriff Jochanan am Kragen. Mit beiden Händen umklammerte Jochanan Dr. Paulus und den Rettungsring, so dass der Siro nicht nur ihn, sondern auch den Doktor und Akascha, die ebenfalls einen Arm in den Ring geschoben hatte, langsam zum Ufer zog. Kaum waren sie in Reichweite, packte Rania zu, und gemeinsam mit dem Siro gelang es ihr und Jochanan schließlich, den reglosen Dr. Paulus aus dem Wasser zu ziehen. Akascha kletterte mühsam hinterher.

„Wieso ist der so schwer!", schimpfte Akascha und ließ sich atemlos und klatschnass zu Boden fallen.

„Seine Kleider sind voll Wasser!", erklärte Rania und kam sich sofort blöd vor, weil das ja offensichtlich war.

„Lebt er noch?", fragte Jochanan.

223

„Lasst mich mal sehen!", sagte eine heisere, entschlossene Stimme. Sie blickten auf und erkannten den Propheten. Mühsam ließ der alte Mann sich auf ein Knie nieder und untersuchte Dr. Paulus. „Dreht ihn auf die Seite!", befahl er.

Bei diesem Manöver begann Dr. Paulus, der zunächst reglos dagelegen hatte, plötzlich zu husten und zu würgen. Der Prophet klopfte ihm kurz auf den Rücken und richtete sich ächzend wieder auf. „Er ist bei Bewusstsein", sagte er. „Das ist schon mal gut. Aber er muss zur Beobachtung in die Klinik. Die Lunge könnte betroffen sein." Er wandte sich an den Siro, der gerade seinen Greifarm wieder zusammenklappte. „Ich bin Arzt!", sagte er mit fester Stimme, „dieser Mann muss sofort in die Notaufnahme gebracht werden!"

Doch der Siro ignorierte den Propheten. Stattdessen begann er nun, ihre Identichips zu scannen! Da griff der Prophet in die Tasche, zog seine ERB hervor und hielt sie Akascha hin. Hastig setzte Akascha die Brille auf, gerade noch rechtzeitig, bevor die orange flackernden Lichter des Siro sie abtasteten.

Unterdessen trat der Prophet vor Rania, so dass er zwischen ihr und dem Siro zu stehen kam. „Ich bin Arzt!", wiederholte er. „Und dies ist ein medizinischer Notfall! Diese Leute hier gehören zu mir. Kein Grund, uns zu kontrollieren!"

Der Siro scannte ihn und verharrte einen langen Moment. Endlich flackerten seine Dioden und schalteten auf grün. Ohne Eile machte er eine halbe Drehung und bewegte sich auf Dr. Paulus zu, der hustend und spuckend auf allen Vieren auf dem Boden kniete.

Akascha setzte die ERB wieder ab und hielt sie dem Propheten hin. „Danke ...!", sagte sie widerstrebend.

„Wofür?", entgegnete der Prophet, „dass ich dir diesen Siro vom Hals gehalten habe?" Er zuckte die Achseln. „Was nützt uns die Auserwählte in den Händen der City-KI?"

Akascha zog die Augenbrauen hoch. „Dass du uns den Roboter zu Hilfe geschickt hast, meinte ich!"

Der alte Mann schüttelte den Kopf. „Das war ich nicht. Ich weiß nicht, wieso das Ding euch aus dem Wasser gezogen hat!" Er sah Akascha an. „Versteh mich nicht falsch. Ich bin froh, dass du nicht ertrunken bist. Aber ich hatte nichts damit zu tun."

„Ich war das!", mischte sich auf einmal Jochanan ein, der mit tropfenden Kleidern neben ihnen stand, „mit meiner Engelkette!" Er zog einen goldenen Anhänger an einer Kette aus dem Hemd, hielt ihn hoch und drückte darauf. Ein winziges Hologramm erschien, die Figur eines geflügelten Engels, und drehte eine zierliche Pirouette. Das also hatte Rania vorhin auf dem Wasser gesehen!

„Der Sender in meiner Engelkette ist mit der City-KI verbunden. Ich wusste, dass die Siros mich retten würden, wenn ich ins Wasser springe! Aber es war viel schwerer, als ich gedacht hatte, die anderen im Wasser festzuhalten!" Jochanan strich sich die nassen Haare aus der Stirn, hob seine Jacke vom Boden auf und trocknete sich das Gesicht ab. „Da reinzuspringen war wirklich fies! Beinahe hätte ich mich nicht getraut. Vor allem, weil das Wasser so schwarz war!"

Der Prophet sah Jochanan an. In seinem Blick lag Anerkennung. „Das war mutig von dir!", sagte er. „Wirklich mutig! Zumal du ja nicht schwimmen kannst. Oder hast du das inzwischen gelernt, seit wir uns das letzte Mal gesehen haben?"

Jochanan grinste. „Wann hätte ich das denn lernen sollen? Ich bin ja erst seit zwei Tagen wieder zuhause!"

„Warum hast du nicht einfach nur diesen Ring ins Wasser geworfen?", fragte Rania.

„Dann hätte der Siro sie doch nicht rausgezogen", entgegnete Jochanan. „Außerdem hätte Akascha es mit ihrem kaputten Arm allein gar nicht geschafft, sich und Dr. Paulus festzuhalten.

225

Oder?" Er wandte sich an Akascha, die gerade versuchte, ihre Schuhe wieder anzuziehen. Sie zitterte vor Kälte und hatte offensichtlich Mühe damit. Der Prophet trat einen Schritt näher und machte Anstalten, ihr zu helfen. Sie wehrte seine Hand ab.

„Akascha", sagte er leise, „sieh mich an!"

Sie schüttelte trotzig den Kopf.

„Es tut mir leid, was ich vorhin getan habe, Akascha. Ich wollte dich beschützen. Verstehst du das nicht?"

„Du wolltest verhindern, dass ich dieses Tor erreiche!", gab Akascha heftig zurück. „Das ist nicht dasselbe!" Endlich gelang es ihr, in die Schuhe zu schlüpfen. Sie richtete sich auf und verschränkte die Arme vor der Brust, immer noch zitternd. „Nun, das ist dir ja gelungen. Ich hoffe, du bist zufrieden!", sagte sie bitter.

„Wieso das denn?", fragte Jochanan erstaunt. „Das Zeittor leuchtet doch noch!"

Alle fuhren herum. Tatsächlich, der Torbogen erhob sich hell strahlend in den dunklen Himmel! Das kreisrunde, nachtschwarze Loch darin starrte wie die Pupille eines riesigen Auges. Hoch oben thronte die geflügelte Engelsfigur, ungleich größer als die kleine Holografie, die Jochanan eben hervorgezaubert hatte, aber ebenso leuchtend.

„Aber das Zeitreisezeugs liegt jetzt auf dem Grund des Engelbeckens!", sagte Akascha. „Oder siehst du Dr. Paulus Tasche hier irgendwo rumliegen? Ohne Sommnidingsbums keine Zeitreise!"

Rania räusperte sich. „Ähm ... die Tasche ... die hab ich!", sagte sie.

„Was?"

Rania hielt die Tasche hoch. „Hier! Bin vorhin drüber gestolpert."

Akascha und Jochanan starrten Rania an. Der Prophet aber

wandte sich an Akascha und ergriff ihre Hand. „Akascha!", sagte er beschwörend. „Ich bitte dich, überleg es dir noch einmal! Ich flehe dich an! Du darfst nicht in die Vergangenheit zurückreisen! Es wird nicht gut ausgehen!"

Ohne ein Wort machte Akascha sich los und wandte sich an Rania. „Hast du auch das Gegenmittel?", fragte sie.

„Hier!", sagte Rania und klopfte auf das Bündel unter ihrer Jacke.

Akascha nickte entschlossen. „Gut! Gib her!"

Doch der Prophet gab nicht auf. Er schob sich zwischen die beiden Mädchen. „Rania", sagte er eindringlich, „egal, wo du das her hast: Du darfst es ihr nicht geben! Sonst war alles umsonst! Akascha muss hier bei uns bleiben. So will es die Prophezeiung!"

„Die du dir ausgedacht hast!", rief Akascha.

Rania zögerte. Der Prophet ergriff sie an beiden Schultern und sah sie über seine Brille hinweg an. „Rania! Bitte!" Seine Stimme war rau. „Denk an Caro! Und an deine Geschwister! Sie sollen doch ein besseres Leben haben!"

Rania erwiderte seinen Blick, und zu ihrem Erstaunen sah sie, dass der Prophet Tränen in den Augen hatte.

„Was glaubst du, warum ich euch all die Jahre beschützt habe?", fragte er so leise, dass nur sie es hören konnte. „Warum ich mein Leben lang für euch da war? Du bist mein Enkelkind, Rania Rose!"

„Was?" Rania fühlte, wie ihre Knie schwach wurden. Was sagte er da? War das möglich? Der Prophet – ihr Großvater?

„Meinen Bruder konnte ich damals nicht retten", flüsterte er. „Und auch deine Mutter nicht. Aber ich habe ihr auf dem Totenbett versprochen, mich um euch zu kümmern!"

Er ließ Rania los, nahm seine Brille ab und wischte sich über die Augen. Dann richtete er sich auf und holte tief und zitternd Luft. „Ich habe mich immer um euch gekümmert. Aber ich bin alt. Wenn Akascha verschwindet, verlieren die Leute hier die Hoffnung. Der Aufstand wird niedergeschlagen. Die Siros werden die Oberhand behalten. Und in der Vergangenheit wird nicht nur mein Bruder sterben. Sondern auch sie! Und alles nur, weil sie zurückgeht!"

„Halt mal! Du bist dir nicht sicher, ob es wirklich meine Schuld ist!", unterbrach ihn Akascha. „Du weißt nicht genau, was damals diese Krankheit verursacht hat. Oder?"

Der Prophet zögerte, seufzte und schüttelte den Kopf. „Nein, genau weiß ich es nicht. Niemand kann das genau wissen. Aber zeitlich passt es. Und auch sonst. Er hat dich in der Vergangenheit getroffen" – er warf einen verächtlichen Blick auf Dr. Paulus, der sich mit Hilfe des Siro aufgerichtet hatte und immer noch hustete –, „wir haben dich getroffen. Das kann kein Zufall gewesen sein! Und danach...", er schüttelte den Kopf. „Du hast es nicht erlebt. Es war der Untergang unserer Welt. Und Michi war der Erste."

„Aber wenn ich nicht die Ursache bin, dann kann ich Michi vielleicht retten, wenn ich den Impfstoff in die Vergangenheit bringe!", wandte Akascha ein. „Und die anderen auch! Siehst du das nicht ein? Wir könnten die Vergangenheit verändern!"

Der Prophet sah auf einmal sehr alt und müde aus. „Vielleicht. Oder du kannst ihn töten. Du warst da, Akascha, so viel ist sicher. Nur wenn du nicht da bist, besteht die Möglichkeit, dass die Geschichte anders verläuft."

Akascha schüttelte den Kopf. „So oder so – du wirst es nicht erleben – oder?"

„Nein, werde ich nicht. Aber ich werde da sein, in der anderen, der parallelen Welt. Einer Welt, in der es die Seuche nie gegeben hat!"

„Aber ich nicht. Ich soll hier bleiben, in dieser Zeit. Was soll ich hier machen?"

„Du hast hier eine Aufgabe, Akascha! Die Menschen da draußen hoffen auch dich. Ich habe dafür gesorgt, dass sie etwas ganz Besonderes in dir sehen! Du kannst hier etwas verändern! Und du wärst nicht allein. Wir würden das gemeinsam tun!"

Akascha lachte bitter. „Gemeinsam! Sieh dich doch mal an, Merlin! Du könntest mein Urgroßvater sein! Hast du gesehen, was heute hier passiert ist? Die ganze Gewalt? Was, wenn das erst der Anfang ist?"

Der Prophet seufzte resigniert. „Ich habe es dir schon gesagt, Akascha. Es gibt keine Veränderung ohne Gewalt. Das Alte muss erst zerstört werden, bevor etwas Neues entstehen kann."

Akascha schüttelte entschieden den Kopf. „Das glaube ich nicht! Nein!" Sie wandte sich wieder an Rania und hielt die Hand auf. „Es ist meine Entscheidung, nicht seine", sagte sie. „Ich gehöre nicht hierher. Das weiß ich jetzt. Gib mir das Somnidingsda, Rania. Und das Gegenmittel! Es war ein Fehler, hierher in die Zukunft zu kommen. Egal was passiert, ich will wieder in meine Zeit zurück!"

Rania trat einen Schritt zurück. „Nein!", sagte sie und schüttelte langsam den Kopf. „Ich habe eine viel bessere Idee!" Ihr war auf einmal klar, was sie zu tun hatte. Darum hatte der Prophet sie zu Akascha geschickt, genau darum hatte Rania ihr die ganze Zeit geholfen. Nur deshalb war sie hier! Es passte alles zusammen. „Ich begleite dich!", sagte Rania. „Ich komm mit. Ich bringe das Gegenmittel in die Vergangenheit!"

„Was? Nein!", riefen Akascha und der Prophet wie aus einem Mund. „Kommt gar nicht in Frage!", sagte der Prophet. Akascha schüttelte den Kopf. Nur Jochanan schwieg und kaute nachdenklich auf seiner Lippe herum.

„Das kommt überhaupt nicht in Frage!", wiederholte der Prophet, „du bist doch noch ein Kind!"

Rania lächelte. Sie fühlte sich großartig. „Ich bin ein Kinderkurier!", sagte sie stolz. „Ich weiß, wie man sich versteckt und wie man Dinge schmuggelt. Und ich weiß, wie man sich in verschiedenen Welten durchschlägt! Sag das Caro, wenn ich weg bin, damit sie nicht traurig ist."

Sie griff in die Tasche und hielt Akascha eines der Fläschchen hin. „Überleg doch mal", sagte sie eindringlich. „Der Doktor hat nichts von mir erzählt. Wir sind uns in der Vergangenheit nie begegnet. Ich war nicht da, als damals alles passiert ist! Also wird es anders sein, wenn ich mitkomme. Alles wird anders sein!"

„Aber warum? Wieso willst du das tun?", fragte Akascha.

„Du bist doch auch hier!", gab Rania zurück. „Einfach so, oder? Du bist durch die Zeit gereist. Warum soll ich das nicht auch machen? Wer sagt denn, dass es nur eine Wandlerin zwischen den Welten gibt? Dieser Michi, der damals gestorben ist, ist mit mir verwandt. Wir könnten ihm helfen! Und du – du bist meine Freundin! Wir sind doch ein gutes Team! Bestimmt können wir beide zusammen die Vergangenheit verändern!"

Akascha holte tief Luft, dann nickte sie langsam. „Vielleicht hast du recht", sagte sie und nahm das Fläschchen entgegen. Sie hob es hoch und schüttelte es vorsichtig. Der Inhalt glitzerte ein wenig, wie Sternenstaub am dunklen Nachthimmel. „Also gut. Warum nicht? Vielleicht ist das wirklich eine gute Idee. Wir gehen gemeinsam."

„Ich komme auch mit!", rief Jochanan. „Gib mir auch eins! Ich helfe euch!"

Akascha sah ihn traurig an. „Das geht doch nicht!", sagte sie. „Wie soll Rania denn dann zurück in die Zukunft kommen? Wir haben nur drei Fläschchen Somnidings!"

„Außerdem muss jemand hier sein, der weiß, was los ist", ergänzte Rania. „Der sich um den Doktor kümmert. Falls in der Vergangenheit was schief geht und wir länger da bleiben, brauchen wir jemanden, der ein neues Zeittor öffnen kann!"

„Aber …"

„Lass gut sein, Jochanan", sagte da plötzlich der Prophet. Er legte Jochanan eine Hand auf die Schulter. „Du hast deine Zeitreise gemacht. Wenn überhaupt, dann ist jetzt jemand anderes dran."

Alle sahen ihn überrascht an.

„Wenn überhaupt!", wiederholte der Prophet. Er betrachtete Rania und Akascha nachdenklich. Schließlich schüttelte er den Kopf und seufzte tief. „Vielleicht haben die beiden ja Recht!", fuhr er fort. „Vielleicht habe ich so lange meine eigenen Pläne verfolgt, dass ich andere Möglichkeiten nicht mehr sehe. Andere Wirklichkeiten! Ich komme mir fast vor wie Doktor Paulus!" Er grinste schief und sah plötzlich ein bisschen aus wie Merlin, der junge Holovatar, den er vorhin aus der Brille gezaubert hatte.

„Wenn Rania mit in die Vergangenheit geht, ist die Situation tatsächlich eine ganz andere," fuhr der Prophet fort. Er warf Rania einen Blick zu, in dem sie Respekt las. „Dann ist alles möglich. Ich kenne ihre Fähigkeiten. Wenn jemand Michi retten kann, dann sie."

Der Prophet griff in die Tasche und zog einen Block aus Papier und einen Stift hervor. Mühsam kritzelte er ein paar Worte auf einen Zettel und faltete ihn zusammen. „Hier", sagte er und reichte Akascha das Papier, „wenn wir uns in der Vergangenheit sehen, gib mir diese Notiz."

„Was steht da drauf?"

„Die Formel für das Gegenmittel. Das macht es einfacher. Und ein paar Worte an Michi." Der Prophet nahm seine Brille ab und rieb sich die Augen. „Ich bin müde. Und ich habe noch so viel Arbeit vor mir heute Nacht. Also lasst uns gehen, wenn es denn unbedingt sein muss. Wie heißt es so schön in diesem alten Lied? Que sera, sera. Was auch immer geschieht, wird geschehen. Oder ist geschehen. Oder wie auch immer."

Er blickte hinauf zu dem Torbogen, wo von hoch oben die Engelsfigur mit ernstem Blick auf sie herab sah. „Wer weiß, vielleicht ist es ja ein Zeichen, dass dieses Zeittor ausgerechnet vom heiligen Michael bewacht wird", murmelte er wie zu sich selbst. „Michael... wie Michi."

„Oh Merlin", sagte Akascha leise. Sie ging hin und umarmte ihn. „Pass auf Jochanan auf!", hörte Rania sie flüstern, „okay?"

Der alte Mann schloss die Augen und nickte. „Solange ich kann, werde ich auf ihn aufpassen!"

Dann nahm Akascha Rania bei der Hand. „Komm!", sagte sie, und gemeinsam liefen die beiden Mädchen die Stufen hinauf und über den großen Platz bis zu der leuchtenden Rundbogennische. Unter dem Bild des Engels mit der erhobenen Hand ließen sie sich auf dem Steinboden nieder. Akascha holte tief Luft, sah Rania an und trank ihr Fläschchen in einem Zug aus. Lächelnd schloss sie die Augen, während das Tor so hell aufleuchtete, dass Rania geblendet die Augen zusammenkniff. Akaschas Umrisse flackerten und wurden unscharf – und dann war sie verschwunden.

Rania hielt ihr Fläschchen Somniavero immer noch in der Hand. Es war nicht so, dass sie zögerte, keineswegs. Sie hegte keinerlei Zweifel an ihrer Entscheidung. Sie würde Akascha in die Vergangenheit folgen, jetzt gleich, in wenigen Sekunden. Sie wollte nur noch diesen Moment auskosten, diesen einzigartigen Augenblick, in dem sie auf der Schwelle zwischen zwei Welten schwebte, bevor sie sich ins Unbekannte stürzte.

Da bemerkte sie, dass das Licht um sie herum verblasste. War das Zeittor etwa dabei, sich zu schließen? Erschrocken setzte sie das Fläschchen an die Lippen. Wie zur Antwort erstrahlte das Tor erneut, heller als zuvor – und in dem Strahlen erschien eine Gestalt! Träumte sie etwa? Aber sie hatte doch noch gar nichts von dem Schlafzeug getrunken! Rania kniff kurz die Augen zusammen.

Als sie sie wieder öffnete, lag neben ihr auf dem Boden, genau da, wo eben noch Akascha gewesen war, auf einmal ein junger Mann. Seine Augen waren geschlossen und seine Brust hob und senkte sich regelmäßig im Schlaf. Und da war noch etwas: In seinem Arm hielt er ein graubraunes, zottiges Etwas, das lebendig aussah – ein Etwas, das ebenfalls schlief, mit großen Ohren, vier Pfoten, einem langen, dünnen Schwanz und einer schwarzen Schnauze. Rania hatte so ein Etwas schon mal gesehen, in dem alten Buch, das sie auf einem ihrer Streifzüge gefunden und immer wieder durchgeblättert hatte: dem Buch der Tiere. Auf der letzten Seite war eins abgebildet, das genau so aussah wie das, was der Mann da im Arm hielt: ein kleiner Wolf. Ein echter, lebendiger Wolf!

Wie aus weiter Ferne hörte Rania die ungläubige Stimme des Propheten. „Michi? Bist du das?"

Sie wandte den Kopf, eine Bewegung, die unglaublich lange zu dauern schien, und sah den Propheten eilig heranhumpeln. Mit der einen Hand stützte er sich auf seinen Stock, mit der anderen schirmte er die zusammengekniffenen Augen vor dem gleißenden Licht.

„Bist du das wirklich? Michi! Oh Michi!", rief der Prophet, und seine Stimme brach in einem Schluchzen.

Michi – Michael. Also war der junge Mann, der da neben ihr lag, der kleine Bruder des Propheten. Und er lebte! Das hieß, dass ihre Mission in die Vergangenheit glücken würde! Rania lächelte stolz. Offensichtlich war es ihr und Akascha gelungen, Michi zu retten! Sie mussten ihn durch das Zeittor in die Zukunft geschickt haben! Nur ... wieso hatte er den Wolf dabei?

Rania streckte die Hand aus und berührte den kleinen Wolf, und die Zeit stand still. Sein Fell fühlte sich rau und warm an, genau so, wie sie es sich immer vorgestellt hatte.

„Rania! Worauf wartest du?", hörte sie in diesem Moment eine Stimme, die drängend nach ihr rief. Akascha!?

Das Licht des Zeittors flackerte, und ein Rauschen umfing Rania. Hörte sie Akascha wirklich, oder war das nur eine Ahnung? Eine Stimme ihres eigenen Unterbewusstseins? Egal – sie wusste plötzlich, dass sie dem Ruf folgen musste, und zwar jetzt gleich, sofort, sonst würde es zu spät sein! Sie durfte nicht länger warten!

Rania nahm einen Schluck aus dem Fläschchen. Das Somniavero schmeckte süß, nach wilden Abenteuern und ungeahnten Möglichkeiten. Es war so, als würde sie nach einem langen, erfüllten Tag den Kopf auf ein weiches Kissen legen. Zufrieden schloss Rania die Augen. Sie war ein Kinderkurier. Sie hatte eine Aufgabe in der Vergangenheit. Und sie wusste, dass sie Erfolg haben würde.

Epilog

Knurrend erhob sich die alte Wölfin und wich zurück in die Dunkelheit des Geheges. Aus sicherer Entfernung beobachtete sie die vier Zweibeiner hinter dem Gitter. Merlin und Michi waren ihr vertraut, aber die beiden weiblichen Jungmenschen hatten etwas an sich, das sie misstrauisch machte.

Auch die anderen Wölfe spürten das Falsche, das von den beiden Menschenmädchen ausging. Beharrlich hielten sie Abstand, obwohl Merlin große Fleischbrocken über den Zaun warf.

„Komisch", sagte Merlin, „sonst kommen sie viel dichter heran."

„Liegt vielleicht an der Uhrzeit", meinte Michi. „Nachts ist hier sonst nichts los."

„Kann ich die Wölfe mal streicheln?", fragte eines der beiden Mädchen unvermittelt. Es hatte merkwürdig bunte Haare, die im Lampenlicht schimmerten, und seine Füße waren nackt.

Michi zögerte. „Eigentlich geht das nicht …", sagte er.

„Das sind wilde Tiere. Und sie kennen dich nicht", ergänzte Merlin.

„Eigentlich …?", hakte das andere Mädchen nach, das sie Akascha nannten.

„Nun", Michi zögerte, „Donna hatte gerade einen Wurf. Die Welpen sind jetzt elf Wochen alt, und sie kennen Menschen. Wir könnten vielleicht mal rübergehen ins Aufzuchtgehege."

„Oh ja!", rief das Mädchen mit den schimmernden Haaren.

Michi gähnte. „Na, dann kommt", sagte er. „Wo ihr mich schon mitten in der Nacht geweckt habt."

Die Zweibeiner umrundeten das Gehege und verschwanden hinter dem Höhlenbereich.

Die alte Wölfin sah sich um. Jetzt, wo die Menschen fort waren, balgten Tirza und Lara sich um die Beute. Tarek und Donna hatten sich schon die größten Knochen gesichert und waren auf dem Weg in ihre bevorzugten Ecken.

Der alten Wölfin aber ließ der Geruch der beiden Jungmenschen keine Ruhe. Langsam trottete sie zur Wurfhöhle und glitt wie ein Schatten hinein – gerade noch rechtzeitig, denn kaum war sie drinnen, da schloss sich hinter ihr die Falltür.

Die Zweibeiner standen neben dem Welpengehege. Michi öffnete ein Gatter und lockte die Jungen, die mit wachsam gespitzten Ohren dicht nebeneinander standen. Als sie Michi erkannten, sprangen sie auf ihn zu, umringten ihn und versuchten, sein Gesicht abzulecken.

„Kommt ruhig rein", sagte Michi lachend.

Das Mädchen mit den schimmernden Haaren hockte sich zu ihm auf den Boden. Nach kurzem Zögern schnupperte einer der Wolfswelpen vorsichtig an ihr. Ihr Gesicht leuchtete, als sie langsam die Hand ausstreckte und dem Welpen über den Rücken strich.

Das andere Mädchen dagegen ließ sich außerhalb des Geheges auf eine Bank fallen und strich sich die langen, dunklen Haare aus dem Gesicht.

„Willst du nicht mit rein?", fragte Merlin.

Sie schüttelte den Kopf.

„Wieso nicht? Du wolltest doch Michi und die Wölfe sehen. Das muss ja einen Grund haben!"

„Merlin, auch wenn du es so versuchst: Ich werde dir nicht sagen, was in der Zukunft passiert ist!"

Merlin hob die Hände. „Okay, okay, verstehe schon. Das Großvater-Paradoxon." Er senkte die Stimme. „Du könntest mir aber wenigstens verraten, wer deine Freundin mit den bunten Haaren ist."

„Kann ich nicht. Du wirst sie aber kennenlernen, eines Tages."

„Das ist ja schon mal was." Merlin lehnte sich an die Wand der künstlichen Höhle und sah Akascha von der Seite her an. Seine Brillengläser glitzerten im Halbdunkel.

„Also noch mal von vorn. Wir sind hier, weil du unbedingt Michi sehen wolltest. Du hast gesagt, das sei wichtig. Eine Sache von Leben und Tod. Jetzt hast du ihn gesehen. Und nun?"

Akascha holte tief Luft. „Jetzt müssen wir ihn dazu bringen, mit uns zum Engelbecken zu kommen, das Somniavero zu trinken und in die Zukunft zu reisen", sagte sie leise, ohne Michi und das andere Mädchen aus den Augen zu lassen.

„Was?", fuhr Merlin auf, „spinnst du? Wieso er? Ich meine, wieso sollte er das tun?"

„Merlin, vertraust du mir?"

„Ganz ehrlich? Nein. Du hast mir nicht gesagt, was du vorhattest, damals am Brandenburger Tor." Merlin schüttelte den Kopf. „Wir waren Freunde, Akascha, und du hast mich nicht eingeweiht. Du hast dir einfach das Somniavero geschnappt und bist abgehauen."

„Aber jetzt bin ich hier. Und das hat einen Grund!" Beschwörend sah Akascha Merlin an. „Es geht tatsächlich um Leben oder Tod, Merlin. Wenn Michi nicht heute Nacht in die Zukunft reist, dann ... "

„Was dann?"

„Dann nimmt es ein schlimmes Ende. Und zwar sehr bald."

Merlin starrte sie an. „Ein schlimmes Ende? Du meinst mit ihm? Ist das dein Ernst?"

Akascha nickte.

„Woher weißt du ...?"

„Du hast es mir erzählt."

Merlin schwieg einen Moment lang. Dann sagte er: „Okay. Wenn das so ist... Okay. Aber dann gehe ich auch."

„Das geht nicht."

„Wieso nicht?"

„Zum einen, weil wir nicht genug Somniavero haben."

„Und zum anderen?"

„Weil du hier was erledigen musst. Etwas, das mindestens genau so wichtig ist." Akascha zog etwas aus ihrer Tasche. „Du bist doch Arzt. Hier, daraus ein Medikament machen. Und zwar so schnell wie möglich."

Merlin pfiff leise durch die Zähne. „Sag bloß, das kommt aus der Zukunft!" Vorsichtig nahm er das Papier entgegen, das Akascha ihm hinhielt und betrachtete es nachdenklich. Sein Gesicht wurde ernst.

„Ich soll also die Zukunft verändern!", sagte er schließlich. „Ich frage mich, ob das eine gute Idee ist. War es nicht genau das, was dieser bekloppte Dr. Paulus wollte?"

„Nicht die Zukunft", sagte Akascha und stand auf, „sondern die Gegenwart." Plötzlich schwankte sie. Hätte Merlin sie nicht am Arm gepackt, wäre sie hingefallen.

„Akascha! Geht es dir gut?", fragte er besorgt.

„Nur ein bisschen schwindlig. Geht schon wieder!" Sie machte sich los. „War alles ein bisschen viel die letzten Tage."

„Was ist denn passiert, Akascha? Was... was wird passieren...?"

„Ich kann dir nicht mehr sagen, Merlin. Uns läuft die Zeit davon. Wir müssen zum Engelbecken, bevor das Zeittor sich schließt. Redest du mit Michi?"

Merlin seufzte. „Also gut. Ich weiß nicht, ob er auf mich hört, aber ich versuch's."

Während Merlin Michi beiseite nahm und die beiden sich unterhielten, winkte Akascha dem anderen Mädchen. „Wir müssen los, Rania!", sagte sie leise.

Doch Rania streichelte weiter den Wolfswelpen, der sich auf den Rücken geworfen hatte und sich den Bauch kraulen ließ. „Du weißt, was mit den Kleinen hier passieren wird", murmelte sie, ohne sich umzudrehen. „Dasselbe wie mit den anderen Tieren!" Sie schüttelte den Kopf. „Das lasse ich nicht zu!"

„Wir können das doch nicht ändern!", sagte Akascha. „Komm schon! Wir haben Merlin das Gegenmittel gebracht. Er wird Michi in die Zukunft schicken, genau wie du gesagt hast. Mission erfüllt!"

„Nicht ganz." Rania stand auf und trat zu Akascha an den Zaun. Der junge Wolf folgte ihr dicht auf dem Fuß. Rania sah ihn lange an. Dann nickte sie entschieden. „Der hier kommt mit!", sagte sie.

„Was?"

„Wir schicken ihn zusammen mit Michi in die Zukunft!"

„Aber ... "

In diesem Moment kamen Merlin und Michi dazu. Ihre Gesichter waren ernst, aber entschlossen.

„Gehen wir?" Fragend zog Merlin die Augenbrauen hoch.

Akascha nickte. „Gleich. Wir müssen nur noch kurz was klären."

„Da gibt's nix zu klären", sagte Rania. „Ich weiß, dass er ihn mitnimmt. Ich hab's nämlich gesehen."

„Mitnehmen? Wen?", fragte Merlin.

„Sie will, dass Michi den Welpen da mit in die Zukunft nimmt!", sagte Akascha und verdrehte die Augen. „Keine Ahnung, wieso!"

Michi bückte sich und nahm den jungen Wolf auf den Arm. „Das macht es einfacher für mich!", sagte er. Leise winselnd versuchte der Welpe, sein Gesicht abzuschlecken. Michi lächelte. „Ist ein ganz schlauer Bursche. Der cleverste aus dem Wurf!"

Rania nickte. „Er ist was Besonderes." Sie kraulte den Wolfswelpen hinter den Ohren. „Ich weiß nicht, ob wir die Zukunft ändern, wenn wir ihn retten", sagte sie zu Akascha. „Aber eines weiß ich sicher: Wir ändern ganz bestimmt seine Zukunft!" Dann grinste sie. „Wer weiß, was wir noch alles ändern, jetzt, wo ich hier bei dir bleibe!"

Der erste, blasse Schimmer des neuen Tages kroch durch die Ritzen der Holzwände, als die vier Zweibeiner zusammen mit dem Welpen die Wolfshöhle verließen. Die Falltür öffnete sich. Mit steifen Gliedern erhob sich die alte Wölfin und wanderte hinaus in die kühle Morgenluft. Sie hob die Schnauze und witterte. Alles war ruhig im Zoo. Es roch vertraut wie immer, nach Laub und vergrabenen Knochen und dem Rudel, das auf sie wartete.

Zufrieden trottete die alte Wölfin zu ihrem Lieblingsplatz unter den Büschen, drehte sich drei Mal um sich selbst und rollte sich zum Schlafen zusammen. Das Falsche, das sie geweckt hatte, verblasste, bis es nur noch der Hauch einer Erinnerung war und sich schließlich ganz auflöste, wie Nebel in der Morgensonne – oder wie ein Traum, der im Licht des Tages keinen Bestand hat.

Anja Stürzer

Somniavero.
Ein Zukunftsroman

2031. Solarluftschiffe schweben lautlos über der Stadt, Holografie-Botschaften leuchten an den Häuserwänden, Absperrungen umzäunen die besseren Wohnviertel …

Auf der Suche nach einem Zeittor irrt Jochanan mit seinen Freunden durch Berlin. Ihm auf der Spur ist der skrupellose Wissenschaftler Dr. Paulus, der sich mit Jochanans Hilfe seinen größten Traum erfüllen will.

Eine Geschichte, fünf Blickwinkel:
In jedem Kapitel erzählt eine andere Person die Ereignisse aus ihrer Sicht.

LehrerInnen finden erprobtes Unterrichtsmaterial zum Buch hier:
https://oldib-verlag.de/somniavero-unterrichtsmaterial/

216 Seiten, 12,99 Euro, 978-3-939556-85-5